DE L'AUTRE CÔTÉ DE LA VITRE

DU MÊME AUTEUR

ENTRETIENS AVEC RAYMOND ABELLIO
(Éditions Pierre Belfond)

LA DIMENSION D'ABSENCE
(Christian Bourgois)

MARIE-THÉRÈSE de BROSSES

DE L'AUTRE CÔTÉ DE LA VITRE

roman

ÉDITIONS ROBERT LAFFONT
PARIS

ISBN 2-221-04919-5

A Poupy.

« ... Ils sont si obstinez que, quand même ils verroient des merveilles ou des miracles, ils ne quitteroient pas leurs faux raisonnements, pour entrer dans le droit chemin de la vérité... »

EIRENÉE PHILALÈTHE

« ... Ils sont si obstinés que, quand même ils verraient des merveilles ou des miracles, ils ne quitteraient pas leurs faux raisonnements pour entrer dans le droit chemin de la vérité... »

[illegible]

1.

Le bras tendu à la verticale, brandissant ostensiblement une cigarette presque consumée, Hélène fixait le garçon de café absorbé dans un songe intérieur : « Il pourrait vider mon cendrier et m'apporter un autre gin-fizz ! »

Dans sa tête, les ordres crépitaient comme une mitraillette : « Tu pourrais vider mon cendrier et m'apporter un autre gin-fizz, tu pourrais... » Peine perdue. Le garçon ne lui accordait pas le moindre regard. A croire qu'elle était invisible. En l'occurrence, ce n'était peut-être pas un mal parce qu'à force de commander ses boissons en double — une pour elle et une pour Charles qui n'arrivait toujours pas — elle en avait déjà bu quatre ! Encore deux autres verres et elle serait tout juste bonne à prendre son lit en marche ! Elle s'en rendait parfaitement compte et mieux valait pour elle oublier le gin-fizz, mais cette minuscule soucoupe enfouie sous une accumulation de bouts-filtres et de cendres la révulsait.

Soudain, au bout de ses doigts, une brûlure. Fulgurante. Le mégot lui échappa et tomba par terre. Hélène grimaça et, avec un surcroît d'énergie disproportionné, l'écrasa. Elle le broyait sous sa semelle, appuyant de toutes ses forces comme si elle voulait l'enfoncer dans le dallage. Après quelques mouvements rageurs de la cheville, elle se calma. Elle s'était vue de l'extérieur et faillit presque en rire (Dieu sait si elle en avait peu envie).

Assise seule à cette terrasse, fumant cigarette sur cigarette, butée dans une attente qui n'en finissait pas, incapable de profiter de la douceur inattendue de cette soirée d'octobre, de se laisser distraire par les conversations des tables avoisinantes, elle devait offrir un spectacle assez ridicule. Oui, de quoi avait-elle l'air à s'acharner ainsi sur un malheureux débris de mégot ?

Son manège n'avait pas échappé à son voisin de gauche, un petit bonhomme un peu grassouillet d'une cinquantaine d'années, très brun, Grec ou Turc, qui avait délaissé sa lecture pour l'observer le moins discrètement du monde. « Celui-là, avec ses bajoues et ses mains velues, il n'a pas intérêt à me parler ! » Mais, pas plus que le garçon, l'homme ne se souciait d'Hélène, de son attente, de ses colères ni de ses désarrois.

Histoire de se donner une contenance, elle se repoudra le nez en essayant de se justifier : « Si on ne peut même pas être servi, autant rester chez soi ! » Le petit miroir rectangulaire lui révéla les mouvements de sa bouche : Hélène devait grommeler puisque ses lèvres semblaient articuler ses récriminations. Elle avait peut-être même fulminé à voix haute. Oh oui, pour ce soir, il valait mieux en finir là avec le gin-fizz.

Tout à fait calme maintenant, Hélène observait le garçon incriminé : debout dans l'allée centrale, le regard perdu dans le vague, ignorant résolument ses clients, il se soulevait sur la pointe des pieds et se laissait retomber sur les talons avec une régularité de métronome. Flottait sur son visage un demi-sourire qui soulignait son refus de participer à l'agitation de ses collègues. Hélène n'était pas loin d'envier cette ostensible indifférence quand, à vingt heures trente, le ddddongue mouillé de l'horloge renvoya le garçon à une activité fébrile. Un invisible mécanisme, semblable à celui des coucous suisses libérant toutes les quinze minutes un oiseau peinturluré de bleu, le propulsa entre les tables, toujours aussi absent.

Pour la énième fois, Hélène regarda sa montre, la porta à son oreille, fit semblant de la remonter et écrasa une énième cigarette dans ce cendrier débordant que, miracle, le garçon vint enfin changer juste après. Cela n'apaisa pas son exaspération grandissante : elle détestait attendre. Quand elle attendait, elle ne pouvait rien faire d'autre : ni lire, ni écrire, ni penser, ni même rêvasser. Pour cette raison, sa rigoureuse ponctualité ne devait rien à la politesse ; comme si tout le monde réagissait à sa manière, Hélène s'efforçait de ne jamais infliger à autrui ce qu'elle ressentait comme une véritable punition. Elle avait exposé cette phobie à Charles qui, arguant de son nouveau statut de chômeur, prenait de plus en plus de libertés avec l'horaire. Pour lui, un rendez-vous n'était jamais très précis dans le temps : « Laissons, disait-il, l'exactitude à ceux qui ne savent pas rêver. L'amour rime avec le flou, avec les battements de cœur, pas avec le tic-tac des pendules. » Il était ainsi. Avec un tel charme dans le sourire, une telle câlinerie dans le regard, qu'il était difficile de ne pas lui pardonner sa désinvolture. Il n'avait pas voulu tenir compte des exhortations de la jeune fille jusqu'au jour où, stupéfié par l'incroyable animosité de son amie après dix « petites » minutes de retard, il comprit qu'il ne s'agissait ni d'exaspération frivole ni de coquetterie. En guise d'excuses, il lui fit livrer un énorme bouquet de freesias blancs avec, soigneusement calligraphié sur un bristol, ce double engagement : « 1) je-ne-te-fe-rai-ja-mais-plus-at-ten-dre ; 2) j'ar-ri-ve-rai-tou-jours-a-vant-toi-dans-les-ca-fés. » Et il avait tenu parole, jusqu'à ce jour où, depuis une heure et quart, Hélène se morfondait sur sa chaise.

Insidieusement, empoisonnant sa colère, une petite goutte d'angoisse suintait.

— Mais qu'est-ce qu'il peut bien faire ?

Hélène passait en revue toutes les explications possibles, surtout les plus catastrophiques. Elle s'acharna à chasser ces images par d'autres, rassurantes à force de banalité : Charles devait encore bricoler quelque montage électronique aussi génial qu'inutile et, dans ces cas-là, le temps s'arrêtait pour lui. Pourtant, vingt heures trente-cinq ! Plus question maintenant d'aller à ce récital de chants argentins qu'elle avait tellement envie d'écouter. Qu'ils avaient tous deux envie d'écouter, puisque c'était lui qui en avait eu l'idée. Alors ? Alors rien. Se détendre. Ne plus penser.

Vus de la terrasse, les mouvements de la rue offraient peu de distraction. Les commerçants avaient fermé boutique. Déjà les passants se faisaient plus rares et Hélène n'en pouvait plus de scruter en vain cette même portion de chaussée. Elle n'osait quitter sa place pour téléphoner : « Si je descends à la cabine, c'est à ce moment-là qu'il arrivera et il s'en ira sans même se renseigner, persuadé que je suis moi-même repartie, parce qu'il faut véritablement être maso comme moi pour passer près de deux heures ici ! »

Cela faisait en réalité quatre-vingt-cinq minutes qu'Hélène était arrivée. Déjà elle n'était plus la même, elle l'avait vérifié tout à l'heure dans son poudrier. Deux plis se creusaient de chaque côté de son nez, descendaient vers sa bouche, la mettant entre parenthèses. Des cernes s'incurvaient sous ses yeux. Fatiguées par le tabac, ses paupières rougissaient et commençaient à gonfler. « Si je suis capable de me taper aussi vite maintenant, qu'est-ce que ce sera quand j'aurai quarante ans », avait-elle pensé alors sans le moindre humour.

Trop jeune encore pour savoir les hommes incapables de noter ces éphémères altérations des traits qui inquiètent tant les femmes soucieuses de leur image, Hélène n'était pas loin de penser qu'à cet instant elle devait être hideuse. Malgré tout ce qu'on avait pu lui dire, elle ne s'était jamais trouvée jolie. Les commentaires de ses amies (« trop gentilles pour être objectives ») ne l'avaient pas plus rassérénée que les compliments des hommes (« trop intéressés pour être honnêtes »). Cependant, bien plus qu'une beauté, c'était une charmeuse qui passait rarement inaperçue. Avec ses traits réguliers, son teint clair, ses yeux gris-bleu très ronds, sa bouche ravissamment ourlée et son long cou mince, elle semblait, en dépit de sa chevelure blonde toute raide, échappée d'un portrait de Greuze. On le lui avait répété mille fois mais cela ne la rassurait pas pour autant. Elle n'aimait pas son visage (démodé, disait-elle). Les femmes sont d'autant plus complexées qu'elles ont moins de raisons de l'être : Hélène n'échappait pas à cette règle. Une silhouette légère, une démarche souple et cet arrogant port de tête qui la faisait souvent prendre pour une danseuse étaient les seuls atouts qu'elle voulait bien se reconnaître. Quand elle marchait, quand elle dansait, quand elle pouvait se mouvoir, elle se sentait plus sûre d'elle. Mais ici, femme-tronc clouée derrière une table de bistrot, elle subissait le poids de chaque minute d'attente comme une véritable machine à ravager, passant et repassant.

Pour couronner le tout, il y avait les regards de l'autre, du Turco-Grec, insistants comme une vrille. Pourquoi une femme ne peut-elle demeurer seule dans un lieu public sans être immédiatement transformée en proie possible ? Mais non, elle déraisonnait : ce Levantin tout occupé à sa lecture avait bien le droit de lever la tête de temps en temps. Quand on pense, il faut bien poser son regard quelque part. Il devait accrocher ses yeux sur elle sans même la voir, pour s'en débarrasser, comme on ferait d'un vêtement sur une patère. A en juger au nombre de livres qui l'entouraient (cinq ou six sur sa table et autant dans une grosse serviette de cuir éculée béante à ses pieds) il devait être professeur... ou écrivain... ou historien... Certainement incapable de s'intéresser à une femme. D'ailleurs, s'il avait voulu l'ennuyer, il aurait déjà tenté sa chance.

Encore dix minutes et elle partirait. Elle s'efforça de concentrer son attention sur la rue. « Si la huitième personne allant de droite à gauche est une femme, je téléphone. »

Une. Deux. Trois. Quatre. Le quatrième passant était un marchand de journaux. Hélène le héla. L'homme entra dans le café.

— *France-Soir,* s'il vous plaît !

Tandis qu'il cherchait la monnaie dans sa poche-tablier, Hélène entendit trois coups frappés à la vitre. Elle leva la tête. C'était Charles qui l'appelait de l'extérieur. Un sourire heureux découvrait ses dents éblouissantes de non-fumeur. A son habitude, il ne paraissait pas le moins du monde gêné de son arrivée plus que tardive.

Voir enfin la longue silhouette surmontée de cette tignasse bouclée qu'elle aimait tant caresser, stoppa net la colère d'Hélène : elle était incapable de lui en vouloir. Mais pourquoi s'était-il affublé de cet horrible blouson de cuir noir qu'elle détestait ?

De l'autre côté de la vitre, Charles lui parlait. Inaudible. Elle lui fit signe de venir la rejoindre, se leva, enfila prestement son imperméable et, debout, fouilla dans son sac pour régler ses consommations.

Le marchand égrenait ses *« France-Soir, Le Monde »* entre les tables. Hélène, toujours debout, attendait. Elle ne voyait plus son ami. Elle se retourna. Derrière, à droite, à gauche : pas de Charles. Où était-il passé ? Le visage, bien à l'abri de ses mains pour éviter les reflets, plaqué contre la vitre, elle scruta la chaussée. Toujours ce même trottoir stupide où déambulaient seulement des inconnus.

La pieuvre se réveilla, l'enserrant à nouveau. Une peur absurde lui nouait le ventre. A grands coups de hache, les battements de son cœur couvraient la rumeur ambiante. Le café se dissolvait dans un flou cotonneux. Elle était seule au milieu d'un désert, avec ce martèlement d'angoisse qui faisait chavirer le reste du monde dans un silence déraisonnable. Affolée, elle sortit dans la rue. Personne, c'est-à-dire pas de Charles. Où avait-il disparu ?

Se calmer. Se composer un visage naturel. Charles était sans doute descendu téléphoner... Ou garer sa voiture peut-être laissée en double file... Il allait revenir. Elle regagna sa table, s'efforçant de paraître décontractée, et ouvrit le journal abandonné qu'elle était bien incapable de lire, entièrement absorbée par l'attente. Une cigarette. Pour lui donner le temps d'arriver. Parce qu'il serait revenu avant la dernière bouffée.

Impossible de retrouver son briquet dans la petite besace afghane qui lui servait de sac. Quel fouillis ! La cigarette aux lèvres, elle entreprit de sortir les objets un par un sur sa jupe quand une main s'approcha de son visage. Une main velue lui offrant, en même temps qu'une allumette enflammée, une bouffée d'un parfum qui lui parut familier. Lourd. Capiteux. Pour éteindre l'allumette, son voisin (le Turco-Grec, bien sûr) eut un curieux geste. Au lieu de l'agiter vivement, il traça dans le vide, d'un mouvement circulaire du poignet, une série de ronds. Comme s'il se préparait à jeter un lasso. Cela produisit une sorte de déclic dans le cerveau d'Hélène qui se remémora un lointain souvenir : « Cuir de Russie », le parfum de son ancien professeur de piano.

— Vous attendez quelqu'un ?

Évidemment ! Il ne pouvait se contenter de lui donner du feu. Il fallait qu'il parle. Qu'il se place, bien entendu. Très méprisante, elle le dévisagea. Petit, râblé, légèrement hâlé, le menton bleui par une barbe de vingt-quatre heures. Encore plus velu qu'elle ne l'avait imaginé : des touffes de poils débordaient du col entrouvert de sa chemise. Dans ce visage carré que des sourcils très fournis formant une barre presque continue venaient encore épaissir, des yeux d'un noir intense la scrutaient sans ciller ; sans détourner son regard, l'homme remit la boîte d'allumettes dans une poche d'où il sortit un comboloï d'ambre qu'il commença à égrener lentement.

Hélène se cabra :

— Mon fiancé. Et il est très jaloux !

(Quelle phrase ridicule ! Et ce mot de « fiancé » qui, en temps normal, lui écorchait la bouche !)

Le ton d'Hélène, très sec, ne découragea pas l'homme.

— Je ne vois pas ce qui pourrait attiser sa jalousie : nous ne faisons rien de mal ! Vous n'avez pas envie de parler ?

— Non.

— Ça vous ferait du bien pourtant. Vous avez l'air tendue.

Hélène se tourna de l'autre côté. L'homme poursuivit :

— Vous ne voyez pas votre visage : il est crispé ! Parler soulage... Ils ont raison ceux qui parlent tout seuls, ou encore à leurs plantes ou simplement à leur chien...

Sa voix, relevée d'un léger accent, chantait, persuasive. Totalement inattendu, ce préambule déconcerta Hélène. Belle joueuse en dépit de sa nervosité, elle admit intérieurement : « Il est quand même pittoresque, celui-là ! » Avec sa laideur, ses bajoues, sa fossette sur le menton, ses sourcils broussailleux, il lui faisait penser à ces ours en peluche que les enfants chérissent particulièrement parce qu'ils sont ratés. Oui, c'était tout à fait son « Titi Brun » qui, aujourd'hui encore, devait faire le bonheur des mites dans un placard chez sa mère avec, épinglée sur la poitrine, une étiquette : « Ne pas jeter ». Cette soudaine familiarité la rassura. Elle se retourna vers lui, franchement amusée :

— Oh là là ! Vous avez envie de me servir de chien ?

— Pourquoi pas ?

— C'est votre manière habituelle de draguer ?

— Vous trouvez que j'ai une tête et des propos de dragueur ?

— Un bon dragueur doit avant tout surprendre et faire rire. Un point pour vous. Un petit point...

— Vous avez une curieuse façon de réagir ! Cela ne vous viendrait pas à l'esprit que l'autre puisse être simple, sans calculs ni détours ? Qu'avez-vous donc à cacher pour être à ce point méfiante ?

Il continuait mais elle ne l'écoutait plus, se retournant sans cesse. Quel bavard ! A force d'en rajouter, il perdait le bénéfice de son approche : il ne l'amusait plus. Maintenant, comme tous les hommes qui sentent qu'ils ont perdu la partie, il retournait la situation. L'importun, l'anormal, ce n'était pas lui qui venait la déranger mais elle, parce qu'elle refusait de lui parler. Scénario archiclassique ! Voilà pourquoi Hélène détestait attendre seule dans un café. Cela se passait toujours de la même façon. La mauvaise foi des hommes qu'elle éconduisait pouvait atteindre des sommets himalayens. Un Noir, spectaculairement beau, dont elle repoussait les avances, lui avait un jour assené : « C'est parce que je suis noir que vous ne voulez pas ! » Elle l'aurait giflé. Le cœur douloureux à force d'être contracté, elle eut un geste presque suppliant vers l'inconnu en l'interrompant :

— Monsieur ?

— Oui ?

— Pourriez-vous me rendre un service ?

— Voyons...

— Avez-vous vu tout à l'heure le jeune homme brun en blouson de cuir qui m'a parlé de l'autre côté de la vitre ?

L'homme sourit, énigmatique, et hocha la tête.

— ... Je vais descendre téléphoner. S'il revient en mon absence, pourriez-vous lui dire de ma part — je m'appelle Hélène — de m'attendre ici ? J'en ai pour deux minutes. Surtout ne le laissez pas repartir. Puis-je compter sur vous ?

L'homme, toujours souriant, acquiesça en silence.

Au sous-sol, les deux cabines téléphoniques étaient vides. Après une brève hésitation, Hélène poussa la porte des « Toilettes-Hommes ». Vides aussi. Qu'est-ce que cela voulait dire ? Pas dans le café, pas sur le trottoir, pas dans la rue. Il ne lui avait pas fait le moindre geste explicite. Où était-il allé ? Il n'avait pas eu besoin de repartir plus loin pour se garer, puisqu'il y avait une grande place juste devant le café... Et surtout, que lui avait-il dit tout à l'heure, de l'extérieur ?

A l'angoisse succédait la panique. Un voile noir descendit devant ses yeux, chassant un instant le décor. Chancelante, au bord des larmes, Hélène s'adossa à la porte vitrée d'une cabine. Elle se sentait si désemparée qu'elle avait envie de s'accroupir sur le carrelage et d'enfouir sa tête entre ses genoux comme si le fait d'extérioriser sa détresse eût pu la soulager. Un bruit de pas descendant l'escalier l'aida à se reprendre. Elle se passa un peu d'eau sur le visage, se remaquilla légèrement et, sans y croire, téléphona. D'abord chez Charles. Elle laissa sonner quinze fois avant de raccrocher. Pendant ce temps, son cœur retrouvait un rythme plus normal, les coups s'estompaient. Mentalement, Hélène visualisait le petit studio. Par terre dans sa cage, le mainate devait sauter d'un barreau à l'autre en criant de sa voix nasillarde « Allô, allô... », comme chaque fois qu'il entendait sonner le téléphone.

Puis elle appela Leïla, sa meilleure amie, une danseuse dont elle partageait l'appartement.

— ... Non, Charles n'a pas appelé. Mais je croyais que tu devais écouter avec lui le Cuarteto Cedron ce soir ?

— Justement ! Nous avions rendez-vous à sept heures et quart et il n'est toujours pas là...

— Mais il est presque neuf heures, tu as dû te tromper ! Tu ne vas pas passer toute ta soirée à attendre ! Où es-tu ?

— Au « Petit Vin Blanc ».

— Tu ferais mieux d'aller directement à la salle de spectacle où il doit t'attendre !

— Non, je l'ai vu passer tout à l'heure, c'est pourquoi je vais rester ici encore un quart d'heure et ensuite je rentrerai à la maison.

— Tu l'as vu passer et tu ne sais pas où il allait ! Tu vois bien que tu avais rendez-vous ailleurs !

— Non, il m'a vue... Il m'a même dit quelque chose de la rue sans entrer dans le café. Je n'ai pas pu l'entendre et il est reparti. Alors s'il appelle, dis-lui que je l'attends encore jusqu'à neuf heures et qu'ensuite je rentrerai.

— A mon avis, il a dû se rappeler au dernier moment qu'il avait un rendez-vous pour un boulot quelconque. Je ne vois pas pourquoi il appellerait ici, mais comme je ne bouge pas, je ferai le relais. En attendant, ne picole pas trop !

Lorsque Hélène regagna sa table, l'homme se souleva à moitié de son siège pour l'accueillir. Il était toujours seul.

— Il n'est pas revenu ?

L'homme écarta les bras en signe d'impuissance :

— Vous voyez !

— Mais ce n'est pas possible ! Je n'y comprends rien !

Encore une fois elle était au bord des larmes. Ah non ! Pour ne pas se donner en spectacle à ce gros nounours velu qui ne demandait qu'à jouer les consolateurs en attendant mieux, elle fouilla dans son sac d'où elle sortit une énorme paire de lunettes de soleil, ses lunettes de « sortie de cinéma », qu'elle chaussa.

Hélène, qui prétendait ne jamais pleurer, se transformait en véritable fontaine dans les salles obscures. Le plus exécrable des navets déclenchait en elle l'ouverture de grandes écluses, elle n'y pouvait rien. L'année précédente, avec toute une bande d'amis, elle était allée voir à la cinémathèque un vieux film d'Ida Lupino, une sombre histoire de fille-mère abandonnée : pendant le souper qui s'ensuivit, ses paupières rougies avaient suscité l'hilarité générale. Elle avait pris cela très gaiement, assurant qu'elle pensait faire une communication à l'Académie de médecine sur l'hyperfonctionnement de ses glandes lacrymales. Le lendemain, Charles, qu'elle connaissait alors à peine, avait déposé dans sa boîte ces lunettes avec un petit mot :

J'adore les vieux films. Il y en a beaucoup que j'aimerais voir ou revoir avec vous, mais j'ai très peur qu'on me casse la figure à la sortie, m'accusant d'oser faire pleurer une aussi jolie femme. Avec ça, nous serons tranquilles. Appelez-moi vite, je commence déjà à compter les minutes.

La semaine suivante, ils étaient amants. Ils découvrirent tous deux avec le même émerveillement comment une aventure que tout semblait condamner à la légèreté pouvait se transformer en passion. Les lunettes-gag cerclées de plastique mauve étaient devenues pour elle un véritable fétiche : « Je les jetterai quand nous nous quitterons mais je les remplacerai, sois-en sûr. Tu m'as fait le cadeau le plus utile que j'aie jamais reçu. » Elle s'était demandé comment elle n'y avait pas pensé toute seule. Enfin elle pouvait pleurer tout son soûl au cinéma.

Aujourd'hui, bien à l'abri derrière les grands verres sombres qu'elle mettait pour la première fois sans alibi cinématographique, Hélène se résignait à laisser ses yeux se répandre en eau. Elle n'avait aucune envie de pleurer, elle était seulement très énervée, inquiète pour de mauvaises raisons qui se dissiperaient très vite tout à l'heure. « Tant pis, je n'y peux rien, ce n'est pas moi, ce sont mes yeux. Ils pleurent en dehors de moi. Et tant pis aussi pour ce Turc qui n'a qu'à regarder ailleurs. »

Son voisin revint à la charge :

— Si vous ne comprenez vraiment rien, ce n'est pas la peine de vous mettre dans un état pareil.

— Je ne suis dans aucun état !

— Ne prenez pas tout si mal, mademoiselle ! Ça vous ennuie que je vous parle ?

— Oui !

— Dans ce cas... Permettez-moi seulement une question et je retournerai à mes fidèles compagnons (il désigna ses livres) qui savent, eux, que je ne suis ni bavard ni dragueur. N'êtes-vous pas Verseau avec un ascendant Cancer ?

Elle se força à sourire :

— Pour le Verseau, c'est gagné. Quant à l'ascendant, je n'en sais rien. On ne m'a jamais fait mon thème. Vous êtes astrologue ?

— Oh moi, je ne « suis » rien. J'essaie seulement de connaître l'autre face des événements...

La voix lente, bien timbrée, agissait comme une potion calmante, dissipant cette envie de pleurer qui lui faisait trembler la joue. Pourquoi ne pas s'y abandonner ? Elle avait dit à Leïla qu'elle resterait encore un quart d'heure au « Petit Vin Blanc ». Puisque ce gros nounours voulait jouer les bouées consolatrices, pourquoi ne pas en profiter ? Elle partirait à la minute même où elle l'aurait décidé, sans se soucier de lui, et ne remettrait plus jamais les pieds dans ce café.

Écouter ce curieux personnage qui, en quelques minutes, passait de la philosophie allemande aux stoïciens avec une pause dans la mystique tibétaine et bien sûr l'astrologie dont il semblait très féru, n'avait finalement rien de déplaisant. Ni professeur ni historien, il se définissait sobrement comme « desperado culturel » et, semblant croire que n'importe quel discours aiderait Hélène à se reprendre, il commença à monologuer sans chercher à obtenir d'autres réactions qu'un vague acquiescement. Hélène eut droit à un véritable feu d'artifice tiré sans ostentation. Quand elle se leva, la pieuvre s'était presque résorbée.

— Vous partez ?

— Il faut que je rentre.

— Puis-je vous inviter à dîner ?

— Non, merci.

— Vraiment ?

— Je vous en prie. C'est moi qui suis en retard maintenant.

Il se leva à son tour. Une grande bonté émanait de ce visage ingrat qu'Hélène ne trouvait même plus laid. Il la scruta attentivement comme s'il cherchait à comprendre le motif de son départ :

— Quel dommage : il y a un très agréable petit restaurant macrobiotique à deux pas d'ici... Enfin... J'espère que je ne vous ai pas trop ennuyée.

Il lui tendit une carte de visite : « Si jamais vous aviez envie que j'établisse votre thème astral, j'en serais très heureux. Je suis toujours chez moi jusqu'à midi. »

Hélène enfouit le carton dans sa besace sans y jeter un œil. Prenant congé d'une brève inclinaison de tête, elle quitta le café.

Sur le trottoir, une bouffée de colère lui empourpra le visage : « Le salaud. Il n'y coupera pas d'une belle scène. Même s'il m'envoie une montagne de fleurs. »

Dans le taxi, elle regarda la carte. Il n'y avait ni profession, ni numéro de téléphone. Elle lut à voix haute le nom : Hantar Sirkanian.

« Ce doit être un Arménien », songea-t-elle en ouvrant la vitre.

2.

Assise par terre sur une natte de raphia, Leïla se massait la plante des pieds avec application. Le mercredi soir était son « jour de beauté ». Aujourd'hui, le crâne barbouillé de henné, le visage enduit de crème et le corps d'huile d'amande, elle essayait une recette miracle découpée dans un magazine féminin : la réflexothérapie. A en croire l'article, si elle parvenait à stimuler un point précis de sa voûte plantaire, ses crises de foie passeraient directement du présent continu au passé révolu. Sans préjuger le résultat, elle tentait l'expérience en écoutant un enregistrement de violons de l'Inde du Sud. Déjà elle entrevoyait ce qu'elle pourrait improviser sur cette musique.

Depuis trois ans, Leïla essayait de monter une comédie musicale. Après avoir été un des mini-événements d'Avignon (off Festival) où elle avait créé une chorégraphie sur le feu pour une troupe d'amateurs, elle s'était bien crue partie pour la gloire. D'espoirs déçus en déconvenues, elle avait appris à faire la part du rêve et vivait maintenant presque confortablement grâce aux cours d'aérobic qu'elle prodiguait à de jeunes bourgeoises complexées par leur cellulite et surtout grâce à quelques spots publicitaires qui, hélas, commençaient à se raréfier.

Avec son bon sens normand, Leïla (Monique Petit pour l'état civil) acceptait sereinement de voir cette opulente manne se tarir. Elle avait réussi à s'acheter ce grand loft proche de la Bastille (d'anciens ateliers de serrurerie) où elle donnait ses cours et qu'elle partageait avec Hélène et un ami danseur, Vlado. C'était le moment ou jamais de tenter un grand coup. Elle projetait une adaptation de Salomé. « Si, à trente-deux ans, je ne me suis pas imposée, je change complètement mon fusil d'épaule », affirmait-elle, sans se préoccuper ni du fusil ni de l'épaule, intimement persuadée qu'elle retomberait toujours sur ses pieds. Il lui faudrait trouver une remplaçante à Hélène lorsque celle-ci se déciderait à vivre avec Charles mais... chaque chose en son temps.

Juste au moment où elle pensait à son amie, Hélène arriva.

— Alors, il a appelé ?

D'un geste du menton, Leïla désigna le téléphone posé par terre à l'autre bout de la pièce devant un véritable arsenal de produits de beauté, comme un chien montant la garde.

— Ton coup de fil a été le seul que j'aie reçu de toute la soirée.

— La ligne est peut-être encore en dérangement...

Hélène souleva le combiné et eut une grimace déçue : l'appareil fonctionnait. Se laissant choir sur un pouf, elle enfouit son visage dans son coude replié. Les deux filles laissèrent se terminer le disque sans échanger un mot.

La soirée fut exécrable. Malgré son envie de demeurer seule pour lire dans son lit, Leïla, avec la plus grande gentillesse, essaya par tous les moyens de détendre son amie. Elle l'écouta, lui parla, la rassura, la massa et la dorlota de son mieux. Ses tentatives de faire dériver la conversation vers d'autres sujets se révélant inutiles, elle poussa même l'abnégation — alors que c'était son jour de jeûne — jusqu'à confectionner une mousse au chocolat. Hélène y goûta du bout des lèvres, par politesse, consciente des efforts de sa camarade. Elle se haïssait de se sentir à ce point pesante, mais espérait exorciser son angoisse à force de l'évoquer. Les arguments apaisants de Leïla, certainement mieux fondés que ses craintes déraisonnables, ne parvenaient pas à attendrir cette chose immonde, tapie en elle, qui contractait son cœur en une boule dure, douloureuse à force d'être compacte. A plusieurs reprises, elle composa le numéro de Charles mais n'obtint jamais de réponse.

Il était près d'une heure du matin lorsqu'elle partit enfin se coucher. Elle n'avait pas sommeil, elle n'avait aucune envie d'être seule : sa délicatesse lui interdisait de faire payer plus cher le tribut de l'amitié.

— Veux-tu dormir avec moi dans mon lit ? avait proposé la danseuse.

Stoïquement, elle avait menti :

— Tu es gentille, je vais prendre un somnifère et plonger, faute de mieux, dans les bras de Morphée.

Leïla attendit de voir disparaître sous la porte le fil du téléphone qu'Hélène emportait dans sa chambre pour effectuer un roulé-boulé de soulagement.

La nuit n'en finit pas de se traîner, régulièrement ponctuée du petit « cling » de la sonnerie, chaque fois qu'Hélène appelait. Quand elle entendit passer les éboueurs, elle se dévêtit enfin. Elle prit un bain très chaud, enfila une longue chemise de grand-mère et, après une dernière tentative téléphonique, pénétra sur la pointe des pieds chez Leïla. La danseuse dormait au milieu d'un amoncellement de coussins. Avec d'infinies précautions, Hélène débarrassa le lit et vint se glisser près d'elle.

Leïla eut un geste vague et se tourna sur le côté sans se réveiller. Hélène se lova contre elle, comme une cuiller emboîtée contre une autre dans une caisse d'argenterie. Le souffle régulier de sa compagne parvint enfin à l'endormir.

Bien qu'elle n'aimât pas du tout cette coiffure, Hélène se laissait faire. Assise dans un fauteuil d'infirme, une très vieille femme qu'un visage couturé de rides faisait ressembler à une Indienne lui tressait les cheveux. Fredonnant une mélopée triste, la vieille acheva son ouvrage en liant l'extrémité de chaque natte avec un élastique auquel pendait un grelot. Hélène se releva, l'embrassa pour la remercier et descendit la ruelle en pente. Le village s'assoupissait dans une torpeur tranquille. Hélène n'entendait que le tintinnabulement des grelots animant gaiement la stridulation continue des cigales ; elle prenait garde à poser le plus légèrement possible ses pieds sur les pavés pour ne pas réveiller ceux qui devaient dormir derrière leurs volets clos.

Au bas de la ruelle, une maison surgie au milieu d'épais massifs de lavande dressait une façade Louis XIV insolitement géométrique parmi les bâtiments biscornus de l'endroit. Hélène raffolait de cette architecture. Elle jeta un coup d'œil à travers les petits carreaux pour juger la décoration intérieure. Son regard ne s'attarda ni sur les meubles rares, ni sur le parquet Versailles admirablement ciré, ni sur les savantes gerbes de roses et de liliums. Debout au milieu du salon, un couple étroitement enlacé s'embrassait. La femme, vêtue d'une longue robe de lin écru, maintenait relevée sa chevelure auburn par-dessus sa tête, la mêlant amoureusement aux boucles brunes de son compagnon. Leur baiser s'éternisait. Ils se buvaient l'un l'autre et Hélène, gênée de se sentir voyeuse, ne pouvait cependant détacher les yeux de ce tableau. Puis l'homme bougea, s'éloignant de sa compagne comme pour mieux l'admirer, et Hélène vit son visage. Non ! Elle aurait voulu hurler mais l'horreur figeait en sa bouche son cri comme une stalactite de glace.

C'était Charles.

Muette, impuissante, paralysée, Hélène demeurait figée sous le soleil tandis que les amoureux, inconscients de sa présence, quittaient le salon, se tenant par la main.

Il lui fallut quelques minutes pour se ressaisir. Tout son univers s'écroulait. Charles et cette inconnue... Cette femme tout à l'heure plaquée contre lui et qui maintenant l'entraînait... Hélène se prit à haïr ce village innocent où quoi donc l'avait poussée si ce n'est une obscure prescience ? Elle se rua sur la porte d'entrée, pénétra dans la maison avec ses stupides grelots qui tintinnabulaient. En face d'elle, une autre porte ouverte donnait sur un jardin. Toujours enlacés, Charles et l'inconnue s'y promenaient, heureux, insouciants. La douleur de les revoir dans cette attitude sans équivoque la pétrifia à nouveau sur place. Le couple se dirigeait vers un saule pleureur. Ils marchaient, sereins, absorbés dans leur amour. Elle aurait voulu prendre une pierre, la leur jeter, qu'ils sachent enfin qu'elle était là, qu'elle savait tout. Elle voulait crier mais aucun son ne sortait de sa bouche. Enfin elle parvint à exhaler un :

— Charles !

Ce n'était pas un cri, mais une lamentable plainte, misérablement expulsée de son gosier.

— Calme-toi ma chérie !

Une main se posa sur son épaule. Hélène se retourna. Un visage énorme, gigantesque, obscurcissait le ciel.

— Hélène, qu'est-ce que tu as ?

Et Hélène se réveilla, pelotonnée au milieu du lit, agrippée à un oreiller. Tout habillée, Leïla, penchée sur elle, lui caressait le front en répétant :

— Calme-toi, ma chérie, calme-toi, tu hurles si fort que tu vas ameuter Police-Secours.

Il lui fallut quelque temps pour revenir au réel. Elle demeura sans parler puis, d'une voix pâteuse :

— Je rêvais ? J'aime mieux ça.

Leïla lui ébouriffa les cheveux, lui plaqua un baiser sonore sur la joue et sauta à terre en criant :

— Café pour tout le monde !

Elle disparut dans la cuisine s'occuper du petit déjeuner.

Le lendemain, Hélène devait partir pour la Tunisie accompagner un groupe de journalistes. C'était un des aspects agréables de son travail : Sagittaire, l'agence de publicité qui l'employait, organisait régulièrement des voyages promotionnels dans des sites enchanteurs. Cette fois-ci, il s'agissait de lancer Frangisol, une nouvelle ligne de produits solaires à la frangipane. L'opération se déroulerait à Nefta. La plupart du temps, Hélène parvenait à glisser Charles parmi ses invités mais, pour cette dernière opération, ça n'avait pas été possible.

A l'heure du déjeuner, elle passa en coup de vent chez lui. Des flots de musique reggae sortaient de son studio, envahissant l'escalier. Le salaud, il était là ! « Merci pour le concert d'hier ! » cria-t-elle en ouvrant la porte. La concierge, qui repassait une chemise au son de la radio, la regarda, ahurie. Non, M. Lériande ne lui avait rien dit, mais la veille, elle l'avait vu descendre avec un sac de voyage. Gaston sifflait joyeusement en sautillant dans sa cage. Hélène s'abstint de tout commentaire. Elle changea l'eau et les graines du mainate et laissa bien en évidence sur le lit un petit mot faussement désinvolte, demandant à son ami de lui faire savoir au plus vite s'il daignerait l'accompagner à l'aéroport.

La colère l'emportait sur l'inquiétude : comment avait-il pu lui poser un tel lapin et pourquoi ne pas l'avoir prévenue qu'il partait ? Elle ne pouvait oublier l'image de son rêve où elle voyait Charles embrasser une femme rousse. Tout l'après-midi, elle demeura d'une humeur massacrante.

Mais ce jour-là non plus, Charles n'appela pas.

Bien calé sur un amoncellement de coussins, Sirkanian savourait voluptueusement ces instants bénis où il était seul et pouvait enfin se dédier à cette occupation essentielle : le rien faire. Il déboutonna la veste de ce costume noir doublé de violet dont il avait dessiné le modèle et dont il possédait six exemplaires (sa seule garde-robe), puis jeta en boule ses chaussettes mauves à l'autre bout de la pièce. Il s'étira comme un chat. Couché sur le dos, mains calées sous la nuque et jambes dressées en équerre, il fit jouer une à une les articulations de ses orteils.

Malgré quelques kilos superflus, une longue pratique du yoga et des arts martiaux l'avait doté d'une musculature harmonieuse. Certes, il était loin d'être beau, mais il émanait de lui une telle chaleur, une telle sérénité, une telle maîtrise de soi, qu'on ne pouvait lui demeurer insensible, il l'avait maintes fois constaté. Lorsqu'il eut fini ses exercices, il ébouriffa son épaisse chevelure jais ; sous la barre continue de ses sourcils, une lueur de contentement raviva l'éclat de ses yeux noirs, veloutés comme ceux des Indiens du Sud.

Sur une pile de livres, il attrapa une pochette de papier dont, une fois encore, il sortit des photographies pour les examiner. Il n'arrivait pas à se décider. Lequel, parmi tous ces visages, aurait l'honneur de lui servir de père ? Cette future mystification l'amusait. La veille au soir il avait trouvé, sur une banquette de café, cette enveloppe bourrée de pittoresques photos jaunies des années 30. Il y avait certainement quelques situations cocasses à exploiter à partir de ce cadeau du sort qu'il empocha tout naturellement, décrétant que ces inconnus constitueraient désormais « sa » famille. Entre les mains, il tenait quatre pères possibles, deux mères, non, une (l'autre était trop dodue), quelques bolides de l'époque et surtout une très extravagante villa mauresque.

Grâce à ce jeu de photos, Sirkanian avait un passé de plus, un passé à utiliser au compte-gouttes, à distiller avec circonspection au hasard des visites de sa nouvelle protectrice, cette femme sèche et autoritaire, veuve d'un préfet ; elle lui avait prêté ce grand appartement de l'avenue Niel meublé de collections hétéroclites pour qu'il redonnât « le sens des vraies valeurs » à ce Paris qui sombrait dans « un manque total de spiritualité ». Sirkanian se sentait tout à fait bien dans ce décor Napoléon III qu'il avait orientalisé sans tarder à grand renfort de bouddhas, de shivas, de tankas tibétains et de cassolettes à encens. Après avoir fait peindre un « plafond magique » dans l'entrée, il avait, pour ne pas trop affoler sa propriétaire, laissé à sa place la « galerie des singes », une collection de miniatures Louis-Philippe qui inspiraient de longues bouffées de nostalgie à Mme Adorno-Francœur chaque fois qu'elle venait prendre le thé chez son protégé.

Oui, il avait eu raison de quitter Londres (les Anglais ne se chauffent pas suffisamment en hiver) et de recommencer de zéro une nouvelle vie à Paris où il était arrivé huit mois plus tôt. Très vite il avait réussi à se constituer une petite clientèle tant en astrologie qu'en yoga (il donnait des cours dans une salle du Marais), et surtout il pouvait se livrer à des expériences plus intéressantes qu'à Londres où la concurrence était beaucoup plus sévère.

Si Hantar Sirkanian (Gricha pour les intimes) pouvait être disert sur sa vie rêvée, sur ses nombreux séjours en Extrême-Orient, notamment sa vie au sein de multiples et mystérieuses communautés Tch'an [1], il était en revanche remarquablement discret sur sa vie réelle et tout particulièrement sur ses origines. Mme Adorno-Francœur lui avait bien posé quelques questions assez directes, mais il les avait toujours éludées. Il n'avait pas encore choisi la version parisienne de ses débuts. Maintenant il pouvait, preuves à l'appui, lui faire ce somptueux cadeau. Un jour prochain, lapant à petites gorgées ce thé au lotus qu'il affectionnait, il la regarderait bien en face (là où il faut regarder, pas dans les yeux, mais juste au-dessus de la racine du nez) et lui raconterait son enfance. Bien sûr, il citerait Lao-Tseu (« le passé est le passé, y penser ne changerait rien »), lui préciserait qu'elle était sa seule confidente et, inventant n'importe quoi, lui montrerait les photos.

Avec son enfance chez les « Dames du Sacré-Cœur », son adolescence confite en dévotions et sa vie d'épouse consacrée aux petites rumeurs de la province, Mme Adorno-Francœur n'avait jamais pu rencontrer cette joyeuse bande de Proche-Orientaux argentés qu'il s'attribuerait comme antécédents. Devant ce personnage cas-

1. Bouddhisme d'inspiration chinoise.

qué au volant d'une Hispano-Suiza, le regard perdu vers quelque rêverie plaisante à en juger par son sourire, elle ne risquerait pas de s'exclamer : « Mon cousin Paul ! » C'en était presque dommage tant il se sentait prêt à affronter les traquenards généalogiques les mieux tendus.

Sirkanian réunit les photos, les battit comme un jeu de cartes et commença à se tirer une nouvelle version du tarot.

Le téléphone.

Il étendit le bras et, suspendant son geste, décrocha seulement au septième coup.

— Allô ?

— Oui.

C'était Dolorès, une cover-girl d'origine cubaine qui lui avait déniché la salle du Marais.

— Bonjour Gricha. C'est Dolorès.

— Je t'avais reconnue.

Calant le combiné contre son épaule, il continua à disposer les photos en carré sur son lit et les retourna.

— J'ai voulu vous appeler hier comme convenu... (la voix de Dolorès traînait, incertaine) mais je n'ai pas eu une minute... ou alors quand j'ai eu un moment, je n'étais pas dans de bonnes dispositions pour parler avec vous...

— Bonnes dispositions, grommela Gricha en découvrant un petit garçon de cinq-six ans tout guindé dans un costume marin (lui peut-être... en costume marin ? Ah non, jamais !). Bonnes dispositions, qu'est-ce que ça signifie ? Qu'est-ce que tu penserais si je prétendais à mon tour n'être pas dans de « bonnes dispositions » pour t'écouter ?

— Gricha, je vous en prie, essayez de comprendre, je suis désolée pour ce contretemps mais hier j'ai eu une journée horrible : six heures de pose dans une température de serre...

Sirkanian avait déjà exprimé au mannequin son mépris du monde de la mode. Habituée à voir les hommes se pavaner devant elle, Dolorès avait été subjuguée lorsqu'il lui avait brutalement dit combien son

« existence de portemanteau » et son élégance de façade l'intéressaient peu. C'était la première fois qu'on lui tenait un tel langage et qu'on ignorait aussi ostensiblement sa beauté. Une autre s'en fût vexée, mais l'amitié de l'astrologue la flattait : elle se découvrait un jardin secret dont l'Arménien était l'horticulteur.

— Avec les invertébrés parmi lesquels tu vis, tu barbotes dans une médiocrité en fond de teint, lui disait-il. Je veux bien t'aider à travailler sur toi, mais ne me fais pas perdre mon temps.

Ce jour-là, elle voulut s'expliquer. Elle n'en eut pas le loisir.

— Tais-toi. Un proverbe chinois dit qu'on ne peut acheter une once de temps avec une once d'or. Dis-moi ce que tu as à me dire, c'est tout.

Sirkanian mit une joueuse de tennis sur la villa mauresque, passa quatre cartes et retourna une sorte d'émir ventru et tout enturbanné. Son sourire s'élargit. Il fit tomber les photos par terre et s'allongea confortablement. Maintenant, il pouvait s'occuper de Dolorès. Elle soupirait :

— Vous êtes injuste avec moi.

— Dolorès, essaye de te centrer un peu ! Pourquoi m'appelles-tu ?

— Mais pour rien, juste pour bavarder avec vous avant de rejouer au « portemanteau » !

— Bavarder !

— Enfin, Gricha, pourquoi jouez-vous au P.-D.G. débordé à qui on essaye de voler quelques minutes en or massif ? Vous nous avez expliqué l'autre soir qu'il fallait supprimer toute agressivité dans notre comportement comme dans nos sentiments, alors essayons d'avoir une conversation détendue...

Sirkanian ne supportait de tels échanges qu'avec ceux qu'il considérait comme ses pairs. Du jour où il avait pris Dolorès en flagrant délit de mensonge (elle avait manqué un cours de yoga sous prétexte qu'elle avait besoin de dormir, n'osant avouer qu'elle avait accepté de parader à un gala), il l'obligeait à tenir une rigoureuse comptabilité de toutes ses fabulations. « Je veux bien que tu mentes, répétait-il, mais je veux que tu saches quand et pourquoi. » Continuant son petit jeu sadique, il le lui rappela :

— Combien de mensonges as-tu faits hier ?

— Je n'en sais rien ! Vous croyez que c'est facile !

— Qui te parle de facilité ? Tu prétends nourrir en secret de hautes aspirations, et si on te propose la voie étroite, la seule voie, tu renâcles !

— Je ne suis pas plus menteuse qu'une autre, alors pourquoi vous acharnez-vous contre moi ?

— Je ne m'acharne pas contre toi ! C'est à toi que je m'adresse, il faut bien commencer par un bout !

— Pourquoi celui-là ?

— Si cela te gêne tant, c'est bien la preuve que c'est important !

Il lui demanda quel était le commandement de Dieu sur le mensonge. Dolorès balançait entre le septième et le huitième. Devant le mutisme réprobateur qui accueillit son hésitation, elle essaya d'improviser :

— Ce doit être quelque chose comme : aucun mensonge tu ne diras pour parler vrai honnêtement, mais il y a belle lurette que j'ai oublié le peu de catéchisme que j'aie jamais su !

Sirkanian rit. A cette question, régulièrement, ses interlocuteurs fabriquaient un commandement inexistant. Il leur conseillait de lire la Bible : ne tue pas, ne vole pas, ne commets pas d'adultère, c'était écrit. Mais « ne mens pas », non, le décalogue n'osait l'ordonner comme si c'était pure utopie de vouloir supprimer le mensonge. Lorsqu'il fit remarquer à Dolorès que cela signifiait implicitement que le mensonge était aussi naturel à l'homme que la respiration ou le besoin de nutrition, il sentit que le mannequin se détendait. Il était temps : il l'avait beaucoup rudoyée ces derniers jours. Sur le mode badin, il poursuivit :

— Enfin, tu as de la chance : tes mensonges sont de l'espèce la plus supportable, du moins pour moi !

— Ah ! Lesquels ? Dites-moi !

— Il n'y a pas de quoi pavoiser ! Mais tu évites les pires et les plus fréquents : les mensonges de charité, dits « pieux mensonges », pour la bonne raison que tu es incapable de pitié, et tu sembles ne pas commettre les plus vulgaires : les mensonges utilitaires.

— Alors que me reste-t-il ?

— Tous les autres, et surtout ceux par infatuation. Alors là, tu es vraiment très douée : dès que tu parles, il faut toujours que tu te valorises en rajoutant n'importe quoi !

— Mais c'est dans la nature humaine, vous l'avez reconnu tout à l'heure ! Ma vie est en trompe-l'œil, c'est du chiqué comme vous le dites mais je n'avais pas besoin de vous pour m'en rendre compte !

Dolorès s'échauffait. Elle aurait voulu l'entendre reconnaître que son comportement avait plus d'allure que celui des névrosées neurasthéniques qui se choisissent un homme, ou plusieurs, pour se protéger comme elles mettent un manteau en hiver, mais il ne lui faisait pas le moindre commentaire. Elle explosa :

— Ce n'est pas parce que j'applique les règles du jeu que je suis à l'aise dans le monde où je vis ! La nausée, je connais, figurez-vous...

— Alors, fais ce que je te dis !

— Mais donnez-moi des conseils pratiques, concrets...

— Qu'est-ce que je fais d'autre ? Je suis beaucoup trop réaliste pour te demander de cesser de mentir, cela bouleverserait trop ta vie et tes rapports avec les autres. Tu as besoin du mensonge, c'est un comportement « normal » dans le sens statistique du terme, mais je voudrais que tu en sois consciente. C'est déjà un progrès énorme que d'être, à chaque instant, exactement conscient de ce qu'on fait. Bon, maintenant, laisse-moi, il faut que je sorte. Appelle-moi seulement lorsque tu seras décidée à faire ce qu'il faut. Je serai toujours là pour t'aider. La paix soit sur toi...

Et il coupa la communication, enchanté de lui-même.

Selon toute apparence, c'était un homme plein de contradictions que Sirkanian. Que cherchait-il avec Dolorès ? L'attacher à lui ? Elle l'était déjà. La cover-girl n'échappait pas à la règle de ses nouvelles recrues, toutes ces femmes, riches pour la plupart, jeunes ou moins jeunes, en quête de leur âme. Rien de plus facile à « manipuler ». Dolorès demandait, suppliait qu'on la portât. Elle eût même voulu Sirkanian pour elle seule et lui avait déjà proposé d'aller passer un week-end dans la maison de campagne qu'elle possédait en Normandie : autant dire qu'il pourrait coucher avec elle dès qu'il le désirerait. L'ennui, pensait-il, c'est qu'il risquait alors de la voir s'attacher davantage encore à lui. S'il ne pouvait se passer de jeunes femmes et en usait abondamment (elles lui donnaient, par la mystérieuse alchimie des jeunes corps, ce dont il avait besoin pour alimenter la force de son esprit, le maintenir à son plus haut niveau d'intensité tranquille), il se refusait à toute liaison suivie, il ne craignait rien tant, pour ces éphémères compagnes, que de les voir prises au piège du sentiment. Tout son « enseignement » tendait à les rendre autonomes, le malheur était qu'il ne pouvait s'empêcher, sur cette voie, de contrarier la conquête de cette autonomie en couchant avec elles. Lucide ou cynique, comme on voudra, il nommait cela leur *épreuve.* De celle-ci elles sortaient, selon ce qu'il appelait leur *qualité d'être,* plus ou moins bien, et beaucoup devenaient aussitôt encombrantes. Aussi, ce nombre d'éplorées s'accroissant, finissait-il par changer périodiquement de ville ou de pays : pour employer un terme à la mode, le « charisme » de Sirkanian finissait toujours par jouer contre lui. En quittant Londres pour Paris, sa force avait été d'abandonner sans regret un somptueux triplex transformé en ashram et de repartir de zéro sans contrainte. A Paris, il se trouvait encore à l'aise. Où irait-il ensuite ? Peut-être en Californie. Mais la vie ne repasse jamais exactement par les mêmes voies. Il se prenait désormais à penser à Hélène. Avec elle, il pourrait sûrement entreprendre une expérience originale.

L'incident du café, auquel elle n'avait rien compris, avait permis à Sirkanian de reconnaître en elle un médium très doué. Allait-elle venir le voir ? Le coup de l'horoscope était, avec les femmes, un appât à peu près infaillible. Elle viendrait. C'était d'ailleurs, et cela aussi il l'avait bien vu, une femme passionnée, une âme profonde. Les « dons » des médiums leur viennent du dehors. Les médiums ayant en plus une forte personnalité, une vie intime intense, sont chose rare. Oui, avec Hélène, il avait bien mieux à faire qu'avec toutes les Dolorès. Avec elle, il allait pouvoir *innover.*

Concentrant toute la puissance de son esprit sur l'image de la jeune femme qu'il « visualisait » longuement tous les soirs, il cherchait impérieusement à susciter son appel.

— Au fond, je suis un homme simple, pensait-il.

Et il s'excusait presque de la facilité de ses conquêtes :

— Je ne cherche qu'à rendre encore plus forts les êtres forts.

Depuis longtemps déjà, il ne se souciait plus des autres ingrédients de la comédie humaine.

L'argent ? Il n'en avait cure. Excepté quelques rares objets (ses icônes, un Bouddha, une armure japonaise et ses livres), Sirkanian n'aimait pas posséder, il préférait se faire entretenir et voir ses moindres désirs exaucés. Il n'avait jamais eu de carnet de chèques, ses adeptes lui servant, dans tous les domaines, de cartes de crédit. Lors de ses cours, pour bien montrer à ses élèves que l'argent est une « absolue merdité », il les laissait déposer en vrac leur dîme dans un coin de la pièce sans jamais vérifier qui payait et combien. A la fin de la réunion, il empochait l'argent sans le regarder et il était capable, quelques instants plus tard, de s'en débarrasser entièrement, toujours sans chercher à l'évaluer, dans la casquette du premier clochard venu.

Le pouvoir ? Il méprisait trop l'espèce humaine pour désirer s'élever au-dessus de son statut de mage exclusivement dévoué à quelques happy few.

La connaissance ? Sa maestria dans l'art de tronquer les citations, d'interpréter les doctrines au gré de son machiavélisme, d'ériger le paradoxe en vérité irréfutable sous prétexte de briser les habitudes mentales, faisait de lui un sceptique convaincu.

Un jour dans un train, après une longue discussion, un inconnu qui s'était présenté comme géophysicien, lui avait demandé quelle était sa profession.

— Je suis cultivateur.

— Dans quelle région ?

— N'importe laquelle...

— Mais, cultivateur de quoi ?

— Qu'importe !

— Enfin, vous êtes bien spécialisé dans une culture quelconque ?

— Oui, je cultive les points d'interrogation.

Cette boutade, inventée sur le moment et qu'il ne répéta jamais, car Sirkanian mettait un point d'honneur à toujours improviser même devant des inconnus qui auraient tout aussi bien apprécié les mille et un numéros qu'il avait déjà inventés pour d'autres, le lancinait parfois. Oui, ce devait être une heureuse existence, celle de cultivateur de points d'interrogation. Il en avait rencontré un certain nombre. Tous appartenaient à la même race, celle des autodidactes passionnés de sujets « interdits » et généralement frelatés (archéologie mystérieuse, ufologie, parapsychologie, civilisations disparues) : sujets qui assurent aujourd'hui la fortune des éditeurs tant qu'ils sont traités avec le plus grand mépris de la logique interne, de l'intelligence et de la vérité, et qu'ils sont assaisonnés de théories fumeuses, d'extrapolations hâtives et de fausses références. Sirkanian avait bien failli donner dans ce style lorsqu'il était plus jeune, mais la fréquentation de ces pseudo-détenteurs de « connaissances occultées depuis des millénaires » le fit rapidement fuir. Ces gens-là n'avaient pas le moindre humour, et le fait que leurs théories fussent méprisées ou, pis encore, totalement ignorées par les mandarins et les chercheurs dits sérieux, les faisaient immanquablement basculer dans le délire de la persécution. Lui, au moins, il s'amusait même si, après un cours de ce yoga tout personnel qu'il avait mis au point, une élève venait lui chuchoter à voix basse :

— Gricha, est-ce qu'il n'y aurait pas un asana particulier qui ferait fondre ma cellulite ?

Il allait bientôt être huit heures, la bonne heure pour rencontrer des hommes seuls — et gênés de l'être —, c'est pourquoi il se rendait toujours tôt dans les endroits à la mode qu'il affectionnait. Il attrapa un bol d'agate empli de dés, en prit un au hasard et le fit rouler : 4. Il devait donc tirer à quatre dés, ce qu'il fit : 2, 2, 4 et 5. « Deux et deux et quatre et cinq », chanta-t-il à voix haute sur l'air de Leporello : « notte e giorno faticar » de *Don Giovanni* : « Treize ! Il faut que je trouv' le treize », fredonna-t-il encore. Il feuilleta un numéro de *Pariscope* où il avait coché certains restaurants. Le treizième, annoté par lui, était un Italien proche des Champs-Élysées. Toujours chantant (« Voglio fare il gentilhuomo ») il se rasa, s'aspergea de Cuir de Russie et, obéissant à ses dés, vingt minutes plus tard, s'asseyait chez Guido.

En de semblables occasions, le rituel de Sirkanian était toujours le même (pourquoi en changer puisque cela avait toujours marché ?). Il commandait un apéritif : kir au champagne, vodka poivrée ou blanc sec selon les lieux, et s'absorbait dans une très méticuleuse lecture du menu. C'est une fois sa commande passée qu'il s'occupait du problème « qui-va-payer-mon-addition ». Il n'était pas pressé de résoudre cette question triviale mais indispensable, car Sirkanian n'avait généralement sur lui que la monnaie pour ses taxis : l'attente donnait un piquant supplémentaire à la situation.

En sirotant un blanc sec de Toscane, il examina les tables. Pour l'instant son choix était restreint, trois seulement étaient occupées. Il y avait un couple assez commun, deux Américaines, de cette race impeccablement maquillée et bijoutée chez qui la cinquantaine peut durer jusqu'à soixante-quinze ans, et un septuagénaire dont la boutonnière se fleurissait de la Légion d'honneur sur canapé d'argent. « Les deux mémés ou le pépé ? », se demanda-t-il. Il ne voulait pas tirer à pile ou face parce que les jeux de hasard sont choses trop sérieuses pour supporter au préalable une tricherie. S'il s'en remettait à une décision extérieure à lui, il lui fallait choisir entre les trois tables et il ne voulait pas prendre le risque de tomber sur le couple. C'est alors que l'homme s'absorba dans la lecture du *Monde*. Ce clin d'œil du destin le réjouit : il n'y a que la difficulté qui pimente le jeu et, puisqu'il était occupé ailleurs, le poisson serait plus difficile à ferrer...

Adaptées à la psychologie de la victime, différentes variations sur une même technique permettaient immanquablement à Sirkanian de persuader qui il voulait de partager sa table. Visiblement, cet homme n'était pas du genre liant. Emprisonné dans ce carcan typiquement français (on-n'adresse-pas-la-parole-à-un-inconnu) et plongé dans son journal, il lui faudrait un certain temps avant de prendre conscience de la suggestion que Sirkanian essayait de lui faire parvenir télépathiquement (« ce type là-bas avec des sourcils épais doit être passionnant et j'aimerais dîner avec lui ») et un temps encore plus long avant d'y obéir. C'était tout à fait le genre de personnage à recevoir le message mais à y résister, quitte à le regretter en se demandant ce qui aurait pu se passer si... « Pourquoi les gens sont-ils si sclérosés dans cette partie pourrie de l'Europe ? Les civilisations du soleil sont quand même plus... Ah non, plus de temps à perdre, il faut que je mate ce coriace coco... » Finissant son verre, Sirkanian se lança à l'attaque.

A plusieurs reprises, l'homme abandonna sa lecture et regarda l'Arménien qui le fixait sans ciller. Il était mal à l'aise et s'épongea le front. Sirkanian s'amusait passablement mais rien ne venait animer son visage inexpressif. Enfin il décida d'abréger la séance. Glissant sur la banquette, il se rapprocha de la table de l'inconnu.

— Excusez-moi, monsieur...

L'autre leva encore une fois le nez de son journal :

— Oui ?

— Cela peut vous sembler bizarre, mais j'ai le sentiment que vous voulez me demander quelque chose. Est-ce que nous nous connaissons ?

— Absolument pas.

Sirkanian éclata d'un bon rire sympathique :

— Désolé alors d'avoir interrompu votre lecture. Mais j'avais l'impression que vous me parliez mentalement. Il faut vraiment que j'aille me reposer quelques jours à la campagne...

Il amorça un début de retrait en direction de sa table quand l'inconnu l'arrêta d'un geste :

— Vous avez souvent ce genre d'impression ?

Deux minutes plus tard, ils partageaient la même table. Sirkanian improvisa brillamment sur cette mystérieuse alchimie qui préside à la sympathie et ils en vinrent à la télépathie. Très en confiance, l'homme reconnut qu'il avait eu une impulsion tout à fait incompréhensible, une envie de lui parler, envie qu'il avait refoulée tant elle était incongrue, mais il était heureux, en fin de compte, que Sirkanian fût plus affranchi que lui des contraintes sociales. Leurs échanges n'avaient, comme prévu, rien d'exaltant mais, toujours comme prévu, se trouvaient tout naturellement arrosés de généreuses rasades d'un Valpolicella de bonne qualité. Et lorsque l'ancien avocat, puisque c'en était un, demanda une seule addition, Sirkanian ne se fatigua même pas à faire semblant de protester.

Quelques instants après, ayant refusé de se faire déposer sous prétexte qu'il habitait juste à côté, Sirkanian partit à la recherche d'un taxi. Sur son chemin, il croisa une mendiante, une douce petite vieille tapie sous un porche. Il lui donna tout l'argent qu'il avait sur lui et, d'un cœur allègre, entreprit la marche nécessaire à son retour. Pendant le trajet, il évoqua une fois encore le visage d'Hélène. Il en était sûr : cette fille valait vraiment la peine qu'on s'y consacrât.

3.

Lorsque Hélène se retrouva à Roissy, comptant et recomptant ses rédactrices de mode, elle n'avait toujours aucune nouvelle de Charles, elle finissait par le croire parti avec sa mère, Mme Lériande.

Belle brune distinguée et catholique farouchement intégriste, Mme Lériande représentait pour Hélène l'archétype de la mère dévorante. Elle vivait seule, arborant son veuvage comme une décoration de la plus haute importance, avec une ostentation telle qu'on pouvait se demander si, derrière cette mascarade, un M. Lériande avait jamais existé. Cette femme exclusive n'avait qu'une passion dans la vie : son fils unique. Qu'une autre femme puisse tenter de le lui enlever constituait pour elle un drame qu'elle ne cherchait pas le moins du monde à minimiser. Trop intelligente — pensait-elle — pour ne pas accepter l'inévitable, elle camouflait une jalousie pathologique sous toutes sortes de prétextes et, chaque fois que Charles entamait une nouvelle aventure, elle tenait à se faire présenter l'élue du moment. « Je veux que tu sois heureux, mon chéri. J'aimerais beaucoup m'entendre avec ma future belle-fille mais, tu connais ma discrétion, si ça ne marche pas entre nous, je saurai m'effacer. »

Charles connaissait la totale indiscrétion de sa mère, capable de lire son courrier et de fouiller ses tiroirs sous prétexte de mettre de l'ordre dans son studio quand il était absent. Il l'excusait, sachant que seul un amour maladroit lui inspirait ces odieux comportements. Après quelques fâcheuses expériences, il garda scrupuleusement sa vie sentimentalo-sexuelle à l'abri de cette curiosité. Lorsqu'il avait compris qu'il vivait quelque chose d'important, il avait néanmoins tenu à présenter Hélène à sa mère. La soirée avait été épouvantable.

Mme Lériande avait pourtant bien fait les choses. Trop bien sans doute. Son petit appartement-musée croulait sous les fleurs et une orchidée blanche s'épanouissait sur l'assiette d'Hélène. Argenterie, vaisselle, linge de table, cristaux, tout semblait crier : « Alors ma petite, avez-vous d'aussi belles choses dans votre famille ? » Lorsque Hélène, poliment mais sincèrement, car elle avait du goût, s'extasia devant un bureau Mazarin, elle déclencha une véritable visite organisée où ne lui furent épargnés ni un poinçon, ni une estampille, ni un détail de marqueterie : sous couvert de s'intéresser à elle, Mme Lériande lui faisait subir un véritable examen de passage. Hélène lança un regard de biais à Charles pour lui demander la permission d'interrompre ce cours d'art et de décoration. Celui-ci comprit le message et, d'un geste de la main, fit signe à la jeune fille de continuer à filer doux. Pendant tout le repas, elle se contenta de bredouiller : « Quelle merveille, ces cailles aux raisins... non, je ne sais pas faire la cuisine ou juste les choses courantes... non, je n'ai pas lu ceci... non, je ne connais pas cela... » Elle éprouvait une curieuse volupté à voir les assauts se multiplier contre elle et à jouer les petites filles modèles un peu bornées. Spontanément, elle aurait très vite crié « Pouce ! » mais Charles semblant espérer que cette partie de massacre soulagerait sa mère, elle se laissa faire. Quand elle se leva pour prendre congé, Mme Lériande lui tendit la main avec un délicieux sourire :

— Au revoir, mademoiselle. J'ai été très heureuse de faire votre connaissance...

Avec un sourire tout aussi délicieux, elle répliqua :

— Je n'en crois rien, madame. Je vous remercie de ce

dîner si raffiné et je suis persuadée que nous n'aurons guère l'occasion de nous revoir.

Charles n'avait pas bronché. A peine la porte refermée, en attendant l'ascenseur, il prit Hélène dans ses bras et lui mordilla l'oreille comme elle aimait tant. « C'est de son côté que j'ai réussi mon examen de passage, y compris le bouquet final », songea Hélène.

Jamais ils n'évoquèrent cette soirée. Si c'était Hélène qui décrochait lorsque Mme Lériande téléphonait à son fils, elle se contentait d'un « Je vous le passe, madame », mais le seul timbre de cette voix suffisait à lui donner mauvaise conscience : elle sentait confusément que Charles l'aurait souhaitée plus coopérative. Aujourd'hui son hostilité muette se dressait comme une barrière infranchissable. Hélène, n'osant l'appeler, avait demandé à Vlado de le faire, mais le téléphone sonna en vain.

Si personne ne savait où Charles avait disparu, vraisemblablement sa mère non plus n'était pas à Paris. Cela avait rassuré Hélène. Ils ont dû partir ensemble voir quelqu'un de leur famille, se disait-elle, peut-être l'oncle maternel de Charles qui avait eu un petit malaise cardiaque au cours d'un voyage en Allemagne. En ce cas, Mme Lériande avait dû utiliser tous les prétextes pour empêcher son fils d'appeler. Hélène croyait l'entendre : « Mais laisse donc cette fille tranquille : vous n'êtes pas mariés et tu n'as pas de comptes à lui rendre. » Cela pouvait à la rigueur expliquer son silence pendant la journée, mais pourquoi ne téléphonait-il pas, même au milieu de la nuit ? Quand serait-il libéré de la surveillance maternelle ?

Le matin de son départ, Hélène avait été chercher Gaston, le mainate de Charles, pour le confier à Leïla :

— Il faut qu'il prenne un bain tous les matins. Il adore le beurre et en réclame sans cesse : ne lui en donne pas trop.

Leïla et Vlado adoptèrent dans l'enthousiasme ce nouveau pensionnaire. Gaston pouvait parler avec quatre timbres de voix différents. Il connaissait une bonne vingtaine de phrases, toussait, riait et sifflait indéfiniment le début de *la Marseillaise* avec toujours la même fausse note sur le « pa » de « pa-tri-i-e ». Il arrivait à reproduire des bruits incongrus (celui d'une chasse d'eau, d'un sèche-linge qu'on remonte, le grincement d'une porte ou le miaulement d'une chatte en chaleur), mais il était véritablement irrésistible lorsque, la tête complètement déjetée de côté, il quémandait d'une petite voix enfantine : « Du beurre s'il vous plaît. » Quand il voyait s'approcher sa gâterie préférée, l'excitation le faisait trépigner sur place et il semblait exécuter un véritable numéro de claquettes. C'était un bruyant pensionnaire mais il suffisait, pour le faire taire, de couvrir sa cage d'une étoffe noire : Gaston croyait alors la nuit tombée et se tenait immédiatement coi. Il avait vraiment fallu que Charles fût pris de court pour avoir ainsi abandonné Gaston...

A Nefta, une tempête obligea l'équipe à demeurer claquemurée vingt-quatre heures dans l'hôtel où le sable parvenait à s'infiltrer partout en dépit des fenêtres closes. Un cinglant brouillard qui piquait les yeux ensevelissait la palmeraie sous un jaune cotonneux. Même la piscine, juste en contrebas de la salle à manger, avait été happée par cette poussière de désert soufflant en furie. Hélène appela quatre fois Leïla : toujours rien de Charles. Pour paraître gaie, elle força un peu sur les cocktails et s'en trouva fort bien. Puisque son amant se préoccupait aussi peu d'elle, elle n'attendrait pas son retour pour se venger. Le plus séduisant des photographes, un assez beau brun, Philippe Mertal, détestait comme Hélène le gin-rummy et le back gammon, passe-temps favoris des invités de Frangisol. Au cours d'un précédent voyage à l'île Maurice, Mertal lui avait fait de très nettes avances : il en avait été pour ses frais. Cette fois, Hélène le provoqua, décidée à se laisser courtiser — un peu mais pas trop. Mertal n'avait rien de très fascinant. Sa silhouette sportive et sa superbe gueule d'acteur américain des années cinquante constituaient ses atouts majeurs, car sa cervelle aurait pu tenir à l'aise dans un crâne de sansonnet. Son rire éclatait fâcheusement en hi hi un peu sots plus qu'en virils ha ha, mais il paraissait toujours d'excellente humeur, ce qui n'était pas négligeable. Hélène l'évaluait cyniquement : c'était le hâbleur type incapable de parler sans commencer ses phrases par « moi je » mais dont le stock d'anecdotes glanées à travers le monde entier durerait bien jusqu'à la fin de la tempête.

Hélène avait toujours eu beaucoup de succès. Tant que sa liaison avec Charles était demeurée secrète, elle affecta de rester disponible. Leur complicité s'amusait des nombreuses tentatives de séduction dont elle était l'objet et qui, quelque part, la rassuraient. C'était pour Charles le Tombeur (comme l'appelait Leïla) qu'elle tenait à sa cour. Dès ses dix-neuf ans, Hélène avait découvert son pouvoir sur les hommes. Elle s'en était étonnée, ne se trouvant pas particulièrement jolie, mais l'accepta en toute sérénité, comme le don inattendu d'une fée étourdie. Elle aimait plaire comme d'autres aiment chanter. Cependant, elle affichait une si totale liberté que les hommes avaient irrésistiblement envie de l'en déposséder. Charles n'avait pas échappé à ce processus. Il l'avait trouvée follement attirante, lui avait fait le même type de cour peu conventionnelle qu'à toutes celles qu'il désirait et s'était embarqué avec elle dans une aventure heureuse où l'amour, croyait-il, n'aurait pas sa place. A trente-deux ans, il découvrait le sens de l'expression « avoir une femme dans la peau », et c'est tout naturellement qu'il rompit ses autres attaches. Sans qu'il y prît garde, le papillon devenait fidèle non par morale mais par passion physique. Se partager entre deux domiciles lui parut vite insupportable. Lui qui croyait haïr le quotidien et la vie organisée avait de plus en plus besoin de présence et d'habitudes. « Pourquoi gardes-tu tous ces mecs autour de toi ? » lui avait-il demandé. « Ce n'est pas moi qui les sollicite, et pour ce que j'en fais, tu ne vas pas me dire que ça te dérange ! » objecta Hélène. Comme elle n'attachait aucune importance aux choses et aux êtres qu'elle n'avait pas choisis, Hélène ne prêtait guère attention à cette agitation masculine autour d'elle. Persuadée que toutes les femmes vivaient ainsi, dans un perpétuel tourbillon de téléphones, d'invitations et d'envois de fleurs, elle ne comprenait pas l'agacement de son amant. Ce n'était pas par crainte de décourager ses admirateurs qu'elle n'affichait pas sa liaison mais par un goût romanesque de la clandestinité. Retrouver « par hasard » Charles à un dîner d'amis et jouer l'indifférence alors qu'une heure auparavant ils étaient dans le même lit, sentir sur elle l'odeur de son corps en sablant avec lui le champagne devant des tiers délicieusement ignorants, pouffer de rire en commentant entre deux baisers les tentatives de séduction dont elle avait été devant lui l'objet, l'enchantait. Digne héritière des femelles des protohominidés qui séduisaient les chasseurs solitaires afin d'assurer une plus abondante nourriture à leur véritable compagnon et à leurs enfants, elle lui faisait l'hommage, à défaut de lapins et de porcs-épics, de ses admirateurs. « Vois toutes ces têtes que je te sacrifie », semblait-elle dire, mais comme chez tous les êtres épris de liberté, son offrande était ambiguë. Avec cette abdication pudiquement maquillée en bravade (« si tu veux partir, ne te soucie pas de moi, je ne serai pas en peine longtemps »), Hélène offrait à la fois les chaînes et les tenailles pour les briser. Charles, peu doué pour comprendre de telles subtilités, ne percevait que le message le plus banal. Il y voyait la trace de cette coquetterie féminine que les hommes intelligents se résignent à accepter et finit par s'en amuser. Si, au début de leur histoire, elle avait gardé sa cour pour le sécuriser, elle s'en défit par la suite pour le rassurer davantage.

En Tunisie, au lieu de se laisser ronger d'inquiétude ou de dépit, elle réagit en utilisant Mertal selon les classiques lois de la stratégie amoureuse qu'elle avait jusqu'alors dédaignées. Dans le palace ouaté de sable et provisoirement coupé du monde, le récent séjour du photographe chez les Esquimaux de Thulé prenait des allures d'épopée galactique. Heureux de la présenter à tous comme sa nouvelle conquête, il tenait ostensiblement

Hélène par les épaules mais acceptait de voir ses tentatives de séduction s'arrêter à la porte de leurs chambres respectives.

« Encore une journée ou deux, et elle sera mûre », se disait-il.

Hélène comprit vite que si elle feignait d'être sa petite amie, elle n'aurait pas de problème avec lui. Elle se rappelait Humphrey Bogart commentant, dans *la Comtesse aux Pieds Nus,* le départ d'Ava Gardner sur le yacht d'un soupirant vieux et richissime : « Elle lui avait laissé ce choix : ou être sa maîtresse et que personne ne le sût, ou ne pas l'être et que tout le monde le pensât. Il avait préféré la seconde solution. » En réalité Mertal, trop habitué aux conquêtes faciles pour être pressé, se résignait à attendre le retour à Paris.

De retour impasse Saint-Sébastien, c'est en ouvrant son courrier qu'Hélène apprit la nouvelle. Leïla la vit courir à sa chambre où elle s'enferma. Elle ressortit un peu plus tard pour chercher le téléphone. A en juger par le nombre de « cling » ponctuant chaque appel, elle dut passer un grand nombre de communications. Puis elle reposa l'appareil dans l'entrée et regagna sa chambre sans mot dire. Lorsque Leïla, timidement, voulut frapper à sa porte pour lui proposer de dîner, elle découvrit par terre une feuille de papier. *« Ne pas me déranger. Je ne suis là pour personne. »* Et *« personne »,* écrit en lettres majuscules, était souligné deux fois.

Le lendemain matin, Hélène n'alla pas à son bureau. Leïla l'avait entendue au cours de la nuit ouvrir la porte du réfrigérateur. Elle y avait seulement pris un peu de lait, ignorant la dînette préparée. A midi et demi, après son cours d'aérobic, Leïla fit une nouvelle tentative.

— Entre, répondit une voix blanche.

Hélène était prostrée sur son lit, toujours en costume de voyage. Elle lui tendit, sans même la regarder, une enveloppe barbouillée de larmes. Une haute écriture régulière, aux jambages élégants, s'y étalait. Une écriture féminine que Leïla ne connaissait pas. A l'intérieur, une feuille vierge de papier à lettres protégeait une photo découpée dans un journal et annotée de cette même écriture.

Leïla comprit tout de suite. La photo représentait une moto cassée, distordue, couchée en travers d'une route. Pas une ligne d'article, pas un titre, pas une légende mais, en diagonale, traversant tout le cliché, ce simple commentaire souligné trois fois : « Votre œuvre ! » Horrifiée, la jeune femme regardait tour à tour l'enveloppe qu'elle aurait voulu ne jamais ouvrir et son amie, pâle, hagarde, les yeux secs grands ouverts sur le plafond.

Fallait-il demeurer ou partir, se taire ou parler ? Que peut-on faire pour alléger un chagrin ? L'amitié la plus sincère jamais ne suscitera des mots efficaces, elle le savait bien. Elle choisit de partir et s'en alla réveiller Vlado.

Jamais, et c'était là une convention scrupuleusement respectée, il ne fallait déranger Vlado avant deux heures de l'après-midi. Le jeune Yougoslave ne rentrait qu'à l'aube après une tournée dans quelques cabarets où, pour un cachet dérisoire, il se produisait. Cela ne l'empêchait pas d'être toujours gai comme un pinson. Depuis que Leïla l'avait adopté, il avait enfin un toit et un semblant de vie de famille ; lui aussi rêvait de conquérir Paris avec cette Salomé dont, à grandes rasades de jus de pomme, il accouchait avec son hôtesse. En attendant, il effectuait à droite et à gauche de menus travaux. Peinture d'appartements, pose de tissu, menuiserie, petite plomberie, il arrivait à se faire, au noir, de quoi vivre.

Vlado dormait nu en travers d'une galette de mousse posée à même le sol. Tout chiffonné et tassé en boule, son drap du dessus lui couvrait juste les chevilles. Leïla vint s'asseoir contre son dos et lui gratta la nuque. Toujours endormi, le danseur esquissa un geste pour l'attirer à lui. Leïla résista. Ils avaient toujours eu des rapports très affectueux. On les croyait amants, ce n'était pas le cas. Entre eux s'était tissée une fraternité tendre pleine de câlineries et d'agaceries. Parce qu'il ne lui avait jamais manifesté le moindre désir et qu'elle ne lui connaissait pas de liaisons masculines, après avoir pensé que Vlado devait être un homosexuel honteux, Leïla avait fini par admettre que le Yougoslave n'était pas plus porté sur les femmes que sur les hommes. Quand elle l'appelait « mon ange », elle savait ce qu'elle voulait dire, et lorsque cette grande dévoreuse de mâles amenait chez elle un partenaire pour la nuit, leur entente ne risquait aucunement d'être troublée par quelque type de jalousie que ce fût. « Il m'assure la plupart des avantages de l'homme sans aucun des inconvénients des jules », expliquait-elle à ceux que surprenait cette cohabitation.

Vlado vint s'enrouler autour de Leïla. Elle le secoua et attendit qu'il fût complètement réveillé. Elle n'arrivait pas à croire ce qu'elle venait d'apprendre et c'est en entendant sa propre voix qu'elle réalisa ce qu'elle disait.

— Charles est mort.

Elle lui narra le peu qu'elle savait. La lettre, ou plutôt la coupure de presse annotée, venait de Mme Lériande.

— Elle est encore plus garce que j'aurais imaginé jamais, siffla Vlado dans son français trébuchant.

Il leur fallut plusieurs jours avant d'apprendre ce qui s'était passé et pourquoi Hélène n'avait pas été avertie immédiatement.

La jeune fille prit un congé sans solde. Elle n'avait envie ni d'étaler son chagrin ni de jouer les veuves héroïques et, incapable d'accepter le train-train quotidien, se terra chez elle. Elle alternait dangereusement alcool et tranquillisants, ne se maquillait plus, s'habillait seulement d'un jean et d'un vieux chandail de marin, mais jamais elle ne laissa échapper devant ses amis la plus légère plainte, la moindre ébauche de sanglot. Pour ne pas être malade, elle s'imposait d'avaler un peu de nourriture et, quand la peine la submergeait, partait discrètement s'enfermer dans sa chambre. Là, indéfiniment, elle écoutait la Passacaille de Bach, premier disque que Charles lui eût offert et dont l'écoute avait suivi leur première nuit d'amour.

Gaston continuait à jacasser joyeusement, à grommeler ses « allô, allô », à réclamer du beurre et à lacérer le papier de journal qui tapissait le fond de sa cage. Un jour, se disait-elle, elle serait comme lui, c'est-à-dire comme « avant ». Un jour la vie reprendrait le dessus, c'était seulement une affaire de temps. Elle se répétait ces belles phrases sans y croire, secrètement fière de juger son chagrin sans remède. Parce qu'elle n'habitait pas seule, elle refusait de se laisser aller à la volupté du désespoir. Leïla et Vlado l'entouraient d'une affection chaude, lui épargnant consolations inutiles et regards de commisération. Ils l'aidèrent à débarrasser de ses affaires le studio de Charles. Tout fut entreposé en vrac dans sa chambre, Hélène attendait d'être plus forte pour trier.

Un jour enfin, elle se sentit prête. Cela faisait un peu plus de trois semaines que c'était arrivé. Par la baie vitrée, un timide soleil de novembre frappait une grande photo punaisée au mur. Une photo mélancolique comme cette matinée d'automne : Hélène et Charles, vêtus comme des jumeaux — ils aimaient s'habiller tous deux de la même manière — et assis sur un tronc d'arbre déraciné.

Un feu brûlait dans la cheminée. Blafarde, amaigrie, un verre de cognac à la main, Hélène fixait les flammes sans ciller. Elle attendait que l'orgue se tût. Était-ce, comme elle l'avait décidé, la dernière fois qu'elle écoutait la Passacaille ? Il lui semblait que déjà cette musique l'émouvait moins : avait-elle perdu, à force d'être ressassée, son pouvoir magique ? Hélène repoussa cette idée comme une bête nuisible, s'efforçant de ressentir l'amplitude sonore à la manière d'un brasier qui la consumerait de l'intérieur.

Après la dernière note, elle s'assit en tailleur en face du foyer et choisit un carton à chaussures bourré de lettres qu'elle entreprit de vérifier une par une. Elle relisait celles de Charles qu'elle mettait de côté, chiffonnait les autres et les jetait dans le feu. Alors qu'elle dépliait une page couverte de l'illisible graphisme qu'elle chérissait tant, une voix d'homme appela :

— Hélène !

Elle ne broncha pas. La même voix reprit, plus fort :

— Hélène ! Hélène !

Sans lever les yeux, elle jeta le contenu de son verre dans la cheminée. Une grande flamme s'éleva, éclatante, et une voix féminine répondit très doucement :

— Mon amour.

C'était la voix d'Hélène.

Hélène, cependant, n'avait pas parlé. Elle se releva. Allègrement sifflée, une *Marseillaise* retentit. Attrapant un morceau de tissu noir, Hélène en couvrit la cage à l'intérieur de laquelle le mainate faisait son numéro. Gaston se tut brusquement, avant même d'arriver à son habituelle fausse note, et Hélène revint s'asseoir près du feu. Elle reprit son tri. Elle voulait en terminer avec cette lecture déchirante, raviver au maximum des souvenirs toujours brûlants comme si, à force de se meurtrir, elle devait s'en trouver anesthésiée. Lorsqu'elle eut fini, il ne lui restait plus qu'un petit paquet, désespérément mince. Elle resta un long moment totalement amorphe, à contempler le feu.

Son visage n'exprimait toujours rien lorsqu'elle s'installa devant sa coiffeuse. Choisissant calmement couleurs et pinceaux, elle se composa un maquillage savant, quelque peu outrancier pour un début d'après-midi ; une perruque rousse toute bouclée acheva de la métamorphoser.

Des bruits de tam-tams envahirent la chambre. Elle se retourna. Par la porte entrebâillée, Vlado glissait timidement la tête :

— Hélène ?

— Oui ?

— Ça va ?

— Très bien !

Les tam-tams couvraient la voix d'Hélène, totalement

neutre, puis ils envahirent la pièce quand le danseur entra. Il vit d'abord le visage d'Hélène se reflétant dans le miroir. Son sourire s'épanouit, il vint à elle, lui souleva le visage par le menton pour mieux l'examiner et, après un sifflement admiratif, l'embrassa. Remuant les épaules au rythme des tambours afro-cubains, il essaya de prendre Hélène par la main pour l'inviter à danser. Elle résista. Alors il effectua quelques pirouettes, sauta, virevolta et, plongeant en une courbette exagérément respectueuse devant la cage, la dévoila d'un geste vif. Gaston remercia d'une *Marseillaise* perçante. Hélène se leva, ôta la robe indienne qui lui servait de déshabillé, fouilla dans sa penderie et en sortit une robe de cachemire d'un éclatant bleu de Prusse. Vlado continuait ses improvisations. Dans son collant ocre marbré de brun, saluant chacun de ses passages dans la lumière du soleil d'un ample mouvement du cou, il avait véritablement l'air d'un fauve, mais Hélène n'accordait pas plus d'attention à ses entrechats qu'il n'en prêtait à sa nudité. Enfin prête, elle fureta parmi sa table et prit quelques papiers qu'elle glissa dans son sac. Comme elle boutonnait son imperméable, Vlado s'immobilisa :

— Tu ne viens pas nous regarder travailler ?

— Non, je vais prendre l'air.

Traversant le hall, elle n'eut pas un regard pour le studio où Leïla et quatre danseurs se contorsionnaient.

Cette nuit-là, elle ne rentra pas.

Ni Leïla ni Vlado ne s'aperçurent qu'Hélène avait découché.

Le lendemain, vers les trois heures de l'après-midi, ne l'ayant toujours pas entendue remuer, le danseur lui prépara un appétissant brunch qu'il lui apporta dans sa chambre.

Rien n'y avait bougé depuis la veille. La robe indienne gisait à terre devant un feu éteint depuis longtemps.

Hélène n'avait de comptes à rendre à personne mais, depuis l'accident et sans avoir eu besoin de se concerter, Leïla et Vlado s'arrangeaient pour ne jamais la laisser seule. La plupart du temps, elle restait prostrée dans sa chambre. Ses rares apparitions étaient, à dire vrai, plus gênantes que sa réclusion volontaire : Hélène se forçait à paraître enjouée et, bien plus que son mutisme, son rire contraint, nerveux, trahissait sa tristesse. Elle avait refusé de retourner chez ses parents à Nevers : « Quand je me suis ennuyée chez eux, j'en suis partie malgré leurs supplications. Ce n'est pas parce que ça ne va pas maintenant que je vais aller me réfugier chez eux. »

— Chez qui a-t-elle pu passer la nuit ? Et pourquoi n'a-t-elle pas prévenu ? s'indigna Leïla.

— Elle a peut-être appelé ce matin pendant que je dormais, suggéra Vlado.

— Ah non ! Nous n'allons pas jouer à ça à notre tour ! Elle m'a promis de cesser ses mélanges de cognac et de valium : c'était le seul risque. Pour le reste, elle est majeure et vaccinée, je refuse d'imaginer quoi que ce soit.

Leïla parlait d'un ton volontairement cassant. Vlado engloutit une autre tartine :

— A mon avis, elle a dû s'envoyer en l'air. C'est une très bonne idée.

— Ça m'étonnerait ! Il n'y a rien de tel que le chagrin pour dissiper toute libido ! Qu'est-ce qui te fait dire ça ?

— Hier, quand elle est partie, elle avait tout son grand truc de séduction. Maquillage, perruque, parfum, sape ultra-chic. Tout le truc, quoi !

— Et pour séduire qui ?

— Ça, je lui ai pas demandé. Ça m'étonnerait pas que ce soit pour Mertal. Il téléphone tout le temps, celui-là !

— Tu n'entends pas comment elle le rembarre !

— Ça veut rien dire. Et puis il faut bien qu'elle se remette un jour ! Qu'elle trouve un autre jules !

— Il n'y a pas le feu. Jolie comme elle est, quand elle voudra s'envoyer en l'air, elle n'aura qu'à claquer des doigts. Mais c'est elle qui claquera des doigts et pas l'inverse !

— Peut-être, mais Mertal n'a pas téléphoné aujourd'hui. Comme par hasard. Tu trouves pas ça curieux ?

Leïla n'était pas convaincue mais Vlado, à force de vivre exclusivement avec des femmes, les comprenait peut-être mieux qu'elle, qui ne les écoutait pas. Elle connaissait un peu Mertal. Il avait fait gratuitement les photos de scène de son précédent spectacle en Avignon. Cavaleur et fanfaron mais certainement très gentil. Si, à ce moment-là, elle avait été disponible, peut-être aurait-elle eu une aventure avec lui. Mais très brève. Juste pour savoir ce qui se cachait derrière sa belle gueule parce que au lit, comme la plupart des sportifs, il devait réduire la volupté à l'exercice du sexe. Soucieux de sa forme, il faisait partie de cette redoutable espèce qui croit sain de faire du jogging dans la fumée des voitures et prestigieux d'effectuer quelques pompes après un bon repas. Si Hélène avait passé la nuit avec lui, ce que Leïla n'arrivait pas à croire, c'était certainement plus pour se rassurer que pour autre chose, et cette histoire n'aurait certainement pas de lendemain.

Un peu plus tard dans la soirée, Mertal appela de Stockholm :

— Ah, elle est sortie ? J'en suis content. Cela veut dire qu'elle va mieux. Je la rappellerai à mon retour.

Leïla eut le triomphe cinglant :

— Tes intuitions, tu peux t'asseoir dessus, mon pauvre Vlado !

Elle refusait de s'inquiéter :

— Au diable la comédie humaine ! Essaie plutôt d'imaginer combien il peut y avoir, dans cette seule ville de Paris, de situations analogues !

— Tu as raison !

Et Vlado s'en alla pour sa tournée des cabarets en sifflant *la Comparsita.*

4.

Depuis son retour de Tunisie, Hélène vivait claquemurée chez elle : elle n'avait quitté l'appartement qu'une fois, pour débarrasser le studio de Charles de ses affaires. Aussi, lorsqu'elle sortit cet après-midi, elle se doutait bien que son départ intriguerait ses amis, mais elle n'avait aucune envie de leur dire où elle se rendait. Elle se sentait un peu faible. La marche, pensait-elle, lui ferait du bien.

En trois semaines, la rue avait changé. L'automne finissant cédait le pas à l'hiver. Sur le boulevard, le vent jouait avec les dernières feuilles des platanes, pourries, collées par la pluie de la nuit, comme pour aider le soleil pâle à les sécher. Elle allait sans hâte, seulement attentive à ne pas surprendre son reflet au hasard d'une vitrine.

L'alléchante odeur d'une pâtisserie la revigora. Deux macarons au chocolat, un peu trop sucrés mais fondants et délicieusement tièdes, parurent la réconcilier avec elle-même et c'est d'un pas un peu plus vif qu'elle poursuivit sa marche. Elle arriva avenue Niel plus facilement qu'elle ne l'aurait imaginé : en temps normal, elle n'aurait jamais fait un tel trajet à pied.

Sous une voûte néo-gothique fraîchement repeinte de blanc, un grand panneau vitré indiquait le nom des occupants de l'immeuble. En bas de la liste alphabétique, celui qu'elle cherchait : SIRKANIAN, Escalier B, 2e étage.

Au second, sous le bouton de la sonnette, était coincée

une fiche de carton quadrillé : *H. S. Sonnez et entrez.* Elle obtempéra. Dans une petite entrée rectangulaire, dix chaises dépareillées se faisaient face, cinq par cinq. Pas un bruit. Un mauvais projecteur accroché à la corniche d'une armoire éclairait un plafond enluminé. Sur une minuscule table basse, quelques bâtonnets d'encens se consumaient près d'un bol en bois empli de pétales de roses séchés.

Toujours debout, Hélène attendait. L'atmosphère confinée de cette pièce sombre et sans fenêtre, l'odeur âcre de l'encens l'indisposaient. Elle avait envie de partir mais il lui fallait savoir. Très assourdis, montaient de l'escalier les hurlements d'un bébé, seul signe de vie dans cet endroit abandonné. Elle n'osait ressortir pour appuyer une autre fois sur la sonnette : peut-être son premier coup, trop discret, n'avait-il pas été entendu. Peut-être aussi Sirkanian était-il occupé à une consultation et devait-elle attendre qu'il eût fini ? Combien cela pouvait-il durer ? Une demi-heure ? Une heure ? Elle n'en avait pas la moindre idée. Il n'y avait pas de numéro de téléphone sur la carte de Sirkanian, et comme le service de renseignements l'avait informée que l'abonné se trouvait sur la liste rouge, elle n'avait pu prendre de rendez-vous.

La contemplation du plafond divisé en douze cases d'inégales dimensions l'absorba quelque temps. Elle y repéra les trois signes astrologiques qu'elle savait reconnaître à force de les avoir vus dans les magazines : les Gémeaux, signe de Charles, le Verseau, le sien, et aussi le Sagittaire, celui de son agence, dont le sigle ornait les cadeaux d'entreprise qu'elle distribuait à longueur d'année. Quant aux autres, elle avait beau fouiller sa mémoire, elle n'arrivait pas, même en désordre, à les énumérer tous. Elle n'en trouvait que dix. Plus mystérieux encore, d'autres symboles peints en or sur fond rouge brique se détachaient irrégulièrement, fichés comme des têtes d'épingles au sommet de traits filiformes plantés dans de courtes inscriptions en hébreu et en arabe.

La tête renversée en arrière, Hélène tournait autour de la table dont elle heurta un coin. Se frottant le tibia, elle lut sur une feuille coincée sous le bol : *ne pas fumer, s.v.p.*

Rien de tel pour lui en donner envie. Résignée, elle s'assit et commença enfin à inspecter la pièce. Juste en face d'elle, une porte capitonnée avec, épinglé sur la molesquine, encore un écriteau : *vous pouvez entrer.* Elle pensait au flacon d'Alice au Pays des Merveilles avec son étiquette *Bois-moi.* Qu'allait-il lui arriver puisque, hélas ! il était exclu qu'elle pût être miniaturisée ou démesurément agrandie ? Un individu aussi original que Sirkanian ne pouvait pas vivre comme tout le monde, elle le pressentait, mais elle ne s'était pas attendue à cette course au trésor jalonnée d'inscriptions ! Craintive Alice, elle répugnait à suivre les consignes réservées, pensait-elle, aux habitués de l'endroit. Ici, elle n'était qu'une intruse. Ne pouvant frapper sur la porte molletonnée, elle donna avec sa bague quelques coups sur le chambranle.

— Oui... Entrez.

Elle découvrit une vaste pièce qui tenait à la fois de la bibliothèque, de la brocante, du souk et de l'église orthodoxe. Partout des livres, des icônes, des cierges allumés. Une profusion de tapis, de sculptures, d'objets insolites, de fragments de tapisserie jetés sur des coffres, et des chats. D'énormes chats. Lui tournant le dos, Sirkanian, penché sur une table croulante de paperasserie, écrivait. Il se retourna, faisant pivoter son fauteuil, dévisagea Hélène en silence, dodelina de la tête et, finissant par se lever, lui tendit la main :

— Hélène, n'est-ce pas ?

Ainsi, il l'avait reconnue. Elle admit à regret :

— Oui... Je ne vous dérange pas ?

Il ne répondit pas, alla à la porte, enleva l'écriteau de l'extérieur, le remplaça par un autre, revint s'asseoir en silence tout en invitant Hélène d'un simple geste de la main à s'installer sur un canapé. Il la regarda se caler entre les coussins brodés d'or et décorés de motifs sans doute prélevés sur d'anciens ornements religieux, se lissa le sourcil droit et finit par lancer, en pesant bien ses mots :

— Il est mort, n'est-ce pas ?

La stupeur glaça Hélène. Elle sentait le sang refluer de son visage. Elle entrouvrit la bouche et demeura figée en face de lui, incapable de parler. Toute sa belle assurance, fabriquée à grand renfort de perruque et de fond de teint, s'effondrait. Non, elle ne voulait pas pleurer parce que cette fois-ci elle ne pourrait plus s'arrêter. Elle bloqua son souffle, appuyant la langue contre le palais comme pour retenir l'invasion des larmes.

L'Arménien se leva, vint se planter devant la fenêtre, lui tournant pudiquement le dos. Vite, un kleenex. Trempé, le petit mouchoir de papier se transformait en tampon encreur, tout barbouillé de vert et de noir. Il la laissait pleurer sans s'occuper d'elle. En essuyant ses larmes, elle arracha sa perruque et se recoiffa. Cela lui fit du bien. Elle se reprenait un peu et toussa pour s'éclaircir la voix.

— Comment savez-vous ?

— C'était évident. Donc il est mort...

Il se retourna et, de l'autre bout de la pièce, la contempla avec une infinie compassion.

— ... Mon pauvre petit ! Eh bien, on va essayer de vous aider.

Se baissant, il attrapa un gros chat tigré et le lui posa sur les genoux.

— D'abord, prenez ça. Caressez-le, vous verrez comme ça fait du bien et comme ça aide à voir clair.

Il prit un autre chat et s'assit juste à côté d'elle. Hélène enfouissait ses mains dans la fourrure de l'animal, le pétrissait presque brutalement. Le chat se mit à ronronner de plaisir. Il sortait et rentrait ses griffes, les enfonçant dans les cuisses d'Hélène. Les yeux obstinément baissés sur le félin, elle répéta, la voix un peu plus ferme :

— Comment savez-vous ?

— Nous verrons cela plus tard. Que s'est-il passé ?

Hélène se remit à pleurer, mais très sobrement. Sans

déranger le chat, elle ouvrit son sac et en sortit une enveloppe qu'elle tendit à Sirkanian. A l'intérieur, il n'y avait pas de lettre mais, protégée par une simple feuille de papier blanc, une photo découpée au ras de l'image dans un journal. C'était la photo montrée à Leïla, celle de la moto de Charles, annotée par Mme Lériande.

— Votre œuvre ? s'enquit Sirkanian en haussant les sourcils.

— C'est moi qui lui avais offert cette moto. Sa mère me déteste. Elle est veuve et n'avait que lui. C'est comme ça qu'elle m'a prévenue. Sans même me parler. Exprès, après que tout a été fini. Je n'ai pas pu le voir à la morgue ni même aller à son enterrement.

Les deux chats ronronnaient de concert. Un autre vint se frotter contre les jambes d'Hélène. Parfois un défaut dans la cire faisait crépiter un cierge. Une paix tranquille flottait dans la pièce, enrobant Hélène d'une chape de protection. Elle eut deux légers spasmes, signes avant-coureurs de la fin de sa crise de larmes tandis que Sirkanian se levait, faisant sauter à terre le chat qui le suivit, la queue dressée toute raide. Il alla emplir deux verres de thé à un samovar posé près d'une armure japonaise. Hélène le rejoignit, le chat dans les bras.

— Je ne voulais pas vous raconter tout ça.

— L'important n'est pas ce que l'on veut faire mais ce qu'on fait vraiment. Savez-vous pourquoi vous êtes venue ?

— Je voulais vous demander de faire son thème. J'aurais voulu que vous me disiez... si... de toute façon...

Elle n'arrivait pas à achever et secoua la tête :

— Bien sûr, c'est inutile... ça ne changerait rien... mais je voulais savoir...

— Vous vouliez savoir si la mort était inscrite noir sur blanc ? Vous vouliez savoir si c'était bien votre œuvre ? Alors mettez-vous bien une chose dans la tête : moto ou pas moto, la mort n'est qu'un rendez-vous. Le moyen n'a pas d'importance. Seule l'heure compte. Le moment. Oui, le moment du rendez-vous.

— Justement, à propos d'heure...

— Oui ?

— Vous vous rappelez, quand il a tapé à la vitre ?

— Non.

— Vous ne vous en souvenez pas ?

— Si, mais je ne l'ai pas vu.

— Je ne comprends pas. Alors, de quoi vous souvenez-vous ?

— Je me rappelle très bien que vous avez cru voir votre ami. C'est comme cela que j'ai compris qu'il était mort.

Hélène jeta le chat par terre et, très énervée, arpenta la pièce. Sirkanian ne disait rien. Il lapait son thé à petites gorgées. Brusquement, Hélène attrapa sa perruque et la tassa dans son sac :

— J'ai eu tort de venir. Ça ne rime à rien. Excusez-moi de vous avoir ainsi dérangé.

Sirkanian posa son verre, vint mettre un bras autour des épaules d'Hélène et la força à s'asseoir sur le divan tout contre lui :

— Écoutez-moi bien, petite fille trop impatiente pour avoir le courage de chercher à comprendre. Il n'y a rien de sorcier là-dedans. Souvenez-vous de ce qui s'est passé. Réfléchissez. Je suis assis à une terrasse de café à côté d'une jolie fille qui, visiblement, attend quelqu'un. A un moment, cette jeune personne, sans raison apparente, se met à agiter les bras. Je regarde autour d'elle, je suis la direction de ses gestes. Il n'y a pas d'erreur : ses signes ne s'adressent à personne. Il n'y a, de l'autre côté de la vitre, que des inconnus qui ne se soucient pas d'elle, et personne ne répond à ses signaux.

— Mais si, il était là. Il m'a même appelée. C'est lui qui a attiré mon attention en frappant sur la vitre.

Elle se rendit compte qu'elle criait. Alors elle ferma les yeux, se rejetant en arrière contre le dossier. Elle se remémorait la scène qui ne cessait de la hanter. Elle était à sa table. Le marchand de journaux venait juste d'empocher son billet de vingt francs et comptait la monnaie pour la lui rendre. Elle tenait *France-Soir* d'une main et attendait, l'autre tendue, quand quelques coups rapides sur la vitre — trois ou quatre, elle ne savait plus — lui avaient fait lever la tête. C'était Charles, debout sur le trottoir, de l'autre côté de la terrasse. Elle revoyait son pantalon de velours côtelé bleu marine et son blouson de cuir noir. Il avait dû certainement inventer quelque chose de réussi puisqu'il avait l'air heureux. Il souriait, elle s'en souvenait très bien. Puis il lui avait dit quelque chose qu'elle n'avait pu entendre et, comme elle n'avait pas réglé ses consommations, elle lui avait fait signe de la rejoindre à l'intérieur. Le temps de payer et d'enfiler son imperméable, elle était sortie à sa rencontre.

— Non seulement je l'ai entendu frapper mais je l'ai vu et il m'a parlé, gémit-elle.

— Arrêtez, Hélène...

La voix était dure, autoritaire. Hélène ouvrit les yeux.

— ... Regardez-moi bien et donnez-moi les mains.

Tourné de guingois vers elle, Sirkanian lui saisit les deux mains. Son cœur se mit à battre à grands coups : qu'est-ce qu'il lui prenait ? Il la regardait de très près. Sous la broussaille des sourcils, les yeux de l'Arménien, presque noirs tant ils étaient sombres, se promenaient sur son visage. La voix se fit plus douce :

— Non, Hélène, il faut être honnête. Respirez calmement, profondément, et essayez de vous souvenir.

Honnête ! Que voulait-il dire ? Il était fou ! Non, la folle c'était elle, d'avoir ainsi débarqué à l'improviste chez un inconnu. Toujours plus fort, son cœur s'affolait. Elle essaya de se dégager quand, de lui-même, l'Arménien la libéra. Il se leva et vint se planter en face d'une icône.

— Je ne veux pas vous influencer, je voudrais que vous descendiez en vous-même. Que vous essayiez de vous souvenir. De ce qui s'est vraiment passé. Pas de ce que vous inventez.

Le dos tourné, il continuait à parler de sa belle voix grave, bien placée. Hélène se rassurait. Par-dessus l'épaule de l'astrologue, une Vierge byzantine la fixait de ses larges yeux écartés. Encore une fois, elle revécut cette scène incompréhensible mais qu'elle n'avait pas inventée, elle le savait bien.

A nouveau, elle vit le café, la table avec les deux verres et le sucrier, le trottoir d'en face, le... Elle eut un éblouissement et tout chavira dans sa tête. Le café était presque vide. Seules deux tables étaient occupées : celle d'Hélène et celle de son voisin. Dans la rue déserte, il n'y avait qu'une silhouette passant de droite à gauche. Le marchand de journaux. Hélène le hélait. Il entrait dans le café, se dirigeait vers elle qui enfin voyait son visage. C'était la Mort. Sa faux sur l'épaule, un paquet de journaux dans l'autre bras, elle s'en allait, laissant Hélène qui soudain se mettait à faire de grands signes en direction du trottoir absolument désert. Posé sur la table le journal présentait à la « une », sur une demi-page, une photo : celle de l'accident.

Hélène appuya ses deux poings fermés contre ses yeux. Cette vision n'avait duré qu'une fraction de seconde, la privant de cette bouffée de douceur à laquelle elle se raccrochait sans cesse : le visage de Charles, auréolé de boucles, illuminé de ce sourire qu'elle ne verrait plus, qu'elle ne verrait plus...

Ne pas pleurer. Reprendre le chat. La voix de Sirkanian poursuivait :

— ... Il n'y avait personne dans la rue. Du moins personne vous faisant signe. Si vous avez cru voir votre ami, c'est qu'il s'est manifesté à vous par la pensée. Vous avez eu une vision sans doute à l'instant même de sa mort. Je suis sûr que vous devez être un bon médium. Avez-vous déjà vécu des phénomènes de cet ordre ?

Il éteignit un cierge presque consumé, en alluma un autre et revint s'asseoir près d'Hélène. Encore sous le choc, elle se taisait. C'est presque malgré elle que les mots franchirent ses lèvres :

— Je ne sais pas... Ce que vous me dites est très troublant. J'ai appris par la gendarmerie que Charles a eu son accident vers les six heures du soir. Il quittait Rouen où il avait passé la journée. Je n'en savais rien. Il est mort plus tard à l'hôpital, à neuf heures moins le quart, pendant que je l'attendais. Ça coïncide...

— Ce n'est pas une coïncidence. C'est une réalité. Et je peux vous apprendre à connaître la réalité. Vous reverrez votre ami si vous le voulez. Autant que vous le voudrez. Jusqu'à ce que vous acceptiez qu'il soit parti. Ce n'est pas difficile d'entrer en contact avec les morts. De leur parler. De les entendre. Ils ne sont pas morts, ils sont ailleurs. Maintenant, il faut que vous pensiez à autre chose. Vous êtes en train de vous détruire, alors vous allez m'écouter.

Hélène n'était pas sûre de comprendre ce que Sirkanian suggérait ou plus exactement affirmait. Elle avait bien vu Charles vivant, en chair et en os. Il bougeait. Il parlait. Il souriait. En frappant à la vitre, il avait fait du bruit puisque c'est ce bruit qui avait attiré son attention. Ce n'était donc pas une hallucination. Et pourtant, d'après le rapport de gendarmerie, il avait eu son accident à 18 heures. Alors ? D'ailleurs, qu'est-ce que ça voulait dire, une « hallucination » ? Hélène ne savait plus. Il faudrait qu'elle vérifie dans un dictionnaire. Il y a comme cela des mots qu'on emploie facilement mais qui se dérobent à la réflexion et on découvre alors qu'on ne les maîtrise pas. Depuis quelque temps, elle se prenait à douter de tout. Elle avait l'impression de penser sur la pointe des pieds, sans pouvoir s'appesantir, incapable de disséquer le langage ou le plus simple des raisonnements. Les tranquillisants qu'elle prenait en quantité variable et sans le moindre avis médical affectaient certainement son acuité intellectuelle. Elle y renoncerait un peu avant de reprendre son travail. Mais ça, c'était pour le futur...

Après cette vision fugace qui lui semblait directement sortie d'un mauvais conte fantastique, Hélène se sentait anesthésiée. D'où cette indifférence qui lui permettait de pleurer sans la moindre gêne chez un étranger. Cet homme lui avait dit essayer de connaître l'autre face des événements : sans doute comprenait-il ce qui se passait en elle ? Elle cessa de lutter.

Sirkanian la fit s'étendre complètement, la déchaussa et lui offrit un autre verre de thé dans lequel il fit fondre deux comprimés. Totalement apathique, elle le laissa faire.

— Ma prochaine consultation est dans une heure seulement. Je vais vous apprendre à vous détendre.

Hélène n'avait aucune idée de l'heure. Il lui semblait que le soleil avait décliné mais elle ne s'en souciait pas. Sirkanian alluma d'autres cierges, ferma les rideaux, d'épaisses tentures de velours grenat qui occultèrent la lumière du jour, et chuchota :

— Désirez-vous un peu de musique ?

Elle ne s'en souciait pas et n'avait même pas envie de répondre.

— ... Alors je vais vous faire un peu de lecture. Pour que vous ne pensiez plus. Après, il faudra que je travaille.

Qu'il travaille ! Elle ne pouvait imaginer ce que « travailler » pouvait signifier pour un homme aussi différent des autres, mais ce terme lui conférait une dimension plus normale, rassurante. A ce moment-là, elle s'en irait. En attendant, elle pourrait se sentir protégée dans ce lieu hors du temps, hors de ses souvenirs.

— Respirez lentement, régulièrement. Comptez, si cela peut vous aider à trouver un rythme régulier. Jusqu'à trois en inspirant, jusqu'à cinq en expirant. Ne pensez qu'à votre souffle. Uniquement à votre souffle. N'hésitez pas à faire du bruit en expulsant l'air par vos narines. En soufflant, vous vous videz de tout... Ne vous attardez pas sur les images qui traversent. N'essayez pas de les chasser ni de les retenir. Les images sont nos amies. Elles viennent et se dissolvent. Vous êtes bien, détendue, vous respirez calmement...

Il l'écouta un instant respirer et, après avoir pris un épais cahier dans sa bibliothèque, s'installa à son bureau. D'une voix très neutre, il commença à lire, un crayon à la main. Il ne s'occupait pas d'Hélène, paisiblement allongée à quelques pas de lui. A plusieurs reprises, il cocha certains passages d'un trait dans la marge, sans modifier pour autant son intonation. Une fois terminée sa lecture, il apposa quelques corrections à ce texte, toujours sans se soucier d'Hélène qui maintenant dormait profondément, deux coussins dans les bras.

Lorsqu'il eut achevé sa tâche, il remit en place le cahier et s'approcha d'Hélène à pas de loup. Le sommeil détendait ses traits, la rajeunissant encore. L'épaisse masse de cheveux éparpillés, retenus çà et là au hasard des fils d'or des broderies, tissait une mouvante auréole autour de son visage.

« Comment une femme ose-t-elle s'enlaidir à ce point ? » pensa-t-il en regardant le sac d'où émergeait la perruque rousse. Il quitta la pièce, toujours aussi légèrement, repoussant du pied les cinq chats jouant entre ses jambes. Quelques minutes plus tard, il revenait, prenait Hélène dans ses bras et la portait dans une autre pièce. La jeune fille geignit un peu lorsqu'il l'étendit sur le lit. Elle serrait toujours les coussins contre elle. Elle en rejeta un, se tourna sur le ventre et poursuivit son somme.

Dans un demi-sommeil, Hélène étendit le bras vers la gauche. Sa main tâtonnait, battait dans le vide, comme une aile fatiguée. Elle cherchait quelque chose. Son bras montait, descendait, ne trouvait rien. Alors elle allongea l'autre bras. Même manège. Infructueux. Hélène avait soif. Grand soif. Elle cherchait le verre d'eau qu'elle posait toujours sur sa table de chevet avant de s'endormir mais elle ne trouvait rien. Pas même sa table de nuit. Elle se réveilla tout à fait. Il lui fallut quelque temps pour recouvrer ses esprits. Incrédules, ses yeux essayaient de percer l'obscurité pour comprendre où elle se trouvait. Voyons... Elle avait dû s'endormir dans le salon de Sirkanian. Elle essayait de s'orienter, mais elle ne comprenait rien. Ce n'était plus le divan au dossier alourdi d'un fouillis de coussins mais un petit lit qu'elle ne se souvenait pas avoir vu. Elle y était étendue, tout habillée. Par terre tremblait la faible lueur orangée d'une lampe à huile. Elle finit par distinguer, juste à côté, une sorte de chaise basse, non, un prie-Dieu sur lequel étaient posés son imperméable et son sac. Rien d'autre. Elle se redressa, cherchant à retrouver dans l'obscurité certains objets : le grand bureau de Sirkanian, l'icône de la Vierge au milieu de sa forêt de cierges, l'armure japonaise, les coffres indonésiens, les tapisseries... Rien. Le lit et le prie-Dieu flottaient dans un noir absolu. Ni sol, ni mur, ni plafond, ni ouverture. Elle devait être dans un tunnel... dans une salle souterraine... Donc, elle rêvait.

Elle palpa le dessus-de-lit. Très doux. De velours sans doute. Et là, rêches, les broderies métalliques du coussin. Habituée à l'obscurité, elle finit par y discerner l'Agneau pascal. Commençaient à émerger, très feutrés, des bruits de conversation. Des chuchotements. Réel tout cela !

En se levant, elle buta sur ses chaussures et les enfila. Comme une protection. Comme si l'épaisse moquette noire, moelleuse sous ses pieds, risquait de dissimuler un piège. La lampe dans une main, l'autre tendue en avant, elle explora la pièce. En dehors du lit et du prie-Dieu, il n'y avait rien. Pas un meuble, pas un tableau, pas le moindre éclairage et, beaucoup plus surprenant, ni porte ni fenêtre. En fait, les murs étaient dissimulés sous d'épaisses tentures drapées. Pas plus que le sol, le plafond tendu de noir comme les murs ne semblait dissimuler d'ouverture. Malgré tout, Hélène demeurait sereine et se répétait posément : « Puisque je suis entrée ici, je dois pouvoir en sortir... »

A force de tâtonner, elle réalisa que les tentures n'étaient pas fixes mais tapissaient la pièce comme de longs rideaux accrochés côte à côte. Le premier qu'elle fit coulisser découvrit une porte donnant sur un vaste réduit encombré de tout un bric-à-brac. Objets africains, meubles cassés, vieilles malles. Elle s'approcha alors du mur du fond, au bas duquel filtraient deux petits rais de lumière que le faible éclairage dispensé par sa lampe ne lui avait pas permis de distinguer. Deux autres portes. Les bruits de voix s'amplifièrent un peu comme elle traversait la pièce.

La porte de droite n'avait pas de poignée. Hélène y colla l'oreille. C'était bien de là que provenaient les chuchotements. Elle regarda par le trou de la serrure, découvrant encore une pièce qu'elle ne connaissait pas. Quelques personnes (elle n'en voyait que cinq) se tenaient autour d'une table, les yeux fermés. Elles ne mangeaient pas et écoutaient religieusement une voix féminine se plaindre en psalmodiant.

Curieux repas... Etrange atmosphère : on aurait cru une veillée funèbre. Décidément, Sirkanian ne devait pas aimer l'électricité : ses convives sans assiettes pratiquaient leur bizarre rituel dans une semi-obscurité, à la lumière d'un grand cierge pascal.

Avant d'ouvrir l'autre porte munie, elle, d'un loquet, Hélène regarda encore par le trou de la serrure. C'était l'entrée de l'appartement. Sur les chaises, toutes occupées, des gens recueillis, les yeux baissés, attendaient. Une femme assez âgée pleurait silencieusement.

Hélène retourna prendre ses affaires et sortit. Elle abandonna sa lampe à huile sur la table de l'entrée, sans que personne ne lui prêtât la moindre attention.

La nuit était complètement tombée. Hélène regarda sa montre, quatre heures et demie, la porta à son oreille. Arrêtée. Dans le taxi qui l'emmena chez elle, elle s'enquit de l'heure, étonnée de la fluidité de la circulation. Très « Parapluies de Cherbourg », le chauffeur, visiblement d'excellente humeur, lui chanta :

— *Dix heures moins le quart.*

Vérifiant dans le rétroviseur l'effet de sa voix sur sa cliente, il poursuivit, toujours chantant :

Dans une heure j'ai terminé
Dès demain je partirai
A la campagn' gambader
Avec ma femm' préférée.

L'homme devait avoir une longue pratique des vers de mirliton car il n'avait même pas pris le temps de préparer sa réponse. Il prenait un plaisir si évident à chanter qu'Hélène l'applaudit sans se forcer :

— Bravo ! Comme c'est agréable de rencontrer quelqu'un de gai !

— Nous, les Basques, on est comme ça. On apprend à chanter avant de parler, et à danser avant de marcher.

Car je suis basque...

Et il enchaîna sur un refrain à la Luis Mariano.

— Êtes-vous souvent d'aussi bonne humeur ? s'étonna Hélène.

— Avant de partir en week-end, toujours ! L'homme n'est pas fait pour travailler :

Le week-end, ça c'est sacré
On ne peut pas nous l'enl'ver.

— Oui, mais, comme nous sommes jeudi, vous avez encore toute une journée à tirer !

— Vous, vous êtes une étourdie
C'est aujourd'hui vendredi

— Désolée de vous contredire, nous sommes jeudi !

— Il faut croire ce que je dis
C'est aujourd'hui vendredi...

et il lui tendit un exemplaire du *Parisien Libéré.*

... En haut la date est marquée
Vous n'avez qu'à regarder.

Malgré la pénombre, Hélène put vérifier que le journal était bel et bien daté de vendredi. Qu'est-ce que cela signifiait ? Leïla et son groupe travaillaient à leur Salomé le jeudi et elle était partie de chez elle au début de leur répétition. A nouveau la pieuvre de l'angoisse se réveillait, lui asséchant la bouche. Que s'était-il passé chez Sirkanian ? Elle ne pouvait quand même pas avoir oublié toute une journée ! Elle reprit le journal. L'obscurité ne lui permettait pas de lire les chiffres. Elle s'entendit bredouiller :

— Vendredi ? Mais lequel, le 15 ou le 22 ?

— Comme vous y allez !

Le chauffeur lui lança un regard inquiet. Il n'avait plus envie de chanter.

— ... Non, non, on est bien le quinze !

Et il ne desserra plus les dents.

« Il doit me croire complètement cinglée ! » Comme si le véhicule n'avait qu'une capacité limitée d'angoisse et que cette dernière fût entièrement accaparée par le conducteur, Hélène se sentit brusquement soulagée. Elle avait dormi une trentaine d'heures d'affilée. Après tout, ça n'était pas si grave ! Elle se cala en arrière sur le siège et ouvrit son sac pour défroisser sa perruque. Une lettre tapée à la machine y était glissée :

Je suis content que vous dormiez si bien. Ne prenez pas de drogues, marchez au grand air. Appelez-moi si ça ne va pas... et si ça va aussi.

En guise de signature, il n'y avait qu'un grand S. suivi d'un numéro de téléphone.

Décidée à ne pas l'appeler, ou du moins à ne pas l'appeler trop prochainement, Hélène se fit déposer chez un traiteur italien ouvert la nuit. Elle y fit toutes sortes d'achats. Elle sentait qu'elle aurait à se faire pardonner et n'avait aucune envie de justifier son absence. Elle eût été bien embarrassée de le faire.

Dire que l'accueil de Leïla fut chaleureux serait sans doute excessif.

5.

Par un soudain besoin de secret peu conforme à sa nature, Hélène n'avait pas parlé de sa visite chez Sirkanian, ni même mentionné l'existence de ce dernier. Elle s'était contentée d'expliquer qu'elle avait passé la nuit chez « une amie » qui n'avait pas le téléphone et que sans même s'en rendre compte, elle s'y était endormie, sans doute abrutie par les calmants dont elle abusait ces derniers temps.

Elle ne pouvait s'empêcher de repenser à son « trou noir » comme elle l'appelait. Qu'elle eût ainsi pu sombrer dans un sommeil de près de trente heures l'angoissait. Elle ne niait pas le bien-être réel qui en avait résulté, mais Hélène était une fille trop intelligente pour subir passivement des événements qu'elle ne comprenait pas. Comme un joueur qui, en cours de partie, se découvre trop de cartes en main, elle se remémorait les éléments de son jeu, pour tenter de savoir quand avait pu se produire la manipulation.

Qu'elle se sentît moins fatiguée après un aussi long sommeil ? Logique.

Qu'elle eût dormi aussi longtemps après que l'Arménien lui eut fait prendre, sans s'en cacher le moins du monde, deux comprimés ? Plausible.

Elle n'avait nulle inquiétude quant à la nature de ces comprimés. S'il avait voulu la droguer, Sirkanian s'y serait pris de plus discrète manière et, visiblement, il n'avait ni abusé ni cherché à abuser d'elle. Il lui avait généreusement offert son temps, sa chaleur et son aide, mais elle, après avoir profité sans vergogne de sa gentillesse, était partie comme une voleuse. Depuis, elle ne lui avait même pas envoyé une lettre de remerciement. Ce n'était pas faute d'y songer mais, plus le temps passait, plus il lui était difficile de lui écrire. A force d'être différé, le mot projeté prendrait une tout autre signification et risquerait d'être interprété comme une relance. Hélène avait trop envie de revoir Sirkanian pour supporter d'être en position de demanderesse. Confusément, elle attendait quelque chose de lui mais elle ne voulait rien solliciter. Quand elle essayait d'analyser son comportement, il ne lui venait pas à l'idée que c'était là une mentalité d'enfant gâtée, elle trouvait de nobles justifications à son attitude orgueilleuse ; les contacts humains que l'on maintient artificiellement ne débouchent jamais sur une relation intéressante, elle l'avait souvent remarqué. Lorsque deux êtres sont appelés à se revoir, ils se retrouvent tout naturellement, sans que ni l'un ni l'autre n'aient, du moins consciemment, suscité leurs retrouvailles. Un obscur état de grâce dessine dans l'invisible la croisée des chemins. Si la volonté intervient, provoquant des rencontres au gré des caprices, la magie des possibles est faussée. Et parce que nulle frivolité, nulle coquetterie n'entachaient son souhait, elle prenait délibérément garde à ne rien faire qui pût le favoriser. Pour rien au monde, elle ne retournerait au « Petit Vin Blanc » où l'astrologue avait peut-être ses habitudes et, comme pour être sûre de ne pas céder à la tentation de l'appeler, geste plus naturel qu'une lettre après un si long silence, elle avait égaré sa carte.

Le seul endroit où elle aurait peut-être pu revoir l'Arménien était, croyait-elle, la cathédrale Saint-Alexandre-Nevski. Hélène et Charles s'étaient très souvent rendus ensemble dans cette église orthodoxe. Avant d'arriver à Paris, Hélène possédait déjà plusieurs enregistrements de liturgie slavone. Quand elle découvrit, rue Daru, ces somptueux offices se déroulant en grande pompe dans une débauche d'ors, d'ornements, de cierges, de génuflexions, d'encens et de processions de popes barbus qu'elle eût plutôt imaginés à la cour d'Ivan le Terrible, elle prit l'habitude de s'y rendre presque chaque dimanche. Les chœurs russes la ravissaient, abolissant le temps. Elle baignait alors dans un état privilégié où elle se laissait absorber par la religiosité et la ferveur ambiantes. Le jour où elle comprit qu'elle voulait partager ses jardins secrets avec Charles, elle l'y emmena. Son amant fut troublé par la beauté des voix et par ces rituels venus d'un autre âge, mais il n'appréciait cette liturgie que de l'extérieur, comme un esthète, ou plutôt comme un ethnologue en voyage d'étude chez une peuplade inconnue, refusant de se laisser prendre à cette « magie à la fois primitive et civilisée ». Demeurant spectateur, il trouvait les offices trop longs et surtout l'endroit inconfortable. « Ils pourraient quand même mettre des chaises : saint Augustin lui-même disait qu'on ne prie bien que lorsqu'on est bien installé », lui avait-il chuchoté la première fois. Cette réaction déçut Hélène. Elle, au contraire, venait se fondre dans une musique et un contexte qui la transportaient. « Qui te parle de prier, lui avait-elle répondu, je me trouve si bien ici que je ne me rends même plus compte que je suis debout. » Par la suite ils trouvèrent un arrangement : Charles la rejoignait quand il le désirait, au milieu ou à la fin de l'office, et ils allaient tous deux savourer quelques blinis dans la petite épicerie-bistrot russe sise juste à côté.

Persuadée, vu la profusion d'icônes qui régnait chez lui, que Sirkanian était orthodoxe, parce qu'elle ignorait tout de la religion arménienne, Hélène en déduisait qu'il devait être un fidèle de Saint-Alexandre-Nevski, église proche de son domicile. Le rencontrer en un lieu où elle avait connu un tel sentiment de plénitude eût été pour elle un « signe » qu'elle ne voulait pas provoquer, aussi décida-t-elle de ne pas renouer avec ses habitudes de la rue Daru. Jamais pourtant elle n'avait tant désiré revoir quelqu'un. Souvent, le soir, et sans que rien l'y préparât, le visage de Sirkanian, tout à coup, s'imposait à elle. Ce n'était pas l'homme qui la fascinait mais cette sérénité qui semblait l'habiter, accordant le moindre de ses gestes, la moindre de ses phrases à une forme de connaissance qu'elle n'avait jamais soupçonnée. En elle, dormaient toujours les questions qu'elle n'avait pas pu lui poser : « Y a-t-il dans le thème d'un être une combinaison astrologique permettant de dire qu'à une date précise il risque de mourir ? Cette date était-elle bien inscrite dans le thème de Charles ? » Une autre interrogation, une nouvelle, plus difficile à formuler tant elle paraissait naïve, s'y ajoutait : « Pourquoi mes rêves sont-ils différents depuis que j'ai dormi chez vous ? »

Effectivement, depuis son passage avenue Niel, Hélène se réveillait chaque matin avec un souvenir très confus en tête. Jour après jour, le même phénomène se produisait. Des bribes d'images demeuraient encore de la nuit. Il suffisait qu'Hélène s'efforçât de les préciser pour qu'aussitôt elles s'évanouissent. Tel le paysan chinois entré dans la mer pour en cueillir l'écume et contemplant, incrédule, la mousse blanche se dissipant entre ses doigts, elle conservait quelques-uns de ces éphémères lambeaux qui bientôt se fondaient. Une nuit, elle eut l'impression de se réveiller juste au sortir du songe. Tout engourdie encore, elle tenta de se le remémorer. Cette fois, elle le « tenait ». Mais, comme une sculpture de fumée se dissipant dans le vent, ses réminiscences furent balayées dans les minutes qui suivirent et, quand elle se réveilla pour la seconde fois, sa mémoire était redevenue vierge : elle en vint à se demander si elle n'avait pas rêvé de s'être souvenue. Cependant, elle devait certainement recommencer chaque nuit le même rêve récurrent car chaque matin elle se souvenait de Charles en costume XIXᵉ. Était-ce pour meubler cette période d'oisiveté qu'elle traquait ainsi ces débris oniriques dont, en temps ordinaire, elle n'eût fait aucun cas ? Sans doute, mais deux points l'intriguaient. Jamais avant son « trou noir » elle n'avait eu de rêve « d'époque » : y avait-il un lien de cause à effet ? Autre détail, plus surprenant encore : dans ces rêves, les figures de Charles et de Sirkanian se superposaient, comme si celle de Sirkanian s'efforçait de chasser, sans y parvenir, celle de Charles. Comptait-elle, inconsciemment, sur l'aide de l'Arménien pour parvenir à l'oubli ? Mais quel rapport pouvait-il y avoir entre deux hommes si différents ? Elle ne le saurait sans doute jamais puisqu'elle avait coupé les ponts avec l'astrologue. Pourtant, enfantinement, elle espérait qu'un coup de baguette magique arrangerait les choses en sa faveur. Chaque fois que le téléphone sonnait, elle espérait que c'était lui, le seul qui avait réussi, l'espace d'une soirée, à rendre supportable son chagrin.

Le froid arriva très vite. Hélène reprit son travail. Elle divisait sa vie en deux. Au Sagittaire, elle redevenait l'Hélène d'avant, efficace et volubile. Impasse Saint-Sébastien, malgré ses efforts, elle retrouvait les gluants tentacules de la mélancolie. Trop de souvenirs s'attachaient à cet endroit, trop de détails hurlaient l'absence. Parfois un impérieux besoin de déménager l'agitait. Philippe Mertal, le seul homme avec qui elle sortait et qui avait pris l'habitude de débarquer à l'improviste chez Leïla les bras chargés de victuailles, l'y poussait. A cause de lui, son désir d'habiter un endroit neutre ne dépassa jamais le stade de la velléité. La camaraderie asexuée qu'il lui offrait était actuellement le seul type de relation qu'elle pût supporter. Si elle vivait seule, Mertal se montrerait peut-être plus pressant, elle ne voulait pas encourir ce risque.

Sans doute découragés par son attitude, ses amis et les nombreux copains de Charles n'appelaient plus. Même dans son milieu professionnel, une sorte de désert se créait autour d'elle. Elle l'avait voulu et, si les hommages masculins auxquels elle était habituée ne lui manquaient pas, curieusement elle regrettait de n'avoir plus la possibilité de les refuser. Seul le beau Mertal demeurait fidèle au poste mais il n'avait aucune chance : Hélène ne se pardonnait pas de l'avoir aguiché alors qu'elle ignorait encore la mort de Charles. Elle n'osait le lui avouer, elle se contentait de souhaiter que le photographe ne s'éprît pas sérieusement d'elle. Le temps le lui dirait, ce temps qui avançait pour les autres mais pour elle s'était arrêté depuis son retour de Tunisie.

De retour du bureau, elle venait s'allonger sur son lit, s'efforçant de faire le vide en elle, de repousser l'invasion de ces souvenirs qui lui bloquait la gorge ; elle essayait de comprendre quelle force obstinée s'acharnait à la pousser à vivre, ou plutôt à parodier ce que les autres appelaient la vie, alors qu'elle eût préféré, tout simplement, ne plus avoir à se lever, ni à poursuivre la comédie. Jamais ne l'effleura la tentation du suicide. Feuille morte flottant sur une mare croupie que n'agitait pas la moindre brise, elle attendait juste de couler.

Ayant en horreur ces femmes toujours à l'écoute d'elles-mêmes qui empoisonnent leur entourage par le récit de leurs ennuis, parce qu'elle se savait au bord de la neurasthénie elle décida de faire peau neuve. Elle se fit couper les cheveux très courts, changea de parfum et renouvela la majeure partie de sa garde-robe, donnant tout ce qu'elle avait acheté avec Charles ou pour lui plaire. Puisqu'elle n'avait pas le courage de déménager, elle modifierait son décor et résolut de profiter d'un voyage en Belgique pour faire repeindre sa chambre par Vlado.

Rien ne se passait dans sa vie, il fallait bien qu'elle suscitât quelque événement. En changeant de style, peut-on changer d'être ? Le fond peut-il surgir de la forme ? se demandait-elle fréquemment.

Avant de partir pour Bruxelles, elle vida donc sa chambre pour la rendre disponible aux travaux de Vlado. Elle ne garderait que les lettres, les lunettes d'après-cinéma, Gaston et le bijou qu'elle portait autour du cou. Les objets restants, y compris une jolie bague ancienne âprement marchandée dans les souks de Marrakech, allèrent s'entasser dans de grands cartons étiquetés « à jeter ou à donner », elle n'en voulait rien savoir, Leïla se chargerait de tout. Peut-être devrait-elle ne rien garder, ni le mainate, ni même le bijou ? Non, elle n'en avait pas la force et il lui fallait essayer de réagir de façon plus normale : la plupart des êtres vivent avec leurs souvenirs sans basculer pour autant dans la folie, et ne se repentirait-elle pas un jour de s'être ainsi débarrassée de ces deux jalons des jours heureux pour reconquérir une paix à laquelle elle ne croyait guère ? Elle avait acheté Gaston au marché aux Oiseaux près de Notre-Dame. C'était un oisillon dont ils avaient longtemps pensé, malgré les promesses du vendeur, qu'il ne parlerait jamais. Un jour, surprise : l'oiseau commença à lancer des phrases toutes faites. Il imitait à merveille la voix d'Hélène, celle de Charles et celle de Mme Benoît, la concierge qui lui faisait son ménage. Ses performances vocales allèrent s'amplifiant puis, brutalement, ses progrès s'arrêtèrent net : il n'apprit plus rien. Gaston avait été le premier cadeau d'Hélène. Il avait suscité tant d'histoires cocasses que Mme Delièze, la mère d'Hélène, qui l'avait eu en pension pendant quinze jours, l'appelait « la machine à remonter le moral ». Quant au bijou, Hélène y tenait superstitieusement. C'était un simple petit galet ovale, translucide comme l'albâtre, qu'elle avait ramassé sur une plage d'Espagne. Sans savoir pourquoi, elle avait continué à fouiller la grève jusqu'à ce qu'elle en trouvât un autre, identique, qu'elle donna à Charles, cela lui était apparu comme une obligation. Maintenant, elle comprenait : Charles et elle s'habillaient souvent de la même manière et, comme pour souligner la similitude de leurs goûts, aimaient se faire passer pour des jumeaux. Les deux galets, si différents des millions d'autres qui les entouraient, servaient de réplique à ces deux amants que la complicité et la communion isolaient du reste du monde. De retour à Paris, Charles avait fait enchâsser les deux cailloux dans un mince tour d'or, et les lui avait présentés, suspendus à une ancienne chaîne de gousset. « Choisis le tien ! » Ils se les étaient passés mutuellement autour du cou, un peu gravement, comme un échange d'anneaux, et ne les avaient jamais enlevés. « Charles est mort avec, il en sera de même pour moi », se répétait-elle.

Elle était assise sur son lit ; son regard errait, mélancolique, sur les cinq caisses renfermant le meilleur de sa vie, un meilleur dont elle n'avait pas su profiter. Soudain, la fenêtre mal fermée s'ouvrit. Le vent, un mauvais vent d'automne, tout chargé de pluie froide, s'engouffra dans la chambre, faisant voltiger les papiers, dérangeant les piles sagement ordonnées. Hélène referma la fenêtre et entreprit de réparer les dégâts, presque heureuse d'avoir encore quelque chose à faire. Sous la commode, une feuille pliée en quatre attira son attention. Avant de la jeter dans le feu, elle l'examina. C'était le petit mot de Sirkanian qu'elle avait vainement recherché et qu'elle pensait avoir oublié dans le taxi. Enfin elle avait son numéro de téléphone ! Ses belles résolutions s'évanouirent. Oubliant toute gêne, elle l'appela sur-le-champ.

Il était chez lui et lui répondit comme s'ils s'étaient quittés la veille après la plus banale des soirées.

— Quand venez-vous me voir ? lui demanda-t-il avec son habituelle chaleur.

— Je pars demain pour la Belgique et serai absente toute la semaine. Êtes-vous très pris pendant le week-end ou aurez-vous un petit moment à m'accorder ?

— Je reçois surtout en fin de semaine et je risque d'avoir pas mal de passages chez moi. J'anime un petit groupe de recherches qui vous intéresseraient sûrement beaucoup. Venez donc vous joindre à nous samedi soir !

— Recherches sur quoi ?

— Ce serait trop long à vous expliquer par téléphone. Venez, nous en reparlerons après.

En un éclair, Hélène se remémora la scène entrevue par le trou de la serrure : ces personnages lugubrement attablés dans la pénombre et les autres, fichés sur les chaises de l'entrée... Sans essayer d'en savoir davantage, elle se retrancha derrière une fausse sauvagerie :

— Excusez-moi mais, pour l'instant, je n'ai aucune envie de rencontrer de nouvelles têtes. Plus tard, peut-être...

Sirkanian n'insista pas. Il lui proposa de dîner avec lui le jeudi de la semaine suivante. Un peu déçue de ne pas le revoir chez lui, Hélène accepta de le retrouver à « La Sarriette », petit restaurant végétarien proche de « La Coupole ».

A peine eut-elle raccroché qu'un bruit sec la fit sursauter. Elle vit rouler à terre le petit pichet d'étain dans lequel elle rangeait ses crayons feutre. Comment avait-il pu tomber tout seul, il était bien calé au sommet d'une des caisses entrouvertes ? Elle regarda le fil du téléphone qu'elle avait promené à travers la pièce en parlant avec l'astrologue : non, le fil n'avait pas accroché la caisse. Alors ? Après un temps d'hésitation, elle se baissa pour le ramasser. Elle était accroupie quand elle reçut, lancé avec violence, un coussin sur le dos.

— Arrête, Vlado ! Ce n'est pas drôle, hurla-t-elle en se tournant vers la porte.

Mais la porte était close et Hélène seule dans sa chambre. Avec méfiance, comme si une bête venimeuse risquait de s'y cacher, elle prit le coussin, un joli coussin rond, tout mou, tout doux, en panne de velours ivoire savamment plissée par Leïla, et le retourna. Rien. Elle se rua dans le corridor, courut à travers tout l'appartement et fit irruption, hors d'haleine, dans la cuisine où Leïla préparait une compote de pommes.

— Où est Vlado ?

— Parti acheter des agrafes pour poser ton tissu.

— Oh ! il est parti ? bégaya Hélène.

— Il ne devrait pas tarder à rentrer, répondit Leïla qui, levant les yeux, vit le visage décomposé de son amie. Elle s'apitoya : « Mais tu en fais une tête ! Qu'est-ce que tu as ? »

Hélène reprenait son souffle, les yeux exorbités, incapable de répondre. Elle avait l'air si ahurie que Leïla ne put s'empêcher de rire :

— Tu as encore changé d'avis et tu ne veux plus de tissu au mur ? Ça n'a pas d'importance, Vlado s'en servira une autre fois. Je te fais une tisane ?

Sans répondre, Hélène repartit vers sa chambre, à pas très lents. Vraiment, elle commençait à extravaguer. Et si, au lieu d'attendre février, elle prenait maintenant ses vacances d'hiver et partait nager en Afrique ? Tout le monde lui répétait que ça lui ferait le plus grand bien de s'aérer un peu. Ce serait certainement plus sage de changer de vie pendant une quinzaine, de nager et de se mettre sous les cocotiers que de broyer du noir à Paris, mais elle ne pouvait plus partir sans lui, jamais elle ne pourrait regarder les soleils rouges s'enfoncer dans l'océan... Elle voulait dormir à côté de lui, sentir sa hanche contre sa hanche, prendre avec lui ces bains de mousse mouvementés au cours desquels — présage de bonheur — ils inondaient toutes les salles de bains des hôtels où ils passaient pour avoir la joie d'éponger à toute vitesse avant que l'eau ne gagne — présage de malheur — la moquette de la chambre.

Sur le pas de sa porte, elle chercha des yeux le coussin. Il n'était plus où elle l'avait laissé, elle en était sûre, au pied de la table...

C'est alors qu'elle le vit, lui, Charles, debout près du lit ; il la regardait en souriant. Les coups ouatés de son sang lui martelèrent la tête de chaque côté des oreilles. Une saveur amère lui emplit la bouche. La chambre tourna autour d'elle, Hélène eut juste le temps de se raccrocher à la poignée de la porte. Quand elle rouvrit les yeux, il n'était plus là. Elle demeura prostrée dans l'entrebâillement. Avait-elle vu ou cru voir ? Tout avait été trop vite. Pourquoi avait-elle eu si peur ? C'est sa peur qui l'avait chassé. Chassé rien du tout, répondait Hélène la raisonneuse. Mais si, il était là, gémissait l'autre Hélène à qui une troisième Hélène, l'arbitre, voulait donner raison. Tellement argumentaient et tempêtaient dans sa pauvre tête les trois Hélène qu'elle ne savait plus rien, si ce n'est attendre que tout rentrât dans l'ordre. Surgit alors une sarabande d'Hélène qui se mirent à lui susurrer :

— Si tu ne bouges pas d'un pouce, il reviendra.

— Tu l'as vu et tu ne rêvais pas.

— Si tu es patiente, tu le verras.

Elle laissait le sabbat s'organiser sous son crâne. Était-elle en train de devenir folle ?

Vautré sur la bergère de cretonne, le coussin rond la narguait. Les plis du velours, partant d'un bouton central, s'organisaient en dessins, lui donnant un visage de Chinois hilare. Oui, le Chinois se riait d'elle qui regardait la chambre tournoyer tel un manège dans le fracas des voix mauvaises.

C'est ainsi que Vlado la découvrit, adossée de guingois au mur. Il lui posa la main sur l'épaule et l'embrassa dans le cou :

— Tu viens dîner avec nous ?

La voix câline du danseur mit en déroute toutes les Hélène. Elles disparurent sur-le-champ. Seule demeurait la vraie, incrédule, incertaine. Elle pivota sur elle-même et se blottit dans les bras de Vlado :

— Serre-moi très très fort.

La chambre s'arrêta de tourner.

— Mon petit Lélé chéri, chantonna le garçon en la serrant tendrement.

Elle perdit conscience mais revint rapidement à elle. Elle était allongée sur son lit, le visage enfoui dans le gros chandail blanc, un peu rugueux, du danseur agenouillé contre elle. Se redressant sur les coudes, elle s'aperçut qu'elle avait barbouillé de rimmel le pull-over. Elle toucha ses joues : ruisselantes de larmes. A voix très basse, elle demanda :

— J'ai pleuré ?

— Mais il faut, ça fait du bien, la rassura Vlado.

— Tu ne diras rien à Leïla ?

— Bien sûr que non, mentit le danseur. Mais alors, il faut que tu refasses ta tête.

— Tu as raison. Je vais me remaquiller. Mais avant, rends-moi un service.

— Lequel ?

— Ouvre la fenêtre.

Il obtempéra et, la main sur l'espagnolette, lui demanda :

— Tu veux que je meure de froid ?

— Prends ce coussin, ordonna-t-elle en désignant le coussin rond, et jette-le dehors !

— Mais il pleut !

— Jette-le dehors tout de suite, trépigna Hélène.

Il ne lui connaissait pas ce visage de bête traquée. Il voulut venir vers elle pour l'apaiser, mais Hélène se mit à hurler en battant des poings sur son lit :

— Jette-le donc, jette-le !

Elle était au bord de la crise de nerfs. A regret, il prit le joli petit coussin et le balança dans la nuit. Les traits d'Hélène se détendirent au moment même.

— Je me fais belle et je vous rejoins dans cinq minutes.

Une demi-heure plus tard, lorsqu'elle arriva au salon vêtue d'un tailleur-pantalon rouille très « petit mec » avec un gilet assorti et une cravate vert olive, elle comprit, au regard inquiet de Leïla, que Vlado avait parlé. Heureusement, elle ne lui avait rien expliqué.

— Extra, ton tailleur, il faudra que tu me le prêtes s'il ne gratte pas trop, applaudit Leïla.

Elle vint en palper le tissu et sourit à son amie :

— Tu as une mine superbe. J'aime mieux ça !

— Tu parles, fit Hélène en haussant les épaules ! Je me suis blushée à mort !

Elle passa la première partie de la nuit dans le lit de Leïla. Elle n'y put trouver le sommeil, sursautant au moindre craquement, au moindre bruit de porte claquée de l'autre côté de la cour. Lorsque Vlado rentra de sa tournée des boîtes, elle était revenue dans sa chambre où elle écoutait, pour la énième fois, la Passacaille. Elle l'aida à se démaquiller, l'étrilla au gant de crin pour le débarrasser de la peinture dorée dont il s'enduisait le corps. C'est dans ses bras seulement qu'elle put s'endormir. Il était plus de cinq heures du matin et elle n'avait pas préparé ses bagages, aussi attrapa-t-elle son train à la toute dernière minute.

Le wagon-restaurant était aux trois quarts vide. Après avoir balayé du regard le menu, Hélène mit son siège en position relax et s'absorba dans la contemplation du quai. Le convoi s'ébranlait en souplesse ; il glissait sans heurts, de plus en plus rapidement. Hélène aimait les trains, particulièrement ce Brabant qu'elle prenait plusieurs fois par an. Elle avait l'impression de descendre dans une bouteille d'huile. Seul le départ, s'arracher à la ville pour franchir le goulot, était contraignant. Petite bille de plomb parmi des centaines d'autres, elle se laissait doucement couler vers le fond, sans être dérangée.

Les gouttelettes de pluie striant la vitre accentuaient encore sa sensation d'être hors d'atteinte. Cependant, une perception diffuse la gênait. Comme une présence. Ou un regard pesant sur elle. Elle jeta un coup d'œil vers l'allée centrale. Quelqu'un se tenait debout, attendant tout près de sa table. Non, ce n'était pas le steward mais un voyageur en blazer bleu marine et pantalon de flanelle grise. Un homme d'une cinquantaine d'années, grand, légèrement corpulent, le visage hâlé sous une chevelure neigeuse impitoyablement gominée. Il regardait Hélène comme s'il craignait de la distraire d'une occupation capitale :

— Mademoiselle ?

La voix hésitait avec une pointe d'accent allemand. Dans cette physionomie d'homme à femmes, le sourire semblait bien incertain.

— Oui ?

— Est-ce que vous pourriez m'aider ?

— Je ne sais pas, je peux toujours essayer ! Que se passe-t-il ?

L'homme était très cérémonieux. Il posa la main, une belle main aux ongles soignés, sur un dossier et, se penchant légèrement, chuchota :

— Je suis très embarrassé...

Hélène attendait. « Ça promet d'être long », pensa-t-elle, déjà résignée. Il poursuivit, toujours aussi lentement, mais son sourire s'accentuait, adoucissant ses yeux gris acier d'une auréole de petites rides.

— ... Vous comprenez... je suis là-bas...

De l'autre main — il portait un gros anneau d'or avec un cabochon de saphir à l'auriculaire — il désigna une table à l'autre bout du wagon. Machinalement, Hélène se retourna. Non, elle ne comprenait pas.

— ... et je ne sais pas ce que je dois faire...

— Le garçon arrive, il est juste derrière vous.

— Non, ce n'est pas ça : je ne sais pas ce que je dois faire à cause de vous.

— De moi ?

— Mais oui : ce wagon est presque vide. Si je reste dans mon coin, vous penserez peut-être que je n'ai aucun savoir-vivre de ne pas profiter de la chance de partager votre table, et si je viens ici, vous risquerez de me trouver bien importun puisqu'il y a de la place ailleurs. Vous voyez que vous me mettez dans une situation très embarrassante. Que dois-je faire ?

« Toi, mon bonhomme, tu as l'air tellement sûr de toi que tu mérites une petite leçon », se dit Hélène. Aussi ne lui répondit-elle pas, prenant tout son temps pour l'examiner. Elle s'amusait de ce silence pendant lequel il attendait et le laissait, comme un chien, faire le beau. Difficile de donner un âge à ce genre d'homme, visiblement sportif et bien conservé, mais il avait certainement dépassé la cinquantaine : cinquante-cinq, soixante ans ? Plus doré que cuivré, son hâle chantait encore le soleil des tropiques. Avec sa belle bouche, son menton malheureusement un peu grassouillet, ses tempes légèrement dégarnies, ce qui augmentait son charme, il éveillait de vagues réminiscences chez Hélène : « J'ai déjà vu cette tête-là quelque part... ou du moins en photo... » Elle ne fut pas longue à trouver : mais oui ! Curd Jurgens ! C'était le sosie de Curd Jurgens ! Il avait certainement dû jouer plus d'une fois de cette ressemblance. Un vrai don juan pour madone des sleepings ! Le genre d'homme à laisser ouverte la porte de son wagon-lit dans l'espoir qu'une belle inconnue se tromperait de compartiment ! Hélène sourit malgré elle. L'homme prit cela pour une invite et risqua un :

— Je peux ?

Sans réfléchir davantage, d'un geste de la tête, Hélène désigna le siège en face d'elle. Après tout, elle s'en fichait. Elle n'avait pas eu le temps de prendre un livre et, si ce séduisant vieux beau — pas du tout son type — l'ennuyait, elle le lui dirait. En attendant, elle allait bien voir comment il allait s'y prendre.

Il se présenta cérémonieusement :

— Hugo Schoenwald.

Elle ne lui rendit pas sa politesse et se contenta d'un peu engageant :

— Tentez votre chance jusqu'au café. Après, j'aurai des dossiers à étudier.

Ce n'était pas le moins du monde vrai, mais Hélène s'arrangeait toujours pour s'assurer une porte de sortie qui ne fût pas trop blessante pour l'autre.

Autrichien, Schoenwald vivait aux États-Unis et avait décidé de revenir dans « cette chère vieille Europe » pour y passer « la partie la plus agréable de l'existence, celle où enfin l'on vit au lieu de se battre pour faire vivre les autres ». Hélène n'avait pas saisi la perche tendue. Elle ne voulait rien connaître de cet homme qu'elle avait immédiatement catalogué comme « à fric et à femmes ». Elle acceptait sa compagnie pour un bref laps de temps, comme elle aurait attrapé un livre de poche dans un tourniquet, sur la seule foi de la collection, sans se soucier du nom de l'auteur ou de la prière d'insérer. Cherchant un court divertissement qui ne l'engageât pas le moins du monde, elle écoutait Schoenwald parler comme elle aurait regardé un ouvrage sans intérêt, gardant la possibilité de s'évader des signes quand elle le désirerait, tournant les pages au gré de son ennui.

Le champagne aidant, leur conversation eut d'ailleurs cette légèreté décontractée qui permet d'égrener les lieux communs les plus plats comme les moins soutenables des paradoxes. Aussi ne fit-elle pas le moindre geste de refus quand l'Autrichien commanda une seconde bouteille de champagne. Dans la douce euphorie qui la gagnait, elle se surprit à sourire avec condescendance : « Il pourrait être mon père, pensa-t-elle, il a dû draguer toutes sortes de femmes, certainement plus intelligentes et plus belles que moi, réaliser de gros coups de poker financiers, et c'est moi qui le considère comme un hochet ! » Occupée à lui prêter une existence romanesque pleine de femmes, de rivaux, d'hommes d'affaires, de yachts et de chevaux, elle n'accordait pas grande attention à ses paroles. Chaque fois qu'il lui posait une question la concernant, elle le renvoyait à lui-même pour le colorier différemment. Tour à tour, il devenait Barbe-Bleue ou Casanova, châtelain véreux ou danseur mondain, marchand d'armes ou prince de la finance, espion pro-chinois ou capitaine Achab traquant la baleine blanche...

Elle n'avait pas besoin de l'écouter pour le relancer : dès qu'elle sentait, à son intonation, qu'il avait terminé un sujet, elle lui jetait un peu au hasard une question. Ainsi elle le feuilletait comme ces romans à partir desquels elle imaginait parfois une intrigue insensée.

C'était un jeu qu'elle avait inventé avec Charles au cours d'un week-end pluvieux l'hiver dernier et qu'ils avaient souvent pratiqué ensemble. Ils prenaient au hasard un roman en édition de poche — la seule condition étant que ni l'un ni l'autre ne l'aient lu. Ce pouvait aussi bien être un Balzac qu'un Guy des Cars, un Marcel Aymé qu'un Tartempion. Après avoir arraché au hasard une trentaine de pages bien distantes les unes des autres, ils se partageaient ces feuillets, les lisaient dans n'importe quel ordre puis, à partir de ces fragments épars, rebâtissaient la plus rocambolesque des histoires. Ils résistaient à la tentation de connaître la véritable intrigue tant ce jeu de l'imaginaire les séduisait. N'hésitant pas à ajouter des personnages que l'auteur « aurait pu » créer, ils aboutissaient à une sorte de roman rêvé dont ils disaient « nous l'écrirons quand nous serons vieux ». Aussi s'étaient-ils constitué une bibliothèque fictive qu'ils évoquaient parfois devant leurs amis, citant très sérieusement les titres des ouvrages qui avaient servi de départ à leurs divagations. L'étonnement suscité par leurs impossibles références les ravissait autant que les regards offusqués de ceux qui les voyaient manipuler des pages déchirées. Leur frénésie iconoclaste respectait néanmoins quelques idoles qu'ils avaient en commun parmi la littérature russe et allemande.

Si déchirer à deux un livre ne troublait pas le moins du monde Hélène, une sorte de pudeur l'empêchait de se livrer seule à ce plaisir. Depuis la mort de Charles, non seulement elle ne jouait plus au hasard d'un livre, mais elle ne lisait plus du tout. Il lui semblait que rien ne pourrait plus mobiliser son attention. « Ça reviendra un jour », espérait-elle, mais elle n'osait tenter ce qu'elle considérait comme un test : reprendre *L'Ile d'un autre* de Jacques Perry. Si ce livre lui résistait, gardait son opacité, c'était que quelque chose s'était profondément brisé en elle. Elle avait acheté ce roman à l'aéroport alors qu'elle partait en vacances au Sénégal avec Nicolas, son petit ami de l'époque. Bien avant Charles. Dès les premières pages, elle fut conquise par cette histoire de voyeurisme d'un type tout à fait particulier. Un homme, le narrateur, s'introduisait par effraction dans une maison qui l'avait toujours attiré et s'y installait quelque temps. Pour tout savoir de son propriétaire, il fouillait minutieusement le moindre tiroir, épluchait la correspondance, les agendas, les talons des carnets de chèques...

— Allez, passe-le-moi, lui avait demandé Nicolas, irrité d'être dérangé dans sa lecture par les exclamations de bonheur d'Hélène qui, à plusieurs reprises, lui avait lu quelques passages.

Ils avaient feint de se bagarrer pour la possession du livre et Nicolas avait eu l'idée de le partager en le déchirant :

— Comme ça je pourrai le lire par le commencement et tu me passeras les pages au fur et à mesure.

— Tu es fou ! s'indigna Hélène en protégeant le livre comme s'il s'était agi d'une édition rarissime.

— Ce que tu peux être bourgeoise ! Ce n'est qu'un livre à vingt balles, tu ne vas pas en faire une maladie !

— Ce n'est pas une question de prix ! Un livre, ça ne se déchire pas !

— Ah, ça te va bien de parler comme ça ! La plupart du temps, tu les abandonnes n'importe où parce que tu ne veux pas les garder !

— Ce n'est pas du tout pareil. Quand je laisse un livre sur un banc du métro ou dans un avion, quelqu'un peut le récupérer.

— Tu parles ! Les services de nettoyage les jettent avec les ordures...

Et il avait ajouté :

— Moi je te propose quelque chose de beaucoup plus noble : rompre un livre, comme du bon pain, pour le manger avec toi.

Elle s'était louée d'avoir tenu bon. Pendant les quelques jours où elle dévora cet ouvrage, elle s'identifiait si bien au narrateur qu'elle sursautait au moindre bruit tant elle redoutait, comme lui, de voir surgir le propriétaire. Nicolas succomba à son tour. Lui qui, épris de soleil et de mer, pouvait passer des heures sur sa planche à voile ou à jouer dans les vagues demeurait assis à l'ombre, savourant son plaisir à petites doses, déplorant de trouver si court un ouvrage de plus de cinq cents pages. Hélène avait eu envie d'envoyer une carte postale à l'auteur pour le remercier de leur avoir procuré tant de plaisir. Nicolas avait douché son enthousiasme :

— Qu'est-ce que ça peut lui faire que deux inconnus aient aimé son bouquin. La seule chose qui puisse l'intéresser, c'est d'en vendre.

« Sainement raisonné », avait pensé Hélène, secrètement persuadée que, si jamais elle écrivait, elle préférerait le remerciement d'un lecteur inconnu à celui d'un ami. De retour à Paris, elle acheta pour les offrir une vingtaine d'exemplaires de *L'Ile d'un autre* et conserva longtemps le regret de ce clin d'œil reconnaissant qu'elle n'avait pas envoyé.

Il avait fallu Charles pour que la vie devienne à ce point différente, pour qu'elle puisse sans regret détruire n'importe quoi pour le seul plaisir d'un instant de partage... Ne pouvant plus maintenant jouer à ce jeu, elle adaptait à la vie ce procédé de lecture en s'emparant de l'étranger comme d'un roman.

Tandis qu'elle dérivait au fil de ses souvenirs, Schoenwald évoquait ses pêches au gros en Floride, les requins du golfe de Panama, les peintres surréalistes. A grand renfort de noms exotiques, d'art de vie internationale, il tissait pour elle une chatoyante tapisserie. Mais elle, écoutant à peine ces bribes d'informations décousues, continuait à bâtir, au gré de ses phantasmes, un Schoenwald imaginaire, et, chaque fois qu'elle entendait un détail la gênant dans ses constructions, elle le faisait changer de sujet. Ses interventions devenaient de plus en plus difficiles à formuler : elle était un peu grise et crut bon de préciser qu'elle en était consciente.

— Je crois que je suis légèrement pompette !

L'autre protesta. Visiblement, il trouvait cela amusant. Hélène ne savait pas très bien ce qu'elle lui disait, elle ne s'en souciait pas, persuadée qu'elle ne le reverrait jamais. Jusqu'à l'arrivée, ils poursuivirent ce dialogue bancal où chacun semblait trouver son compte.

Quand elle descendit du train, Schoenwald lui prit d'autorité le bras. Elle essaya de se dégager.

— Vous pensez que je suis incapable de marcher toute seule ?

Il continua à la maintenir solidement et, sans même la regarder, éclata d'un grand rire :

— Je ne pense pas, je constate. Mais c'est plutôt charmant. Où puis-je vous déposer ?

Ostensiblement vexée, Hélène ne répondit pas. Elle se laissa néanmoins accompagner à un taxi, refusa de donner son nom et attendit que l'homme se fût éloigné pour demander au chauffeur, d'une voix légèrement pâteuse :

— A l'hôtel Amigo.

Un peu plus tard, tandis qu'elle remplissait sa fiche à la réception, une main se posa sur son épaule.

— Cachez bien votre petit papier, sinon je vais savoir comment vous vous appelez, mademoiselle Mystère.

C'était encore lui. Et il faisait toujours le beau. Était-il ridicule ? Elle était incapable de le dire. Peut-être verrait-elle plus clair après la douche dont elle avait grand besoin si elle voulait arriver à peu près lucide à ses rendez-vous.

Le lendemain, elle refusait de l'accompagner à une soirée sous prétexte qu'elle n'avait apporté aucune tenue habillée. Après une longue conversation téléphonique de chambre à chambre, elle finit par accepter de repousser son retour à Paris pour passer une journée avec lui.

— Je vous ferai connaître un Bruxelles que vous ne soupçonnez même pas, lui avait-il proposé.

Elle préféra dissiper toute ambiguïté possible en prenant les devants :

— J'aime mieux vous prévenir tout de suite : je suis un roc inaltérable de vertu. Ou, si vous préférez, un roc de vertu inaltérable.

— Ce n'est pas mon problème : vous êtes libre !

Comme Mertal, il n'essayait pas de la mettre au pied du mur. Cela inquiéta Hélène. Mertal avait de bonnes raisons de se montrer discret mais lui, pourquoi n'essayait-il pas de pousser plus loin ses avantages ? Avait-elle perdu toute séduction ? Avec un manque total de logique, Hélène résolut de charmer ce vieux beau dont elle n'avait que faire.

Le samedi matin, son petit déjeuner fut accompagné d'une bouteille de champagne et d'une carte de Schoenwald : *Il ne faut jamais réveiller les jolies femmes, m'a-t-on appris, aussi je ne bouge pas. Appelez-moi quand vous serez prête, votre heure sera la mienne.* Eût-elle trouvé, sur son plateau, une orchidée blanche ou un bijou, qu'elle n'eût pas été étonnée, mais le sourire entendu de la femme de chambre l'agaça : « Dire qu'il y a des femmes qui vivent comme cela toute l'année et moi, pour une fois que ça m'arrive, j'ai peur qu'on me juge mal ! »

Pour la première fois depuis bien longtemps, elle fredonna dans son bain. Elle avait une idée en tête. Se sentir machiavélique lui donna fugitivement l'impression d'exister.

6.

Jouer un nouveau personnage en sachant qu'on ne risque pas d'en être prisonnier peut être assez amusant, se disait Hélène. Si, dans le train, elle était demeurée secrète, ne livrant rien d'elle-même, ni la pudeur, ni le moindre goût du mystère n'avaient dicté sa taciturnité. Parler la fatiguait et surtout il lui semblait qu'en ne laissant jamais affleurer sa véritable personnalité dans la conversation, elle se rendait invulnérable.

Comme un petit robot programmé pour le seul travail, elle avait vécu ces quelques journées en Belgique sans s'accorder la moindre détente, le moindre divertissement. Le soir, elle se faisait porter un dîner dans sa chambre et demeurait l'œil vague en face du poste de télévision jusqu'à la fin des programmes. Dans cet état de mélancolie, passer toute une journée, comme elle s'y était engagée, avec un étranger tenait du défi, mais l'idée de réussir cette gageure la sortit de son apathie.

Avec Schoenwald, Hélène perdait toute référence à son passé. Parce qu'elle savait ce qu'elle voulait obtenir de l'Autrichien, elle avait fini par lui dévoiler sa véritable identité, sinon elle se serait aussi bien présentée comme Valentine Dupont, Nathalie Blanchard ou Cordélia Rinalde. Ce dernier vocable lui plaisait bien, Rinalde étant l'anagramme de Lériande. Mais où avait-elle été chercher ce « Cordélia » qui depuis quelques jours la hantait ? A plusieurs reprises, elle s'était entendue articuler à voix haute ce prénom nervalien comme si elle appelait une entité invisible rôdant autour d'elle. De toute façon, si elle voulait mener à bien son projet, elle ne pouvait plus s'approprier un nom de fantaisie et c'est sous le sien qu'elle devrait se créer de toutes pièces une nouvelle façade. Pour Schoenwald, elle jouerait la fille désinvolte, sans attache, aimant le luxe et qui, ne sortant d'aucun drame, trouvait tout à fait normal de se laisser embarquer par un inconnu. Puisqu'une certaine catégorie de femmes vivait ainsi, elle feindrait d'en être.

La silhouette massive de Schoenwald, ses cheveux blancs, son rire franc — un peu trop sonore, à la teutonne —, son aisance, sa volubilité la rassuraient. Même si lui aussi avait sa petite idée derrière la tête, il dosait ses avances avec suffisamment de tact pour n'être pas importun, et surtout il ne lui inspirait pas cette frénésie castratrice dont la violence et la gratuité l'inquiétaient tant. Hélène n'essayait pas d'imaginer comment se passerait sa journée de flânerie avec l'Autrichien, elle avait envie de se laisser porter par les événements. Ce soir, lorsqu'ils regagneraient l'hôtel et demanderaient chacun leur clé à la réception, formulerait-il le rituel : « Un dernier verre... dans votre chambre ou dans la mienne ?... » Bah ! chaque chose en son temps.

— Prenez une paire de chaussures plates au cas où nous irions marcher à la campagne, lui conseilla-t-il par téléphone quand elle lui annonça qu'elle était prête.

Il vint la chercher dans sa chambre et, une fois encore, lui prit d'autorité le bras pour traverser l'hôtel. « Comme s'il voulait faire croire qu'il avait passé la nuit avec moi », pensa-t-elle. Elle eut honte de cette mesquinerie tant l'attitude de Schoenwald était ouvertement amicale. Bien qu'il eût trente ans et dix kilos de trop, c'était un bel homme avec qui il ne devait pas être déplaisant de parader. Dans le hall, un couple d'Américains à côté duquel elle avait bu un cocktail au bar la veille au soir les gratifia d'un chaleureux « Hello » dont Hélène ne put déterminer s'il s'adressait à elle-même, à son compagnon, ou à eux deux. La prenait-on pour sa fille, pour sa femme ou pour sa petite amie ? Elle s'étonna de constater qu'elle s'en moquait.

Schoenwald avait bien fait les choses. Une limousine les attendait avec un chauffeur, sa casquette à la main.

— Vous ne me demandez pas où nous allons ?

— J'adore les surprises.

— Je voudrais être sûr que mon programme vous agrée ! Aimez-vous la peinture ?

— Ça dépend, mais en général beaucoup.

— Parfait. Nous allons commencer par un des musées les plus fous que je connaisse et nous partirons déjeuner à la campagne chez des amis. Vous pourrez vous y exercer au ball-trap et surtout admirer une étonnante collection de primitifs flamands et d'objets africains. Ensuite nous irons voir chez lui un des plus grands peintres contemporains et enfin, je vous ferai découvrir les charmes secrets du Bruxelles by night.

Ayant appris qu'une trentaine de convives étaient attendus à ce déjeuner, Hélène se rebiffa :

— Je ne suis que médiocrement douée pour les mondanités et n'ai aucune envie de faire des efforts en ce domaine. Si vous décommandiez vos amis ?

— Trop tard : j'ai prévenu que je viendrais avec une ravissante amie parisienne. Et justement, il n'est pas question de mondanités : une jolie femme comme vous est faite pour les belles choses. Vous verrez là-bas des tableaux et des objets que vous n'aurez jamais l'occasion d'admirer ailleurs. Sans compter une table extraordinaire et une cave qui à elle seule vaut le détour !

— Serait-ce une discrète allusion au champagne du train ?

Le rire de Schoenwald éclata en fanfare tandis que la voiture s'arrêtait.

— J'espère que vous n'êtes jamais venue ici !

— Où sommes-nous ?

— Devant le musée dont je vous parlais. Il est consacré à Wiertz. Ce nom ne vous dit rien ?

— Non, dit Hélène qui, en franchissant le seuil du musée, ne put s'empêcher de penser : « Si c'est un sculpteur créant des machines folles à la Takis ou de grotesques formes peinturlurées de couleurs criardes à la Nicky de Saint-Phalle, la journée sera complètement ratée. »

Un rapide coup d'œil vers la première salle la rassura : Wiertz était un peintre du XIXe visiblement épris de colossal. Il lui fallut pénétrer à l'intérieur de cette immense pièce pour comprendre pourquoi Schoenwald avait parlé de musée « fou ». Un recul d'une bonne dizaine de mètres était nécessaire pour saisir les œuvres dans leur totalité. Devant les gigantesques toiles, Hélène demeura d'abord médusée. Par dizaines, des corps s'agglutinaient sur des champs de bataille. Schoenwald la regardait regarder. Visiblement, il se souciait peu de ces *Grecs et Troyens se disputant le sort de Patrocle* ou de *La Révolte des anges* s'étalant sur les toiles dépassant les vingt mètres carrés. Il savourait son effet de surprise et vint se placer juste derrière elle.

— Il ne faut pas croire que Wiertz ne donnait que dans l'épique ou le titanesque : ce curieux bonhomme avait des préoccupations plus bizarres les unes que les autres ! Il se prenait pour un philosophe et un moraliste et s'était toqué de métempsycose... Regardez donc le titre de certains tableaux : *Pensées et visions d'une tête coupée, La Puissance de l'homme n'a pas de limite, Plus philosophique qu'on ne pense* et là-bas, allez voir un peu mon favori !

Il lui désigna une toile dans une autre salle. Un tremblement secoua Hélène. Elle se mit à haïr violemment ce vieux beau à qui tout semblait réussir. Il était là, dans un impeccable costume de flanelle sous son manteau de cachemire, avec ses cheveux sagement gominés, toujours hâlé et fleurant bon l'after-shave de bonne qualité. C'était lui qui lui faisait connaître ce musée dingue alors que Charles, Charles... Elle tourna précipitamment les talons, n'accordant pas un regard aux surprenants portraits de facture classique qu'un détail ou un accessoire (une bosse, une excroissance, un pinceau large comme un thorax) faisait basculer dans l'insolite et vint se planter devant le tableau indiqué. Une pellicule d'eau lui brouillait la vue. Elle s'essuya les yeux, prenant garde à bien respecter son maquillage. La toile, cette fois, était de dimension normale. Mais le sujet...

Assise de face près d'une cheminée, un sein hors de sa robe, une femme échevelée, hagarde, les yeux exorbités, se tenait la tête à deux mains. Son visage halluciné où flottait un sourire égaré hypnotisait Hélène. Cette tête semblait surgie d'un autre monde, elle était irrémédiablement perdue pour le nôtre. Hélène avait presque peur de comprendre de quoi il s'agissait. Partant du sourire, son regard se promena sur le tableau en une spirale allant s'élargissant le plus lentement possible comme pour mieux retarder le moment où elle saisirait le sens qu'elle redoutait. Enroulé autour du poignet gauche de la femme pendait un chapelet. L'autre main, pressée contre le front, serrait un coutelas. Sur son giron, un corps d'enfant emmailloté dans un drap maculé de rouge. A l'extrême droite du tableau, dans l'âtre, un chaudron d'où émergeaient le mollet et le petit pied du bébé. La jambe devait commencer à bouillir dans la marmite. Horrible ? Grotesque ? Saisissant ? Hélène ne savait plus. La buée devant ses yeux l'empêchait de juger. Elle s'était crue sur la voie de la guérison et simplement parce qu'elle ne sentait pas à ce moment, autour de ses épaules, la chaleur du bras de Charles, elle recommençait à se fondre en eau. Elle détestait ce musée. Elle haïssait sa sottise de s'être crue délivrée, même l'espace d'une matinée, de son chagrin et apte à jouir en toute innocence d'une journée de déambulations frivoles. Elle n'avait plus qu'à rentrer au plus vite, à planter là cet Autrichien toujours satisfait de tout avec ses voitures, ses chauffeurs, ses propriétés à la campagne et ses rires gras.

Déjà elle l'entendait se rapprocher, toujours riant. Il vint se planter près d'elle et lui mit la main sur l'épaule. Elle se dégagea brusquement. Il parut ne rien remarquer.

— *La Faim, la folie, le crime,* dit-il avec emphase. Avez-vous remarqué la cause du drame ?

Et il lui désigna, abandonnée par terre au premier plan du tableau, la feuille des contributions directes. Hélène n'avait pas encore remarqué ce détail. Elle était cette femme. En apprenant la mort de Charles, elle avait dû avoir un visage aussi tragique et aussi fou. Le sourire insensé de la femme défiait par son silence le rire d'Hugo. Hélène avala péniblement sa salive, songeant que dans de tels moments les rires des autres ne sont plus déplacés, ni même salissants, ils sont inexistants. Après un temps où elle feignit d'étudier le tableau, elle se tourna vers lui avec une expression ambiguë :

— Au lieu de râler sans cesse contre leurs impôts, les Français devraient se cotiser pour l'offrir à notre ministre des Finances et la faire sceller au-dessus de son lit. Peut-être, à force de cauchemarder chaque nuit, finirait-il par trouver d'autres idées que de nous tondre.

— Tiens, tiens, vous vous intéressez à ces problèmes ?

— Pas le moins du monde : je les subis. Étant célibataire, je connais ma douleur à propos d'impôts !

— Est-ce que ça voudrait dire que le célibat vous pèse ?

— Vous n'y êtes pas. Comme disait Louise de Vilmorin, de nos jours il n'y a plus que les prêtres pour avoir envie de se marier !

Et Hélène se dirigea vers un autre tableau. Hugo n'insista pas sur ce sujet. « Il est peut-être plus fin que je ne l'aurais cru », se dit-elle. A sa grande surprise, elle se détendit rapidement. Ils terminèrent leur visite bras dessus, bras dessous, comme de vieux amis, et nul, voyant déambuler ce couple rieur dans le musée presque désert, n'aurait pu se douter qu'ils se connaissaient d'aussi fraîche date. Hugo s'amusait comme un enfant. Les titres des toiles l'enchantaient, il les déclamait d'un ton mélodramatique, mais ses commentaires dénotaient une véritable érudition : ce vieux play-boy possédait admirablement son histoire de l'art. Il égrenait ses anecdotes avec légèreté, non pour faire étalage de son savoir mais avec l'évident souci de faire partager ce qu'il aimait.

— Baudelaire a déversé des torrents de fiel sur Wiertz : il est vrai qu'il n'aimait pas les Belges ! Il faudra que je vous retrouve ces textes.

Dans la voiture, Hélène essaya encore de le dissuader d'aller à ce déjeuner. Schoenwald avait envie de revoir ses amis Tournay qui venaient d'acheter un cabinet italien Renaissance « paraît-il fabuleux », mais surtout il tenait à arriver accompagné d'une « aussi ravissante femme ». Revendiquer ostensiblement une satisfaction de vanité fait tellement partie des techniques classiques de la séduction, que cette sincérité ne désarçonna pas Hélène. Voulait-il la faire passer pour sa dernière conquête ? Exhalant longuement la fumée de sa cigarette, elle le lui demanda d'un air détaché. Il ne se démonta pas et une lueur de tendresse malicieuse s'alluma dans ses yeux gris.

— Vous êtes insupportable ! Une vraie chatte sauvage ! Mais, après le déjeuner, je vous réserve une récompense.

— Je veux savoir ce que c'est : donnant, donnant.

La voiture fit une brusque embardée qui projeta Hélène contre Schoenwald.

— Excusez-moi, monsieur, dit le chauffeur, mais j'ai dû éviter un chat.

— Vous voyez bien que le sort est avec moi, s'esclaffa Hugo. Bien, je dévoile ma surprise : en fin d'après-midi, je vous emmènerai chez Delvaux.

— Paul Delvaux ? Vous le connaissez ?

— Je vous ai dit que je suis un collectionneur... Et je vous assure que bien peu d'étrangers peuvent se flatter d'être reçus chez lui, c'est sans doute le plus effacé et le plus discret de tous les peintres contemporains. Alors ?

Hélène n'hésita pas une seconde :

— Banco !

Ils firent le reste du trajet en silence. Les yeux clos, Hélène essayait de se remémorer les Delvaux qu'elle avait pu voir. Passait devant ses yeux un monde halluciné de femmes nues qui jamais ne cillent, aux gestes suspendus dans un silence déraisonnable. Elle n'aurait jamais pensé à citer Delvaux parmi les peintres qu'elle préférait, mais elle se sentait soudain en totale harmonie avec cet univers que l'artiste répétait inlassablement. Quelque parfaites que puissent être leur féminité, leur nudité, les transparences de leur chair, les femmes de Delvaux, empanachées de plumes ou enjuponnées de dentelles, deviennent des femmes métaphysiques dans le sens étymologique du terme, c'est-à-dire au-delà du physique, elles ne sont pas faites pour être prises. Leur marche est immobile, leur procession arrêtée, leurs promenades à travers le miroir ne les troublent pas plus que leur nudité n'affecte les petits notaires en veston étriqué et en chapeau « boule », figés comme des automates dans des perspectives lunaires. Hélène voyait défiler devant elle des toiles peut-être inexistantes, peuplées de Vénus froides comme un songe de pierre malgré la douceur de leur chair et la féminité de leurs formes ; elle-même glissait dans une lumière bleue le long d'un quai de gare, portant une lampe à pétrole. Oui, elle voulait plonger dans le regard de l'homme qui, depuis des années, créait le monde tel qu'elle le vivait maintenant.

Une fois franchie la grille, une sinueuse allée de gravillons courait à travers un parc vallonné. Sous les troncs argentés d'un bois de bouleaux s'agglutinait un nombre impressionnant de voitures de luxe : Rolls-Royce, Jaguar, Bentley ou Mercedes. Encore une fois Hélène décrocha de l'instant. Petite fille, elle avait découvert dans le grenier de sa grand-mère une collection de *Veillée des Chaumières* qu'elle avait dévorée en cachette. Sa journée basculait dans l'univers stéréotypé de ces vieux magazines où la « pure » (et généralement pauvre) héroïne rencontre de « hauts » fonctionnaires, de « grands » avocats, de « puissants » industriels ou de « séduisants » marquis qui, après de bien chastes péripéties, l'arracheront à son humble condition. Elle imagina, le plus conventionnellement du monde, un château flanqué d'échauguettes et, pourquoi pas, cerné de douves. On y servirait à la louche du caviar dans des coupes de cristal givrées, il y aurait du saumon, du homard et des flots de champagne (ah oui, pourvu qu'il y ait du champagne !). La voiture les déposa devant une sorte d'immense villa californienne aux larges baies vitrées.

Après deux dry Martini, Hélène se sentit nettement mieux. Le petit pincement au cœur qui l'avait crispée quand un maître d'hôtel l'avait débarrassée de sa pelisse se dissipait. Schoenwald n'avait pas exagéré en vantant la splendeur de cette maison : on s'y croyait à la Biennale des Antiquaires. Où qu'elle portât son regard, elle découvrait un motif d'admiration : ivoires, statues romanes, meubles de Boulle, panneaux japonais, masques africains, tapis persans, cartels, argenterie, tableaux anciens (le tout un peu trop vernissé et brillant, pensait-elle)... Une telle accumulation n'engendrait cependant pas de lassitude. Curieusement, la profusion des objets, au lieu d'annihiler leur beauté, l'exaltait. Un goût très sûr avait présidé à l'agencement des pièces. Hélène mit du temps à comprendre le secret de cette réussite. Chaque rapprochement était délibérément insolite. Juste en face d'elle, un fétiche à clous se dressait sur un autel de bois doré XVIIe à côté d'une grande toile ovale, uniformément enduite de rose bonbon et crevée de trois fentes obliques.

— C'est un Fontana, lui glissa Schoenwald. Venez que je vous présente.

Elle eut droit à une kyrielle de noms dont certains défrayaient régulièrement les rubriques des échotiers : un joaillier de la place Vendôme, un mannequin, un antiquaire du faubourg Saint-Honoré, un auteur dramatique, une célèbre danseuse classique, un baryton bulgare... Tout ce joli monde avait été, la veille, à un bal de charité présidé par la reine Fabiola.

— Je ne vois pas Stéphanie de Monaco, ce déjeuner va être complètement « out », chuchota-t-elle à Hugo.

Son rire éclata, couvrant le brouhaha.

— Qu'y a-t-il de si drôle ? s'enquit la maîtresse de maison.

— *It's a private joke,* assura Schoenwald encore secoué de rire.

Hélène monopolisait les regards. Une extravagante vieille dame, tout de noir vêtue et maquillée à la craie, la dévisagea derrière son face-à-main.

— Quel rravissant bijou ! s'exclama-t-elle en regardant le caillou d'Hélène. Qui vous a fait cette merrrveille ?

Instinctivement, Hélène porta la main à son galet et se contenta de hausser les épaules en signe d'ignorance. Cette vieille Russe portait autour du cou un triple rang de perles retenu au centre par un cabochon de rubis plus gros qu'une noisette, et au poignet le bracelet assorti. « Avec ce qu'elle a sur elle, je pourrais vivre dix ans sans travailler, et elle s'extasie sur mon bijou ! » Sous prétexte d'aller prendre un autre verre, elle tourna les talons, happant au passage une bribe de conversation. C'était, paraît-il, la femme la plus riche de cette soirée de bienfaisance qui avait gagné le gros lot, une parure de turquoises serties d'or et de brillants.

— Comme dit le proverbe syrien, le diable chie toujours sur le plus gros tas, commentait l'auteur dramatique.

Son interlocutrice gloussa de rire. Hélène était furieuse de se trouver parmi ces gens qui lui étaient plus étrangers que des Papous de Nouvelle-Guinée, elle s'ennuyait à périr. Pendant le déjeuner, elle se trouva à la même table que le mannequin, Éva, une Italienne pétillante, visiblement décidée à être le point de mire.

— Je suis sûre qu'on se connaît, avait-elle dit d'emblée à Hélène en dépliant sa serviette.

— Ça m'étonnerait, je ne connais personne dans la mode, mentit Hélène qui avait la vague impression d'avoir déjà rencontré ce visage autrement que sur photo.

Elle laissait son voisin lui raconter ses parties de chasse sans vraiment l'écouter quand Éva s'écria :

— J'y suis ! Nous nous sommes vues en Tunisie !

— Quand donc ?

— Mais oui, j'en suis sûre, et la voix d'Éva était tout excitée. Vous étiez en même temps que moi à Nefta, au « Sahara Palace », quand il y a eu une tempête de sable. Vous étiez même avec un très beau photographe brun, Philippe quelque chose.

Hélène devint écarlate. Voilà comment se fabriquaient les réputations ! Puis elle se sentit blêmir. Son chagrin la reprenait toute. Et ce déjeuner qui s'éternisait ! Tout lui parvenait dans une confusion de sons et d'odeurs d'où émergeait parfois le rire d'Hugo. Elle était naufragée sur une mer grise et le rire n'était que l'éperon rocheux d'une minuscule île déserte où elle n'avait pas envie de se réfugier.

Après le café, tandis que les invités se promenaient dans le parc, elle se retira dans la bibliothèque. Elle se sentait un peu grise et luttait contre le sommeil. Parmi une rangée consacrée aux livres d'art, un titre lui sauta au visage : Delvaux. Elle prit l'album et s'installa dans un coin. La tête lui tournait tandis qu'au fil des pages les frontons des temples grecs jouxtaient les gares, d'inutiles palissades cernaient des femmes à demi-végétales, des trains fuyaient les villes antiques, des fleurs surgissaient entre les rails des tramways ou sur le parquet d'un bordel. Elle n'arrivait pas à se concentrer suffisamment pour lire le texte, elle se contentait de regarder en diagonale les reproductions comme un élève trop nerveux pour repasser correctement ses leçons avant un examen.

Peu à peu, cette répétition des mêmes perspectives inconfortables, ces juxtapositions de formes figées et surprises dans le déséquilibre, ces mêmes interrogations muettes, ces mêmes peurs inavouables la rongeaient sourdement. Cette poétique, apparemment calme dans l'insolite et où elle ne trouvait nul motif d'angoisse clairement exprimé, s'accordait, de façon toute subjective, avec son mal-être. Elle finit par se sentir chez elle dans cet univers pirandellien qui basculerait s'il existait un langage possible entre ces fantômes bien charnels se croisant sans se voir. Son isolement, dans cette bibliothèque, accentuait encore sa différence : elle n'avait rien à dire à ces gens riches et volubiles, à ces femmes parfumées et bijoutées avec excès.

Venant de la pièce voisine, des bruits, des exclamations la réveillèrent : sans s'en rendre compte, elle s'était assoupie. Maintenant que les invités en avaient terminé avec leur petite promenade digestive, elle ne pouvait demeurer davantage à l'écart. Comment pouvaient-ils tous paraître tellement à l'aise, comment pouvaient-ils tous rire aux mêmes plaisanteries, échanger des riens l'air important, où puisaient-ils cette décontraction qui semblait harmoniser leur nonchalance heureuse, pourquoi ne pouvait-elle se sentir bien dans cette maison qui l'accueillait si gentiment ? C'était plus fort qu'elle, Charles était partout : dans l'éclat du feu de cheminée jouant sur une laque noire, il écoutait avec elle craquer les bûches, il allait la prendre par la main, enfouir son visage au creux de son cou...

Hugo la cherchait :

— Ah, vous étiez là ! Je vous croyais au ball-trap avec votre admirateur !

— Quel admirateur ?

— Jonathan, le blond à moustache qui était à côté de vous et que vous avez déjà arraché à Éva !

— Première nouvelle !

— Tant mieux pour vous ! Éva est une véritable Bagheera et je plains les femmes qu'elle considère comme des rivales possibles. Elle a jeté son dévolu sur ce garçon. A vrai dire, je crois plutôt que c'est son château en Écosse qu'elle brigue même si, comme tous les mannequins qui rêvent de vivre au vert, elle n'est pas capable de rester quinze jours de suite à la campagne... Il faut que nous partions. Essayez de dire discrètement au revoir à Mme Tournay, je vous attends à la voiture.

Sur la banquette se trouvaient deux paquets de cigarettes de la marque que fumait Hélène.

— Vous pensez vraiment à tout !

— C'est le rôle d'un homme, non ?

— Parlez-moi plutôt de Delvaux. Il n'est pas trop intimidant ?

— Pas le moins du monde ! Il y a des années, j'ai eu très envie d'une de ses toiles : *La Sibylle.* Connaissez-vous ce tableau ?

— Peut-être, mais je ne me souviens pas des titres. L'avez-vous acheté ?

— Oh, avec les marchands, on ne fait pas toujours ce qu'on veut ! C'est une extraordinaire toile grise, très dépouillée, où l'on ne voit qu'une femme nue, les yeux baissés, assise sur une chaise Napoléon III.

Près du bois de la Cambre, ils s'arrêtèrent devant une petite maison peinte en blanc. Tout de suite, Hélène fut conquise par l'incroyable douceur de cet artiste à l'ossature puissante, aux épaules légèrement voûtées, aux grands yeux bleus rêveurs et tendres que venait souvent illuminer une étincelle de malice, et aussi par cette maison caravansérail où un orgue électronique, des oiseaux empaillés, une collection de trains et de tramways, quelques têtes de mort et un squelette s'ordonnaient autour d'un grand piano d'ébène. Lampes à pétrole, robes de dentelle ou de gaze arachnéenne, petites mules brodées et broderies pour de futures petites mules qui n'avaient jamais été faites s'accumulaient au gré des murs comme étaient abandonnés çà et là des partitions, des livres sur Rome, Pompéi et la Grèce antique. De curieux objets blancs intriguaient Hélène.

Delvaux sourit :

— Ce sont tout simplement des isolateurs de porcelaine. J'ai toujours été fasciné par les trains, les rails, les voyageurs anonymes partant pour une destination inconnue, les fils électriques et leurs poteaux surchargés de ces isolateurs blancs. Quand j'étais enfant, je collais l'oreille aux grands poteaux télégraphiques pour entendre le bruit du courant, comme la voix des fées auxquelles je crois peut-être encore. J'ai même failli acheter une gare dans les Ardennes !

Après l'insupportable papotage qu'elle avait dû subir au cours du déjeuner, Hélène se retrouvait dans le calme intemporel de cette maison. Elle n'osait se mêler à la conversation, tant il lui semblait qu'ici les paroles étaient déplacées. Schoenwald, à son habitude, parlait d'abondance. Il demeura cependant coi lorsque le peintre, tranquillement, assura :

— Si je pouvais expliquer ma démarche, je n'aurais pas besoin de peindre.

C'est sur ces mots qu'ils partirent. Schoenwald proposa à Hélène de rentrer à l'hôtel prendre un peu de repos avant de se changer pour leur soirée. Comment lui dire qu'elle désirait demeurer seule ? Se disant qu'elle l'appellerait de sa chambre, sous prétexte qu'un message lui demandait de regagner Paris le soir même, elle acquiesça. Lorsque l'Autrichien la raccompagna à sa porte, il avait l'air si heureux qu'elle eut honte de sa lâcheté et plongea :

— Hugo, je vous remercie de cette journée qui a été délicieuse, mais je n'ai pas envie de sortir ce soir.

Il se raidit :

— Mais... nous devions...

— Oui, je sais, nous devions continuer notre escapade mais j'ai besoin de silence.

Une méduse ailée aurait voleté dans le corridor qu'il n'eût pas eu l'air plus stupéfait. Avait-il fait ou dit quelque chose de déplaisant ? Hélène le rassura : elle éprouvait fréquemment le besoin de faire le vide autour d'elle, aussi le pria-t-elle de ne pas insister sous peine de gâcher cette journée. Parce qu'il convenait à ses plans secrets, elle força son sourire :

— De toute façon, j'espère bien que nous nous reverrons à Paris... Si vous en avez toujours envie !

— Si ça ne tenait qu'à moi... Quand je disais que vous étiez plus farouche qu'une chatte sauvage ! Enfin, vous avez l'air de savoir très bien ce que vous voulez !

— Et ce dont je ne veux pas !

Il lui prit la main, la porta à ses lèvres en gardant la tête bien droite et la regarda dans les yeux :

— Alors que votre non-volonté soit faite !

Il eut l'intelligence de ne pas la rappeler ce soir-là.

7.

Rosa quae moritur,
unda quae labitur,
mundi delicias docent fugaces.
Vix fronte amabili
mulcent cum labili
pede praetervolant larvae fallaces[1].

Hélène fredonnait en même temps que la soprano. Elle connaissait par cœur le texte de ce motet de Vivaldi. Depuis qu'on lui avait volé son autoradio et la cinquantaine de cassettes pourtant dissimulées sous de vieux journaux et qu'elle rangeait dans deux cartons à chaussures, elle ne laissait plus que deux bandes magnétiques dans sa boîte à gants. C'était mieux ainsi. Plus on écoute une musique, mieux on l'entend, mieux on l'apprécie.

Arrivée un peu en avance à son rendez-vous, elle avait réussi à se garer presque en face de « La Sarriette » dont elle surveillait l'entrée pour n'y pénétrer qu'après l'arrivée de Sirkanian. L'endroit devait être assez couru à en juger par le nombre de ceux qui en franchissaient le seuil. Pas trop de post-soixante-huitards crasseux et autres baba-cool échevelés comme elle eût pu l'imaginer, mais

1. La rose qui meurt, l'onde qui s'écoule prouvent que les délices de ce monde sont fugitives. A peine nous charment-elles que déjà elles passent du pas mal assuré des larves fallacieuses.

des gens plutôt élégants, des femmes pour la plupart. Depuis qu'elle attendait, elle avait vu s'y engouffrer une bonne vingtaine de couples. Sirkanian était-il homme à donner rendez-vous dans un restaurant où il n'aurait pas retenu de table ?

La cassette terminée, la radio s'enclencha automatiquement. A Vivaldi succéda une voix de femme nasillarde, très rétro. Hélène haussa le son. Ce devait être Yvette Guilbert ou une chanteuse de cette époque :

Il ne peut pas m'embrasser sans me mordre,
Ah quel plaisir quand on vous aime comme ça !

Elle entrouvrit sa vitre pour laisser la chanson sortir dans la rue. Dommage qu'elle n'ait pas ici le matériel lui permettant de repiquer l'enregistrement, c'était le genre de chanson qu'elle adorait chanter avec Leïla et qui s'intégrerait parfaitement au répertoire kitsch qu'elles se constituaient. Cela faisait bien longtemps qu'elles n'avaient pas fait les pitres ensemble. Il faut dire qu'Hélène ne se mêlait plus aux différentes activités de l'Anti-Bach puisque tel était le surnom du petit groupe gravitant autour de l'impasse Saint-Sébastien.

La chanson terminée, elle appuya sur la tête chercheuse de son poste pour capter quelque chose d'autre. Rien ne lui plaisait. Et Sirkanian qui n'arrivait toujours pas. L'heure convenue était largement dépassée... L'aurait-elle manqué pendant le court laps de temps où elle avait quitté des yeux la porte d'entrée ?

Après une dernière cigarette, elle se résolut enfin à entrer dans le restaurant. La porte débouchait sur un escalier aux murs tapissés d'une multitude de sachets de sarriette portant la troublante mention « garanti sans nocivité, radioactivité normale », qui descendait vers une cave. Elle musarda d'abord dans la boutique inévitablement accolée à ces lieux de pèlerinage aux sources pures de l'alimentation, et où se vendent aussi bien les ouvrages d'Oshawa que des légumes et des fruits « biologiques », du pâté végétal, de l'argile, des algues, du ginseng ou de l'élixir de longue vie. Elle connaissait assez bien ces temples de l'antibouffe. Jean-Marc, un de ses collègues, fervent macrobiote (un vrai maniaque qui, sous prétexte qu'il fallait être suicidaire pour déjeuner dans les restaurants avoisinants, amenait au bureau sa gamelle et son pain complet dont le grain sans pesticide était concassé selon les méthodes traditionnelles, la pâte cuite au feu de bois, etc.), l'avait un jour entraînée au « Bol en Bois », le « plus pur », disait-il, de ces temples diététiques. Courageusement, mais en attendant le moment où elle pourrait enfin se ruer sur son réfrigérateur empli de plaisirs plus consistants, elle avait tenté de tromper sa faim avec des nourritures peut-être follement hygiéniques (un bol de riz aux racines de pissenlit saupoudré de gomasio et arrosé d'un jus de carotte) mais d'une fadeur et d'une tristesse accablantes et s'était résignée à subir un cours sur l'art de mastiquer cent fois la même bouchée : Jean-Marc essayait de la convaincre que seule une longue patience doublée d'une discipline de fer lui donnerait accès aux subtiles délices de la nourriture qui ne tue pas et surtout aux vertigineux abysses de la connaissance de soi. A un moment, pour égayer un peu sa pâtée, elle avait étendu la main vers un pot de prêle pulvérisée, mais son étiquette la figea. Pour bien l'utiliser, il fallait se référer à l'indispensable ouvrage du professeur Kervran : « A la découverte des transmutations biologiques ». Ne voulant pas risquer de transmutation, elle avait reposé le pot. Comment ne pas détester ce lieu où régnait une profusion d'écriteaux : « mâchez bien », « ne parlez pas trop », « respirez bien », « la quantité tue la qualité », « veuillez ne pas fumer » ? Ce mysticisme de la table agitait parfois le petit monde de Leïla où il suscitait des discussions sans fin car la religion de la nourriture compte autant de sous-sectes et de publications rivales qu'il y a d'anabaptistes aux États-Unis. Fructivorisme, crudivorisme, carnivorisme ou carottophagie, chaque école a ses fanatiques ; les uns jurent par le pollen, d'autres par l'argile, ou encore se vidangent la bile en grignotant du radis noir, se désintoxiquent grâce à l'aubier de tilleul sauvage ou se remontent le moral à grand renfort d'huile de sésame ou de tisane de thym.

Ici aussi se répétait l'interdiction tant redoutée, « ne pas fumer ». Hélène s'aventura dans la salle voûtée. Accrochées à des anneaux de cuivre, des tentures berbères réchauffaient les murs. Les tables ovales, roses ou violettes, s'ornaient de compositions florales dans le style japonais. Assis dans une grosse bergère à l'écart près d'une cheminée, son vieux cartable entrouvert à côté de lui, Sirkanian lisait.

— Bonsoir, monsieur. Vous semblez passer tout votre temps à lire !

— Et à relire aussi. Bonsoir, Hélène. Surtout ne m'appelez pas monsieur, quelle horreur ! Mes amis m'ont surnommé Gricha, j'espère que vous ferez comme eux, mais laissons là les cérémonies !

Ils se dirigèrent vers une table marquée « réservé ».

— Vous avez une mine superbe : j'en déduis que votre séjour en Belgique s'est bien passé.

— Oh, c'était la routine. Mais je me suis un peu baladée à l'intérieur du pays que je ne connaissais pas...

Lointaine, sa voix était celle des moments où elle ne s'habitait pas. Hélène ignorait ce qu'elle attendait mais elle était en attente, elle le savait. Avec cet homme énigmatique elle voulait absolument se créer une bulle d'irréalité, une zone hors d'atteinte de sa vie quotidienne, où elle trouverait peut-être une autre forme d'oxygène. Que fallait-il dire ou faire ? Elle se demandait s'il soupçonnait sa requête informulée. Il est déjà si difficile de bâtir une relation entre des êtres du même univers, comment en réussir une avec quelqu'un dont tout semble vous séparer ? Plongée dans son menu, elle entendait ces questions se bousculer en elle mais voyait, de plus en plus nettement, se dessiner la situation. Pour une fois qu'elle avait envie de demander de l'aide, elle n'osait le faire clairement. C'était à lui de comprendre, de décider, de la prendre par la main. Mais il se taisait, plongé comme elle dans la lecture de la carte. Il fallait que quelque chose se passât, mais quoi ?

— Il faut que quelque chose se passe, dit la puce, et elle fit un saut. Mais ce saut était programmé depuis le commencement du monde, fit Sirkanian en reposant son menu.

— Pourquoi me dites-vous ça ?

— Parce qu'il faut commencer par le commencement et tout sera dans l'ordre. Qu'avez-vous choisi ?

— Je ne sais pas... Vous qui connaissez l'endroit... Composez mon menu, je vous fais confiance.

Quand il passa la commande, elle crut entendre un nom extravagant.

— Qu'avez-vous choisi comme salade ?

— De la salade de Carragahens.

— Qu'est-ce que c'est ?

— Ce sont des algues brunes ou rouges qu'on appelle aussi mousse d'Irlande. On les mélange avec de la ciboulette et du persil. C'est une véritable bombe de sels minéraux et de vitamines.

— Vous venez souvent ici ?

— Je ne suis pas exactement ce qu'on appelle un homme d'habitudes, mais de temps en temps je m'y offre une cure de santé.

— Alors vous pourriez me dire ce que je risque avec ça.

Elle lui tendit le même pot de prêles qu'elle avait déjà repéré au « Bol en Bois ».

— Pourquoi parlez-vous de risque ?

— Avez-vous lu l'inscription ?

— Non.

Il regarda le pot et se mit à rire. Il avait connu Louis Kervran dont il lui parla. C'était, paraît-il, un homme extraordinaire qui aurait dû être Prix Nobel et qui était mort dans l'indifférence générale.

— A propos de mutation, enchaîna-t-il, un ami médecin vient de m'apprendre quelque chose d'étonnant : nous avons, derrière l'hypophyse, des petites cellules très

très rares dont personne ne comprend ce qu'elles viennent faire chez l'homme car on ne les trouve que dans la *pars intercerebralis* des insectes à métamorphoses.

— C'est-à-dire ceux qui, de larves, deviennent des insectes ?

— Exactement. Mon ami se demande pourquoi il y a chez l'homme des cellules qui pourraient sécréter l'hormone de métamorphose.

— Il a une idée là-dessus ?

— Pas la moindre mais c'est un beau sujet de recherche ou tout au moins de spéculation. Est-ce une trace, un vestige, ou au contraire une annonce, une préfiguration de possibilité ?

— Possibilité de quoi ?

— Je ne suis pas un scientifique mais j'essaye de raisonner sainement. Nous sommes actuellement quatre milliards six cents millions d'habitants sur la Terre. Si l'on regarde la courbe d'expansion démographique de la planète telle que la calculent les futurologues — en admettant que rien ne modifie nos conditions de vie actuelle — nous serons six milliards et demi en l'an 2000 et plus de dix milliards en 2095... C'est-à-dire que cela sera invivable. Ne serait-il pas possible d'envisager un phénomène d'autorégulation qui, au lieu de limiter l'accroissement de l'espèce, la modifierait de telle façon qu'elle demeure adaptée à son environnement ?

— Grâce à ces cellules, nous aurions la possibilité de muter ?

— L'hypothèse que l'homme soit un mutant potentiel me séduit assez, bien que rien ne permette de la vérifier, mais il est bien évident que, sous peine de disparaître totalement, il nous faudra un jour trouver un autre *modus vivendi* sur cette terre que nous ne cessons d'épuiser et de malmener.

Elle avait envie de lui dire : « Merci, vous avez réussi. Vous ne m'intimidez plus. » Leur dîner, arrosé de thé mu, se déroulait de façon très détendue. Enfin, Hélène n'avait plus le sentiment d'être en représentation, mais elle avait envie de fumer. Changer de décor cassait l'atmosphère, elle l'avait souvent remarqué : combien de réunions amusantes autour d'une table se décomposent lorsque les invités passent au salon ? Elle se sentait si bien qu'elle se risqua :

— Je meurs d'envie de griller une cigarette. Si nous sortions ?

Il lui proposa de terminer la soirée chez lui. C'était ce qu'elle souhaitait. Elle avait envie de revoir les chats, les icônes et surtout elle avait envie de lui parler de son « trou noir ».

La petite lampe à huile animait de lueurs orangées l'entrée débarrassée de ses pancartes et de la plupart de ses chaises. Dans le bureau aussi, quelque chose avait changé, Hélène ne retrouvait plus la chaleureuse atmosphère de sa première visite.

Sirkanian la fit asseoir sur le même canapé que la première fois : le chat tigré n'attendait que cela pour venir se lover sur ses genoux. L'Arménien alluma les cierges autour des icônes, éteignant ses allumettes de ce geste circulaire du poignet qu'elle avait remarqué au « Petit Vin Blanc », emplit deux verres de thé au samovar et jeta une pincée d'encens dans la cassolette.

Ces préparatifs, accomplis sans hâte ni bruit, lui remémoraient ceux du pilote récitant sa check-list avant le décollage. Hélène, qu'un oncle, vrai fanatique du manche à balai, avait emmenée dans son Cesna, se rappelait encore la formule magique de ces pilotes du dimanche : *Sois Courageux Mais Prudent En Vol, Garde Intelligence, Habileté, Discipline.* Chaque initiale correspondait à un certain nombres d'opérations et de vérifications (S = serrage, C = commandes, contact, compensateurs, M = mélange, P = pas de l'hélice...). Comme dans les proverbes chinois, lui avait-on expliqué, la formule prenait un sens différent selon les moments où on la récitait : décollage, atterrissage, montée ou descente.

Voyant Sirkanian multiplier des gestes dont elle ne comprenait pas l'utilité (s'inclinant devant un tanka, baisant le voile de la Vierge byzantine, effeuillant quelques pétales séchés sur une statue, redressant l'orientation d'un tapis, arrangeant le drapé d'une tenture), l'idée lui vint que lui aussi devait réciter sa check-list. Pour quel envol ? Qu'allait-il se produire ? N'était-ce pas le prélude d'une cérémonie dont elle ignorait si elle serait l'offrande ou la prêtresse ? Une loi inconnue d'elle présidait au moindre mouvement de Sirkanian et elle avait l'impression d'assister à la millième représentation d'une pièce sans paroles audibles, obéissant à une invariable mise en scène. D'invisibles spectateurs guettaient la faute, *sa* faute, pour se matérialiser, pour faire basculer cet univers feutré dans quelque carnage.

Sourdait, de cet endroit qu'elle avait eu envie de retrouver, une menace diffuse et pourtant rien ne pouvait justifier la peur grandissant en elle. Tandis qu'elle cherchait un démenti à son imagination, les battements de son cœur allaient crescendo, scandant par-dessus le tic-tac de l'horloge une autre unité de temps. La gorge asséchée, elle ne parvenait pas à déglutir et redoutait le verre de thé offert comme une coupe de ciguë... Elle se souvenait comment, ici, elle avait arraché sa perruque. Les chats, de connivence, clignaient des yeux. Eux aussi attendaient leur moment, le moment où tout recommencerait... Hélène secoua la tête. Elle était venue comprendre son trou noir, non y plonger une seconde fois.

— Non, gémit-elle à mi-voix.

Occupé à fermer les rideaux, l'Arménien ne se retourna pas. Pourvu qu'il ne l'ait pas entendue !

Elle essaya de se calmer. Rassurante, la tiédeur du chat ronronnant sous sa main. Il n'y avait rien à craindre si elle pouvait demeurer vigilante, introduire un grain de sable dans cette mécanique huilée. Oui, elle devait modifier l'ordre des événements pour ne pas se laisser happer dans le tourbillon du néant. Mais quand et comment ?

Sirkanian gardait le silence. Tout en jugeant insensée son angoisse, elle se réfugia dans l'anecdote, dans ce qui n'était pas comme la dernière fois et donc lui permettrait de s'échapper.

— Qu'y a-t-il de changé ?

Il eut l'air surpris, balaya la pièce du regard et finit par concéder :

— Ah oui ! Vous êtes très observatrice ! Quelques meubles sans doute : ici les objets vont et viennent, pas grand-chose ne m'appartient. Mais nous ne sommes pas là pour parler de décoration ! Qu'est-ce qui ne va pas ? Vous étiez si bien tout à l'heure...

Les yeux rivés sur le chat, elle avoua :

— J'ai peur.

— De quoi ?

Comment lui répondre : « de vous ! » ? D'un geste imprécis qui englobait à la fois les murs, les objets, lui, elle-même et sa peur, elle esquissa une arabesque dans le vide. Sirkanian lui demanda si quelque chose de précis la dérangeait et bifurqua, lui proposant d'abandonner les faux-fuyants :

— Ayez le courage de formuler ce que vous taisez et vous verrez vos craintes s'évanouir d'elles-mêmes. Si vous n'osez le faire devant moi, passez à côté. Si vous redoutez que je vous écoute, ne parlez pas trop haut, mais il faut que vous vous entendiez articuler vos appréhensions comme si quelqu'un d'autre les nommait. Je vous garantis le résultat.

Hélène resta un long moment muette puis, les yeux obstinément baissés, elle chuchota quelques mots entrecoupés de silences, lança de trébuchantes bribes de phrases, se reprit et recommença sans oser le regarder. Par vagues irrégulières, sa voix couvrait son cœur affolé, alors elle se mit à parler de façon convulsive. Diminuaient les plages de silence, s'accélérait le débit des phrases qu'elle ne cherchait pas à construire. Le chaotique discours s'unifia dans un fleuve sinueux, noyant sous ses méandres le galop de ses craintes.

Comme des bulles de savon reflétant sur leurs courbes un monde irisé, déformé, les mots naissaient, enflaient, enflaient encore et crevaient. Machine à sécréter ces éphémères ballons, elle continuait à parler, de plus en plus animée, souvent incohérente, seulement soucieuse de vider le réservoir nauséeux qui l'emplissait. Elle prenait de plus en plus d'assurance, glissait des adjectifs outranciers, distordant ses appréhensions confuses pour leur donner une architecture. Au fil des mots, les associations libres fulguraient, Hélène s'allégeait, sautant presque joyeusement de l'une à l'autre. Quand elle se tut, elle était sereine. Elle avait tout dit ou, du moins, l'essentiel de ce qu'elle devait lui dire aujourd'hui : l'impression de s'engluer ici dans un processus répétitif, de participer à un culte dont elle ignorait tout, l'obsession de Cordélia, voletant telle une phalène éblouie dans chacune de ses nuits, sa haine du mâle, l'entêtante présence de l'absent, si réelle qu'elle croyait parfois le revoir, l'innocent pichet d'étain qu'elle avait fait tomber par inadvertance, le coussin ivoire dont Vlado l'avait débarrassée, jetant par la fenêtre ce qu'elle prenait pour un masque ricanant de Chinois, son trou noir...

Le sourire de son « ouf ! » final n'avait rien de forcé. Sirkanian se taisait toujours. Les yeux clos, souriant, il avait l'air d'attendre qu'elle continuât, qu'elle exsudât la dernière des dernières gouttes. Ce n'était pas la peine : elle se sentait tout à fait lisse. Mais il devait savoir ce qui manquait... Pour obéir à ce qu'elle interprétait comme une demande muette, elle essaya de redescendre dans ses jardins d'ombre et un souvenir d'enfance lui traversa l'esprit. Elle le rajouta comme une pointe de Chantilly au sommet d'une pièce montée. Sa dévote grand-mère, véritable championne de brasse coulée dans les bénitiers, avait élevé sa mère dans une sainte terreur du péché. Mme Delièze lui avait raconté que, petite fille, elle se représentait l'âme comme une de ces cervelles d'agneau dont elle raffolait. Entre les circonvolutions cérébrales, normalement blanches et brillantes, venaient s'agglutiner des touffes de poussière, les péchés tant redoutés, qu'on ne pouvait enlever soi-même et qui risquaient de recouvrir entièrement l'âme, la vouant à la damnation, c'est pourquoi il fallait régulièrement consulter le médecin de l'âme (le prêtre) qui, armé d'une pince à épiler, nous débarrassait de ces saletés...

— ... Curieux, que je me rappelle maintenant cette image enfantine de la confession dont ma mère m'a parlé il y a plus de dix ans et à laquelle je n'avais jamais songé depuis...

Sirkanian avait raison : parler libérait. Enfin Hélène se soucia de ce qui, en temps normal, l'eût spontanément intriguée : comment avait-elle pu se livrer, elle d'habitude si pudique, à ce strip-tease psychologique devant un inconnu ? Comment était-il parvenu à capter si totalement sa confiance ? Pourquoi l'encourageait-il à s'exprimer sans retenue ?

Réservant toute son attention aux mouvements d'Hélène, Sirkanian avait suivi d'une oreille distraite le long et douloureux monologue. La façon dont elle portait la nourriture à sa bouche, traversait une pièce, croisait les jambes ou tenait sa cigarette, lui parlait davantage que la description de ses états d'âme. Infiniment plus troublant que les attitudes sophistiquées, les maquillages savants et les provocations sexuelles peu ou prou déguisées auxquelles il était habitué, un moment de la confession d'Hélène l'avait ému avec une rare violence. Il s'attendait à subir la banale complainte du chagrin mais, sur la feuille vierge de leurs relations possibles, s'ébauchait une esquisse d'un érotisme si pervers que, pour mieux savourer l'excitation grandissant en lui, il avait fermé les yeux. Les petites phrases hachées étaient autant de caresses furtives qu'il eût aimé prolonger sur son sexe tendu. « Encore, encore » se répétait-il tandis qu'elle trébuchait sur un récit de peurs inavouables, de cérémonies secrètes dont elle le croyait l'officiant...

Si, le soir de leur rencontre, le désarroi et l'apparente fragilité de la jeune fille l'avaient physiquement touché, son désir se trouvait maintenant renforcé d'un singulier piquant. « Celle-là, se disait-il, avec ses phantasmes de grand prêtre et de victime, de rituels et d'incantations, de messes noires et d'ordalies, elle donnerait des ailes de chauve-souris à une boule de billard et réveillerait les feux éteints du plus chaste des sages ! » Jamais personne n'avait ritualisé ainsi ses gestes quotidiens et pourtant, Dieu sait s'il avait inspiré de folies autour de lui...

Quand Hélène changea de sujet, il l'écouta sans être attentif, pour ne pas lâcher les rênes de son désir. Le sexe dressé, il s'attardait voluptueusement dans le décor qu'elle avait planté. Il l'étreignait, l'assaillait, l'abandonnait pour mieux la reprendre encore. Il n'était plus qu'un pal, l'embrochant de partout, la clouant au travers des marches des autels. Non, il était le voile glissant sur son épaule, l'entêtante odeur de myrrhe et d'encens des temples de Babylone, la longue vibration des bols tibétains... Il enrobait de miel son ventre pour le lécher à petits coups de langue, prenant garde à ne pas approcher de la zone brûlante, car elle devrait attendre, attendre à en être folle, le supplier, elle serait comme les autres, pire que les autres car il la ferait aller très loin, il voulait l'emmener sur le bord du monde, lui apprendre la furie et la sagesse, l'oubli de la jouissance et le partage des gouttes d'éternité.

Pourquoi se taisait-elle, faisant mourir ce feu dont elle l'avait embrasé ?

Il ouvrit les yeux et redevint présent. Tout était limpide. Parce qu'elle avait inconsciemment pressenti ce désir qu'elle lui inspirait, Hélène avait forgé une aberrante explication à cette peur dont elle refoulait la véritable origine. Il n'avait pas envie de parler. Il la voulait nue sur ce divan, offerte et pourtant refusée, les cheveux dénoués autour d'elle comme lorsqu'il l'avait transportée, endormie, dans sa chambre de méditation. Lui, qui l'avait tant observée toute la soirée, remarqua seulement à cet instant son changement de coiffure :

— Mais... vous avez coupé vos cheveux !

A plusieurs reprises, Hélène avait noté que Sirkanian répondait de façon totalement déroutante. Cela faisait-il partie de la psychologie du personnage ? Cette fois, où sa question était précise (pourquoi l'encourageait-il ainsi à se confier ?), l'inattendu de la remarque prononcée d'une voix sévère la fit rire. Elle-même n'était pas encore habituée à la liberté de sa nuque qu'elle caressa :

— J'avais envie de changer de personnage !

— Vous pouviez tout faire, sauf ça ! Il ne fallait pas...

Sirkanian gardait la même intonation : il ne plaisantait pas. Il lui expliqua que, de même que les pieds nous branchaient à la Terre-Mère, les cheveux étaient les antennes nous reliant au Ciel. Avait-elle réfléchi à la signification symbolique de l'ancienne tonsure, aux chevelures sacrifiées des femmes qui entraient au couvent ? Seuls les esprits superficiels y voyaient l'image du renoncement à la séduction féminine. En faisant raser le crâne des religieuses, les mères supérieures leur ôtaient toute possibilité de communiquer directement avec l'Invisible, les réduisant à l'obéissance passive aux règles de l'Ordre. Et Dalila, coupant les cheveux de Samson, y avait-elle songé?

Il en disait trop ou pas assez. N'étant pas sûre que ces propos fussent tout à fait sérieux, Hélène ne voulait pas avouer son ignorance en ce domaine mais, à ce moment précis, elle n'avait plus du tout envie de l'appeler Gricha : il l'intimidait à nouveau. Savait-il par quelles montagnes russes il la faisait passer ?

L'air rêveur, Sirkanian répéta exactement ce qu'il lui avait déjà dit : « Vous reverrez votre ami si vous le voulez. Ce n'est pas difficile d'entrer en contact avec les morts. De leur parler. Ils ne sont pas morts... », pour conclure : « et c'est le moment que vous choisissez pour vous couper les cheveux ! »

Elle reçut le coup en pleine poitrine. Tant de cruauté

la révoltait. Il devait bien se douter que Charles aimait jouer avec sa chevelure et, qu'en la supprimant, elle espérait un peu tirer sur le passé le rideau de l'oubli. Encore le picotement des larmes. Comme s'il pressentait qu'elle voulait partir pour pleurer, Sirkanian lui jeta tout à trac :

— Je vous dois quelques explications. Je pense que vous avez de grandes dispositions pour la médiumnité et j'aimerais, si vous êtes d'accord, vous aider à développer ce don. Mais nous avons tout notre temps, vous êtes trop fragile pour le moment.

A nouveau, il redevenait celui qui savait tout et sur lequel on pouvait s'appuyer. Il la rassura au sujet de son « trou noir », provoqué par le léger hypnotique qu'il lui avait donné, et de son rêve récurrent. Se rappelait-elle la lecture qu'il lui avait faite pour faciliter sa détente et son sommeil ? Elle n'en avait pas le moindre souvenir.

— Pas le moindre souvenir conscient, devriez-vous dire, car c'est ce que je vous ai lu qui travaille ainsi en vous.

Pour un élève, éditant une petite revue littéraire ultra-confidentielle, Sirkanian s'était récemment mis à écrire des nouvelles : il lui avait lu le début de son dernier texte, pas encore terminé. C'était un conte intitulé « Cordélia » et qui se passait au XIXe siècle. Hélène dut le supplier pour qu'il le lui confiât. Elle partit en emportant un gros cahier noir à spirale. Elle avait hâte de connaître l'histoire qui la hantait, de savoir ce que pouvait écrire « Gricha » puisque c'est en l'appelant ainsi qu'elle avait pris congé.

« C'est ma première victoire sur lui qui d'habitude mène le pas », songeait-elle. Elle était bien décidée à en conquérir d'autres.

8.

— Quand nous avoueras-tu que tu as dragué un fleuriste ? cria Leïla avant même qu'Hélène eût refermé la porte d'entrée.

Trop envahissante pour sa chambre, une gerbe de plus d'un mètre de haut emplissait tout un coin du salon.

Depuis son retour de Belgique, Hélène recevait chaque jour, même le dimanche, une livraison d'Interflora. Dans le train, elle s'était bien dit que l'Autrichien se manifesterait avec des fleurs mais elle n'avait pas imaginé une telle prodigalité. Respectant l'anonymat des envois, Leïla et Vlado ne lui avaient posé aucune question ; elle attendait l'arrivée à Paris de Schoenwald pour dévoiler son projet.

Ce soir, jaillissant d'une profusion de roses et de fleurs exotiques, de grandes branches de lilas embaumaient tout le loft. Sur le papier cristal, pour la première fois, une enveloppe était épinglée : *« Je crois qu'on m'a trouvé à Neuilly l'appartement de mes rêves. J'espère que vous m'aiderez. A très bientôt. Hugo Schoenwald. »*

Pliant la carte en fusée, Hélène la lança à Leïla :

— Rappelle-toi ce nom. Il sera bientôt sur toutes tes affiches. Je t'ai trouvé un mécène.

Avec un ensemble parfait, Vlado et Leïla se frappèrent le front en chantant : « Elle est timbré-e, elle est timbré-e... »

— On peut en savoir davantage ? interrogea, par-dessus leurs moqueries, une voix masculine.

C'était Mertal. Hélène ne l'avait pas vu. Décidément, il se croyait chez lui ici ! Il se leva pour venir l'embrasser. Elle se laissa faire et regarda sa montre :

— Bonsoir, toi ! Vous savez qu'il est une heure et demie ! Si vous avez envie de percer la nuit, très bien pour vous mais, moi, je travaille demain, alors je me couche. Salut la compagnie !

— Ne sois pas si pressée, fit Mertal. Qu'est-ce que c'est que cette histoire de mécène ?

— Ne te fatigue pas, ça t'est bien égal. Avoue plutôt que tu te demandes ce que j'ai fait pour recevoir une telle splendeur ! Et elle enfouit son visage dans les grappes parfumées.

— Bof ! En tel cas, il n'y a pas besoin d'être sorcier pour savoir ce qu'une femme a fait ou va faire ! Contemple bien ta « splendeur », elle risque d'être éphémère ! Du lilas en janvier ! Ton soupirant aurait pu joindre à son envoi une petite balayette cerclée d'or pour demain matin ! ironisa Mertal.

— Évidemment, des immortelles feraient plus d'usage ! grinça Hélène. Les critères de longévité ne sont pas ceux de la séduction, il serait peut-être temps que tu le saches !

C'était agaçant : par vents et marées, Philippe conservait le même placide bon sens. Si elle parvenait à le mettre en colère, peut-être partirait-il plus vite, au lieu de rester ainsi à la regarder avec ses yeux vides.

— Pourquoi tu es fâchée ? s'enquit Vlado. Tu devrais être contente et Philippe t'a rapporté d'Angleterre ton odeur que tu pouvais pas trouver. Attrape !

Il lui lança un petit paquet enrubanné. Un coup de baguette magique, le français de Vlado ! Hélène regrettait son agressivité mais c'était plus fort qu'elle : elle ne supportait pas l'idée que Philippe, ni quiconque, pût s'amouracher d'elle. Heureusement, elle n'aurait jamais ce genre de problème avec Gricha qui, elle en était sûre maintenant, ne s'intéressait pas aux femmes. Ou du moins pas à elle sur ce plan-là. Quant à Schoenwald, puisqu'il ne savait que faire de son argent, il financerait Salomé.

Dans sa tête, Hélène avait déjà tout arrangé, aussi le manque d'enthousiasme suscité par sa phrase négligemment jetée tout à l'heure la frustrait. Elle résolut d'attendre le départ du photographe pour expliquer son plan. « Comme c'est gênant de recevoir un cadeau de quelqu'un qui vous horripile ! » songeait-elle en ouvrant son paquet. Philippe était touchant de maladresse à multiplier ainsi les attentions dont elle ne voulait pas. Cette fois, il lui offrait de l'essence de tubéreuse, son parfum préféré : il avait dû se renseigner auprès de Leïla.

— Tu es vraiment gentil ! et, par-dessus les fleurs, elle lui envoya deux baisers. Mais tu ne penses pas qu'il serait temps de rentrer te coucher ?

— Il dort ici, trancha Leïla.

— Ne te méprends pas, précisa Mertal. Je m'installe là, et il désigna le divan. J'ai prêté mon appartement à une ex de passage à Paris avec son nouveau Jules. Mais si tu insistes pour me faire partager ton dodo, je me ferai une raison !

— Beurk ! fit Hélène. Bonsoir tout le monde.

Elle se retira dans sa chambre, taisant son projet. Elle avait hâte de lire Cordélia. En la raccompagnant à sa voiture, Gricha avait suggéré : « Je ne sais pas encore comment se terminera cette histoire. Si un de vos rêves vous apporte une bonne chute, racontez-la-moi, je l'utiliserai peut-être. » N'était-ce pas grisant ?

Avant même de faire sa toilette, elle se jeta sur le cahier.

C'était un après-midi d'automne...

J'éprouvais ce jour-là une curieuse impression. Mes nerfs à vif ne me laissaient pas le moindre instant de répit et j'étais incapable d'écrire ou même simplement de lire. Je ne pouvais demeurer en place et tournais autour de ma table, pétrissant entre mes mains ma tabatière comme si le contact de l'or pouvait apaiser mon angoisse. Angoisse irraisonnée, je le savais bien, mais tellement oppressante que j'aurais volontiers brisé quelque objet ou frappé violemment aux murs pour m'en libérer un peu n'eussent été mon respect humain et surtout les sentiments infiniment tendres que m'inspirait ma voisine du dessus. Je n'allais pas compromettre toutes mes chances avec la mystérieuse Cordélia en menant grand bruit sans raison apparente. « Il faut que je me calme, il faut que je me calme ! » répétais-je de plus en plus violemment.

Au-dehors le vent soufflait avec rage, faisait tourbillonner les feuilles qui montaient en colonne, tournoyaient quelques mètres au-dessus du sol avant de se disperser. Le ciel menaçait, gris fer au-dessus de la ville grise, et la nuit était presque tombée bien qu'il ne fût pas cinq heures. Une force inconnue m'attirait vers la fenêtre, semblait me pousser dehors tandis qu'en même temps un obscur pressentiment me commandait de rester chez moi.

J'appuyai mon front à la vitre. Ce contact glacé me fit du bien. La rue était déserte, même les ramiers s'étaient enfuis ; avec de sinistres plaintes, le vent errait, seul. Parfois un volet battait, mais nulle main n'osait sortir par la croisée pour l'attacher. Apeurée, la vie s'était retirée à l'intérieur des maisons tandis que le vent pleurait et gémissait comme s'il réclamait une humaine compagnie à ses courses désordonnées ; il mendiait une présence, il modulait ses plaintes, semblait s'acharner sur un point précis d'une façade, envoyait de brusques rafales à l'assaut d'un détail invisible et, lassé de ses inutiles attaques, reprenait plus doucement ses chants funèbres, ses lugubres sifflements.

Je jouais avec la crémone quand ma fenêtre s'ouvrit brusquement. Je fis un saut en arrière pour ne pas recevoir le montant en plein visage et tombai à la renverse. Le vent s'engouffra dans ma chambre avec une rage inouïe, me clouant sur le sol. Alors que j'essayais de me relever sans me couper les mains sur les débris des vitres que le choc avait brisées, je reçus en plein visage comme une giclée de sable et dus fermer les yeux. J'entendais mes papiers voler à travers la chambre, mes plumes rouler sur la table avant de tomber, divers objets se heurter les uns aux autres. J'attendais...

Je me frottais les yeux pour les faire pleurer et ainsi chasser les poussières qui blessaient mes paupières quand le calme revint chez moi. Le vent était sorti ; oui, il était sorti, comme on peut dire d'une personne qu'elle est sortie d'une pièce. Les bruits et les tourbillonnements avaient cessé tant chez moi qu'au-dehors. J'ouvris les yeux. Ma chambre offrait un spectacle de désolation tel que je ne pus m'empêcher de rire : rien n'était demeuré en place. Mes livres et mes papiers jonchaient le sol aux quatre coins de la pièce, pages lacérées comme si une bête furieuse y avait fait ses griffes, les tiroirs de ma table et de ma commode béaient grands ouverts, leur contenu à moitié sorti, les coussins de mon lit gardaient l'empreinte des poids immatériels qui s'y étaient pressés et les gravures allemandes dont j'avais décoré mes murs pendaient de guingois. Une Tentation de saint Antoine *que j'affectionnais particulièrement se trouvait même retournée, la face contre le mur.*

Je fermai la fenêtre et entrepris de mettre un peu d'ordre. J'éprouvais un grand bien-être à me trouver ainsi occupé et, sans la moindre hâte, commençai à réunir les feuillets épars de mon prochain ouvrage : De la dialectique des théologiens.

En reconstituant mes piles et mes dossiers, je ramassai une feuille qui ne m'appartenait pas. C'était bien le papier dont je me servais habituellement, mais cette page volante était couverte d'une minuscule écriture que je ne connaissais pas. Bien que surpris, je ne prêtai pas grande attention à cette découverte pour le moins curieuse car personne ne pénétrait dans mon logement et, chiffonnant en boule la feuille, je la jetai dans ma corbeille. Par la suite je trouvai trois autres feuilles couvertes de la même petite écriture penchée à l'envers.

Cette fois, l'énigme était piquante et je n'y voyais qu'une explication possible : c'était le vent qui avait déposé dans ma chambre ces feuillets. Vraiment le ciel envoyait un dérivatif à mon désœuvrement : je résolus de déchiffrer ces documents tombés du ciel.

Je demeurai de longues heures à ma table de travail, tentant de décrypter ces textes presque illisibles. Lorsque je m'arrêtai, les yeux me brûlaient et je devais avouer mon échec. Les caractères trop serrés se chevauchaient ; les mots, la plupart du temps, étaient abrégés ou, dans le reste des cas, interrompus comme si le scripteur avait tenté d'écrire au rythme de sa pensée. Je ne comprenais absolument pas de quoi il était question dans ce brouillon. Quelques mots cependant se laissaient deviner : « transparence », « apparence de vie », « ultime secret », « l'œuvre de toute ma vie », « recherche fondamentale », « exquise pâleur »... Un mot, qui revenait deux ou trois fois par page, avait métamorphosé ma simple curiosité en intérêt passionné mais, en dépit de tous mes efforts, je ne pus résoudre de façon certaine s'il s'agissait de « Cordélia » ou de « Candélabre » ; la déplorable manie du scripteur de commencer presque chaque mot par une majuscule et de ne pas le terminer rendait parfaite l'ambiguïté.

J'enrageais de mon impuissance à laquelle je ne voyais qu'un remède : dans le bas d'un feuillet se trouvait, encadré de tortillons, ce qui me parut être un nom et une adressse. Je ne pus déchiffrer le nom mais seulement des initiales, A.K., et une adresse : impasse du Regard.

L'impasse du Regard était une ruelle mal famée située dans un bas-quartier de la ville. Je décidai de m'y rendre. Le côté romanesque de l'aventure me séduisait tout à fait et je m'imaginais déjà extorquant les plus curieuses confidences à ce mystérieux A.K. que le vent avait fait pénétrer dans mon existence.

Une fois encore, j'essayai de relire les feuillets. Je ne progressais pas mais j'acquis l'absolue conviction que c'était bien de Cordélia qu'il s'agissait. Sans doute existait-il par la ville d'autres Cordélia que ma bien-aimée, mais le hasard est un jardin étrange dont j'aime à cueillir à brassées les fleurs, quelque noires qu'elles puissent être. Sans plus attendre, je sortis.

Comme je refermais la porte de mon appartement, une intuition me fit lever la tête : sur le palier supérieur, Cordélia, vêtue d'une longue robe de velours grenat, se tenait immobile. Elle me regardait. Malgré la pénombre, je distinguai sur son visage une expression presque terrifiée ; de la main gauche elle esquissa de violents signes de dénégation. Dans cette sordide cage d'escalier, c'était une apparition si pathétique et si radieuse à la fois qu'il me fallut quelques instants avant de m'élancer à sa rencontre. J'avais dans ma poche les mystérieux feuillets et je tenais enfin un prétexte pour aborder sans l'offenser celle qui depuis tant de mois hantait mes jours et mes nuits.

Lorsque j'atteignis le palier supérieur, elle avait disparu et je me trouvai en face d'une lourde tenture de velours en mauvais état. Deux larges déchirures laissaient paraître une doublure jaunâtre que, dans l'obscurité, j'avais pris pour le visage et la main de Cordélia. Je restai un instant interdit. Pas le moindre bruit ne filtrait de l'appartement de la jeune fille : si vraiment elle avait été là, j'aurais au moins entendu sa porte se refermer. A tout hasard, je soulevai la tenture pour m'assurer que la jeune fille ne s'y dissimulait pas ; ma main ne rencontra que la surface lisse du bois. Je devais me résigner : j'avais été victime d'une hallucination.

L'existence des papiers m'enhardissait, je tirai sur la sonnette... Un long miaulement me répondit et la maison redevint silencieuse. J'attendis et fis une autre tentative. Le chat me répondit encore, plus longuement, plus tristement ; c'était comme un appel désespéré de l'autre côté de cette porte que je voulais tellement franchir. Oui, un véritable cri de détresse à peine amorti par le velours et qui venait se perdre dans la cage d'escalier. Je frissonnai et descendis rapidement, poursuivi par les appels du chat.

La tempête s'était calmée et la nuit, brusquement, tomba : une nuit pâteuse et noire comme dans un cauchemar. J'eus un instant l'impression d'être emprisonné derrière d'épais voiles d'encre. Pas une étoile ne parvenait à crever le firmament et il fallait vraiment coller son nez aux fenêtres pour se rassurer de la lueur dansante d'une bougie. La plus élémen-

taire prudence eût dû m'interdire de sortir, je risquais de m'égarer et ce brouillard opaque était un temps rêvé pour les malandrins qui pouvaient détrousser ou même égorger les passants en pleine rue sans que la police pût intervenir, mais une force inconnue, taisant la voix de la raison, me poussait en avant.

Je marchais, laissant courir ma main le long des façades. Parfois je croisais une ombre imprécise, je me heurtais à des masses sombres, à des silhouettes sans visage, j'entendais des bribes de phrases aussitôt absorbées par ce noir cotonneux qui estompait les bruits et les contours. On eût dit que la ville cherchait à cacher de monstrueuses pratiques, d'ignobles cultes qui se célébraient en silence derrière les volets clos. Je ne parvenais pas à étouffer une peur naissante qui peu à peu grandissait à l'intérieur de moi, résonnait le long de mes tempes en écho au bruit de mes pas.

Comme j'arrivais à l'impasse du Regard, un peu de lune perça les nuages et une morne clarté éclaira la ruelle déserte. J'entrepris de déchiffrer les rares plaques de cuivre cloutées sur les portes.

Un chat se frotta contre mes jambes, un chat noir. Je ne suis pas superstitieux mais je déteste les chats. Je fis semblant de vouloir lui donner un coup de pied pour l'éloigner. Il recula un peu et, me fixant de ses yeux jaunes qui luisaient dans l'obscurité, miaula longuement, lugubrement, avant de disparaître derrière une grille.

Je frissonnai et une sueur glacée m'inonda. C'était le même appel désespéré et sinistre que j'avais entendu de l'autre côté de la porte de Cordélia. Cette bête m'avait-elle suivi jusqu'ici sans que j'y eusse pris garde ?

J'avançai vers la grille qui fermait le fond de l'impasse : elle gardait l'entrée d'une sorte de domaine abandonné planté de chênes et, chose rare en plein Paris, de cyprès. A travers les branches, on distinguait vaguement la silhouette d'une maison biscornue. Un je ne sais quoi de maléfique se dégageait de ce jardin envahi de hautes herbes où quelques statues brisées blanchoyaient parmi les arbres.

Le chat m'appela encore, d'une façon déchirante. Mainte-

nant que le clair de lune me permettait de comprendre ce qui m'environnait, je me sentais beaucoup plus à l'aise et voulus pousser la grille. J'essayai en vain de l'ouvrir : elle était fermée à clef. Je tentai de l'ébranler. Je faisais grand bruit dans cette ruelle déserte, mais nulle tête ne venait me guetter derrière les vitres.

Il me semblait pourtant qu'une présence se dissimulait, se blottissait dans l'ombre du jardin et, pour cette raison, je n'osai escalader la grille. Au moment où, à tout hasard, j'allais sonner pour demander s'il habitait quelque part quelqu'un du nom de A.K., je vis, juste sous la sonnette, une petite plaque d'émail à demi effacée : « ABRAHAM KAATZ, artiste peintre. » Cet horrible chat m'avait mis sur la bonne piste !

La sonnette, trop rouillée, ne fonctionnait pas, alors je me mis à hurler :

— Abraham Kaatz ! Abraham Kaatz !

Rien ne bougeait dans la maison aussi silencieuse et noire que toutes les autres. On entendait seulement quelques branches craquer, une feuille portée par un souffle traîner quelques mètres sur d'autres feuilles sèches. D'imperceptibles craquements ponctuaient mon attente.

Je recommençai à crier :

— Abraham Kaatz ! Y a-t-il quelqu...

Ma question s'arrêta dans ma gorge. Quelqu'un m'observait à travers les arbres et je vis bientôt une ombre se déplacer vers moi. C'était une silhouette féminine. Lorsqu'elle s'approcha de la grille, je reconnus Cordélia. Elle marchait lentement, péniblement, comme si elle était vêtue de plomb. Ma surprise fut telle que je ne pus parler et demeurai hébété, les mains stupidement accrochées aux barreaux, attendant qu'elle vînt m'ouvrir.

Elle avait l'air terrifiée et, s'arrêtant à un mètre de la grille, elle refit le même geste de dénégation que je l'avais cru voir faire dans l'escalier, comme si elle me demandait de ne pas pénétrer en ce domaine.

Il y eut un bruit en provenance de la maison : la porte s'ouvrit et un homme portant une lampe sortit. Quand je tournai à nouveau mes regards vers Cordélia, elle avait disparu, elle devait sans doute se cacher derrière quelque tronc d'arbre.

L'homme venait vers moi en maugréant :

— Que signifie tout ce vacarme ?

Arrivé à la grille, il éleva sa lampe vers mon visage pour l'éclairer et s'exclama :

— Ah ! Enfin, c'est vous !

Faisant tourner une clef demeurée dans la serrure, il ouvrit la grille, me fit un vague geste pour m'inviter à le suivre et s'en retourna chez lui sans plus m'accorder d'attention.

J'étais tout à fait sûr de n'avoir jamais rencontré cet homme et pourtant il semblait m'avoir reconnu sans la moindre hésitation. Décidément cette nuit était des plus étranges. Tout en marchant, je vérifiai que les papiers se trouvaient dans ma poche. Ils étaient toujours là mais leur disparition ne m'eût pas plus étonné que la succession d'événements qui m'avaient conduit en ces lieux.

Kaatz me fit entrer dans une immense pièce encombrée du plus étonnant fouillis. Bien sûr, il flottait une honnête odeur de peinture à l'huile, mais les livres innombrables entassés un peu partout, les appareils bizarres, les tentures qui recouvraient toutes sortes d'objets plus mystérieux les uns que les autres, les balances, les oiseaux empaillés, les flacons et les cornues, tout ce bric-à-brac correspondait bien peu à ce que je pouvais imaginer de l'atelier classique d'un « artiste peintre ».

Le maître de maison ne s'occupait pas de moi : il allumait de hauts candélabres et, chaque fois, la lumière révélait un détail plus surprenant encore. Sur un geste de Kaatz, je m'assis. Il approcha une cathèdre du petit tabouret sur lequel je me recroquevillais, très mal à l'aise, et commença à m'observer en silence. Je ne savais par où commencer et balbutiai :

— Vous me connaissez ?

— Je vous attendais.

— Mais... vous me connaissez ?

— Je vous ai reconnu.

— Où m'avez-vous vu ?

Il y eut un long silence. Kaatz détourna son regard de mon visage et laissa ses yeux errer dans la pièce avec un geste inachevé qui semblait vouloir dire que ce serait trop long à expliquer.

Je pris les feuillets et les lui tendis en commençant :

— Voilà... Cet après-midi...

Mais il me coupa la parole et saisit avidement les feuillets sans même les regarder. Il avait une main de rapace, une main longue, un peu crochue, aux doigts noueux. Son geste était vraiment celui d'une bête saisissant sa proie. Il chiffonna les papiers et les jeta dans la cheminée :

— Je sais, je sais... Il fallait que vous veniez, je n'allais quand même pas vous chercher par la main... Vous êtes intelligent, jeune homme, très intelligent, et vous êtes beau, oui, beau de la beauté qu'il nous fallait...

Il se leva et, me prenant le menton dans la main, m'observa minutieusement, me faisant pivoter la tête à droite, à gauche, de haut en bas, reculant un peu pour s'approcher plus près encore. Il se parlait à lui-même :

— ... oui, beau, très beau ! Tout le reste n'a pas d'importance.

Avec son visage émacié, ses sourcils blanchis et très longs, ses yeux enfoncés et perçants, ses paroles et son comportement étranges, il me faisait de plus en plus penser à un oiseau de proie. Je repoussai sa main. Ses yeux se durcirent puis il habilla son visage d'un semblant de sourire et parut enfin décidé à m'expliquer :

— Je suis peintre, voyez-vous... et, toujours du même geste vague, il désigna tout autour de lui quelques chevalets voilés d'une sorte de crêpe opaque... « ... Je puis même dire sans pour autant faillir à la modestie que je suis un très grand peintre ; sans doute suis-je le plus grand des peintres mais je ne devrais pas vous dire cela car vous me tiendriez pour fou. Ce n'est pas l'art qui m'intéresse mais la vie, la vie sans laquelle il n'est pas d'art, l'art sans lequel il n'est pas de vie. Aussi je ne me consacre pas seulement à la peinture mais

à toutes sortes de recherches. Je travaille autant avec ma tête qu'avec mes pinceaux... »

Il me parla, longuement longuement...

Je demeurais immobile sur mon tabouret. Il monologuait, m'expliquant ses recherches d'une façon si confuse que je n'y pouvais rien comprendre, tout en me laissant entendre que cette confusion n'était qu'apparente. Il ne bougeait pas. Seules ses lèvres, très minces, remuaient. Il était figé, le regard perdu, et je ne pouvais plus l'écouter : je le regardais, fasciné, incapable de pouvoir me faire une opinion claire à son sujet. Il émanait de lui une volonté de puissance retenue, une détermination presque redoutable. Il s'exprimait sans jamais hausser le ton et je laissais ruisseler sur moi ce flot de paroles monocordes. Parfois, au milieu d'une phrase, un mot frappait mon oreille : « Kabbale, alchimie », je ne savais où l'accrocher, je ne comprenais toujours pas pourquoi je me trouvais ici, pourquoi Cordélia se cachait dans son jardin, comment les feuilles qu'il venait de brûler étaient parvenues chez moi... et j'écoutais bien plus tous ces « pourquoi » qui se bousculaient dans ma tête que le long exposé de mon hôte. Je n'arrivais pas à détacher mes yeux de son visage. Oui, c'était bien cela : j'étais fasciné, incapable de l'interrompre, de me lever, incapable même de faire le moindre geste. Les minutes n'en finissaient pas de s'écouler...

Je ne sais quoi rompit le charme. Je m'aperçus qu'Abraham Kaatz ne parlait plus. Il se leva et mit une bûche dans le feu. Enfin je me sentis redevenir moi-même et, profitant du silence, lançai :

— Et Cordélia ?

Il esquissa un demi-sourire, cruel me sembla-t-il :

— J'y arrivais. Venez.

Il me montra du doigt un des chevalets voilés :

— Je vous ai dit tout à l'heure que seule la vie m'intéressait... Quand je fais un tableau, je le compose entièrement mais c'est en dernier que je peins le visage, la vie, car il me faut le modèle exact. Ainsi, regardez cette toile...

Il tira un cordon et le voile de crêpe coulissa, découvrant le plus surprenant tableau qu'il m'ait jamais été donné de contempler. Deux femmes se tenaient enlacées, elles étaient assises de face, concentrant toute leur attention sur un gros livre relié posé sur leurs genoux rapprochés. A vrai dire, je ne distinguais pas grand-chose tant ce coin de la pièce était sombre, mais je ne sais quoi de trouble émanait de ce tableau. J'essayai de m'approcher de la toile pour l'observer plus minutieusement, mais Kaatz me retint par le bras :

— Attendez.

Il alla chercher un candélabre et en éclaira le tableau.

— Lilith et Machlath, *dit-il avec emphase.*

Ainsi mis en lumière, le tableau était encore plus surprenant : Machlath, la femme de droite, était d'une beauté indescriptible, froide et glaciale avec un masque de cruauté perverse ahurissant de réalisme. J'étais presque sûr de sentir le velouté de sa peau si j'avais osé poser mon doigt sur son visage. L'autre femme, l'autre femme N'EXISTAIT PAS. *Elle était cependant entièrement peinte : d'après les mouvements de sa robe on devinait que son bras gauche passait derrière le cou de sa compagne, à voir les plis de son voile on comprenait qu'elle tenait le visage baissé, mais elle n'avait ni visage, ni cou, ni bras, ni corps, elle n'était qu'une robe vide dessinant très précisément les volumes d'un corps invisible. Elle devait surveiller, comme sa voisine, un minuscule enfant nu hurlant de peur sur la couverture du livre.*

Certainement, Kaatz était un grand peintre ! Le tableau était centré à l'intérieur d'un triangle renversé dont les deux têtes de femme formaient la base, et le livre, le sommet. Jamais Nattier n'eût pu peindre la soie d'un vêtement de façon plus parfaite, et quant au visage de Machlath, aucun tableau au monde ne pouvait rivaliser avec son réalisme, son mystère et surtout sa... vie. *Je ne me lassais pas de contempler cette œuvre et, penchant la tête sur le côté, je pus découvrir, très lisible, le titre du livre sur lequel hurlait le minuscule enfant :* Jüdische Merckwürdigkeiten.

Brusquement, Kaatz tira le rideau et le tableau disparut derrière son voile.

— Il ne faut jamais laisser les belles femmes à la lumière, jeune homme, il ne faut jamais leur laisser le goût de l'air ou

de la liberté, sinon elles nous échappent... Mais je parle, je parle et vous ne comprenez toujours pas. Enfin peut-être un jour saurez-vous tirer aussi le voile de vos esprits.

Maintenant que j'étais debout, il ne m'impressionnait plus autant, et je commençais à avoir de sérieux doutes quant à son équilibre mental.

— Mais Cordélia..., repris-je : j'avais entendu suffisamment de discours, je voulais savoir ce que Cordélia venait faire ici et, dès que j'aurais compris, je partirais, dussé-je interrompre un nouveau monologue.

Kaatz me regardait, franchement ironique :

— Décidément, jeune homme, ce ne sont pas des voiles qui vous obscurcissent l'esprit mais de véritables rideaux de scène ! Je vous ai dit que c'était la vie qui m'intéressait en art. Toutes mes femmes (et il désigna une dizaine de tableaux voilés), tous mes portraits de femme ne sont pas seulement quelques grammes de peinture sur une surface de toile, elles sont réelles, elles sont vivantes parce que je les ai peintes d'après des femmes réelles, des femmes vivantes. J'espère que vous me comprenez lorsque j'emploie les termes de « réelles » et de « vivantes ». Pas une femme sur mille ne mérite ces qualificatifs. J'ai commencé à peindre « Lilith et Machlath » il y a plus de sept ans. J'ai trouvé assez facilement Machlath, une jeune juive originaire d'Alexandrie. Mais Lilith ! Lilith, l'Ève noire... Quelle femme pouvait être digne de donner son visage et sa vie à Lilith... Je m'étais résigné à laisser cette toile inachevée quand un dimanche après-midi j'aperçus Cordélia. Elle se promenait les yeux baissés, un missel à la main, elle devait sortir de l'église. En un instant, en un regard je SUS *qu'elle était Lilith. Cordélia la pieuse sortant des vêpres, ou Lilith la diabolique s'en retournant du* Tikkun Schobabim, *où est la différence ?*

Je ne comprenais rien à toutes ces références à la Kabbale, mais un éclat lubrique, obscène, brillait dans les yeux de Kaatz et j'avais l'absolue conviction que ses dernières paroles offensaient grandement la jeune fille. Comment l'interrompre, je ne pouvais m'aventurer dans un domaine où mon ignorance m'aurait couvert de ridicule. Je le laissai poursuivre :

— ... Après bien des démarches, je réussis à la convaincre de poser pour moi. Elle sera Lilith, elle sera Lilith à moins que vous...

— A moins que je ?

Son regard aigu me fouillait comme s'il essayait de percer mon secret. J'avais grand mal à dissimuler mon émoi, il ne devait pas savoir que j'aimais Cordélia, que j'enrageais de ne jamais avoir osé l'aborder, que je donnerais ma vie pour la tenir un instant dans mes bras... Il ne termina pas sa phrase. Après une pause, il me jeta en plein visage :

— Cordélia vous aime, savez-vous ?

— Cordélia vous a parlé de moi ?

Ma voix heureuse et transportée m'avait trahi, mais maintenant tout m'était égal. Cordélia m'aimait en secret ! Comme j'avais été sage d'aller chez ce vieux fou qui, sans le savoir, m'ouvrait les portes du monde ! Comme j'avais hâte de rattraper le temps perdu, de déverser les torrents d'amour qui ruisselaient dans mon âme !

Je bouillais d'impatience, je voulais déjà partir, traverser la ville, retrouver Cordélia... Je me laissais emporter par mon imagination quand la voix du peintre, sèche, métallique, me ramena au réel :

— Un artiste n'a pas besoin d'explication pour comprendre, il sent tout, il sait tout, il voit l'invisible. Cordélia n'a pas eu besoin de parler, d'ailleurs elle ne parle jamais. Elle s'assied, elle me laisse prendre son visage limpide sans se douter qu'en même temps elle m'offre son âme nue et sans fard, elle qui n'ose se dévêtir pour poser... Voulez-vous voir la preuve de ce que j'avance ?

A pas de loup, il se dirigea vers un mur à l'autre bout de la pièce et fit brusquement coulisser un rideau noir découvrant une sorte de fenêtre intérieure. Derrière cette ouverture, Cordélia se tenait, immobile. Elle me regardait sans mot dire de ses immenses yeux sombres que semblait agrandir un profond sentiment de peur. Elle avait dû entendre toute notre conversation. Encore une fois la stupeur me cloua sur place, bloqua ma gorge, m'empêchant de proférer la moindre parole. Oh ! comme je haïssais cette stupide émotivité qui toujours me paralysait au moment où j'avais le plus besoin de mes forces !

Après quelques secondes, mon corps m'obéit à nouveau. Je m'élançai vers Cordélia et m'arrêtai avant d'avoir fait dix enjambées... Le trompe-l'œil était réussi et l'illusion parfaite, j'avais vraiment cru voir Cordélia en chair et en os et non pas une de ces maudites toiles !

— Approchez, mais approchez-vous donc !

Je n'allais pas recommencer à jouer à l'amateur d'art devant Kaatz qui devait rire sous cape de ma déception et, après un rapide coup d'œil au portrait, je me détournai, faussement désinvolte :

— C'est très ressemblant !

Kaatz avait l'air furieux. Il m'empoigna par le col de ma redingote et me traîna devant le tableau :

— Regardez, être borné, mais regardez si vous voulez comprendre !

Qu'y avait-il à comprendre ou à ne pas comprendre ? Planté devant le portrait d'une femme que j'aimais sans lui avoir jamais parlé, j'étais chez un peintre fou qui me reconnaissait sans m'avoir jamais vu. On me faisait subir les discours les plus longs et les plus sibyllins. On tirait un voile devant un tableau si je voulais le regarder. On me forçait à en contempler un autre... Je bouillais de colère. Je n'allais quand même pas me laisser manipuler comme une marionnette par ce sorcier d'opérette au corps d'insecte et à la tête de vautour qui serait tombé à la renverse si je lui avais simplement soufflé dessus ! Et pourtant, cette mante religieuse me maintenait de force devant la toile. Je me débattis violemment, il me lâcha.

Derrière sa fenêtre, Cordélia nous regardait ; elle semblait terrifiée par ce semblant de lutte. J'avais honte de cette scène ridicule.

Tout en remettant un peu d'ordre dans mes vêtements, je ne pus m'empêcher d'examiner le portrait. Oh, ce n'était pas par obéissance aux impératives injonctions de Kaatz, mais le visage de Cordélia était d'une perfection telle qu'une vie entière n'eût pas été suffisante pour le contempler. Fou que j'étais, comment avais-je pu vivre sans elle ? Le temps s'arrêtait, j'étais ensorcelé et ne pouvais plus détacher mes yeux du tableau. Kaatz s'interposant entre moi et la toile fit basculer cette impression, la magie disparut. Il portait un candélabre d'une main et de l'autre me tendit une loupe.

— Tenez ! Et puisqu'il faut tout vous expliquer, examinez bien ses yeux !

Oh, je les avais bien regardés les yeux de Cordélia, mais la loupe révéla sur sa prunelle comme un reflet ovale, une sorte de tache qui ressemblait à un visage. J'éloignai un peu la loupe pour agrandir davantage cette image. Alors je reconnus très nettement... mon propre visage. Je ne disais rien. Kaatz se taisait également, on entendait seulement le bois crépiter dans la cheminée.

Je fermai les yeux et tentai d'assembler dans ma tête les éléments du puzzle : Cordélia, les papiers, Kaatz, les apparitions de Cordélia, sa peur, « Cordélia vous aime »..., j'étais perdu au milieu de ces éléments désordonnés que je ne pouvais relier et plus j'essayais de comprendre, plus tout se brouillait dans ma tête. Les sonorités cabalistiques de certains mots prononcés par le peintre tout à l'heure achevaient de me perdre.

Un bruit me fit lever les yeux. Kaatz tirait le voile de crêpe noir devant le portrait. Je me rappelai ses paroles : « il ne faut jamais laisser les belles femmes à la lumière, il ne faut jamais leur laisser le goût de l'air ou de la liberté... » et cette phrase prit soudain une tout autre signification. Dans son cadre imitant une fenêtre, Cordélia avait l'air si réelle que j'avais l'impression qu'en tirant ce rideau devant elle, le peintre voulait me faire comprendre qu'il emprisonnait non seulement le tableau mais aussi le modèle.

Je n'avais rien à dire car je savais qu'il ne serait répondu à aucune de mes questions. Je m'apprêtai donc à partir, résolu à tirer tout ceci au clair avec la jeune fille dès le lendemain matin. Comme j'atteignais la porte, Kaatz me lança sans s'approcher de moi :

— J'aime à voir que vous vous êtes calmé, jeune homme, que vous avez su mettre un frein à votre mauvaise curiosité. Aussi vais-je vous dire encore une chose qui terminera notre conversation interrompue par votre sottise et votre impétuosité. Ce reflet dans les yeux de Cordélia n'est pas une de mes inventions, il était dans son regard tandis qu'elle posait pour moi. J'ai peint ce que j'ai vu sans qu'elle m'ait parlé de vous. Savoir peindre, c'est d'abord savoir regarder, et savoir regarder, c'est savoir comprendre. Allez maintenant, nous nous reverrons bientôt.

A nouveau il m'impressionnait malgré son ton emphatique. Je partis vivement. Le vent soufflait à nouveau avec rage ; ses rafales cinglant mon visage me firent du bien. Je rentrai sans autres histoires.

Mes démarches pour retrouver la jeune fille demeurèrent vaines. J'avais, à plusieurs reprises, sonné à sa porte, sans succès. Ma logeuse, petite vieille racornie, à demi sourde et aveugle, ne me fut d'aucun secours : elle ne se souvenait pas le moins du monde de Cordélia. La promesse de quelques pièces d'or demeura sans effet : elle se contenta de me répéter que la chambre dont je parlais n'était pas louée depuis plus d'un mois.

J'interrogeai différentes personnes dans le quartier : nul ne semblait se rappeler la jeune fille dont la beauté cependant ne pouvait passer inaperçue. Lorsque j'insistais, la décrivant le plus fidèlement possible, mes interlocuteurs me plantaient là avec un hochement de tête comme si je déraisonnais. Faute de connaître l'identité exacte de Cordélia, je ne pouvais aller à la police et je commençais à trouver cette disparition bien étrange. On eût dit qu'une mystérieuse conspiration avait fait disparaître toute trace de son existence.

Je me résignai donc à me rendre chez Kaatz, résolu à employer la force s'il le fallait pour retrouver la jeune fille.

Je me dirigeai donc, mais de jour cette fois, vers le domi-

cile du peintre. Le soleil d'automne éclairait d'une rassurante lumière ce parcours qui m'avait paru si inquiétant quelques jours auparavant. L'impasse du Regard était une ruelle sale et abandonnée mais elle avait totalement perdu son aspect cauchemardesque de l'autre nuit. Cette fois encore, je me mis à hurler :

— Kaatz ! Kaatz !

Mais personne ne vint. Je ne renouvelai pas mes appels car j'avais envie de surprendre le peintre chez lui. La grille était entrouverte et je traversai le jardin sans accorder un regard aux blocs de pierre et aux statues mutilées qui jonchaient le sol.

Au moment de frapper à la porte, je me ravisai et, par une étroite fenêtre, jetai un coup d'œil à l'atelier de Kaatz. La pièce était si sombre que j'avais du mal à distinguer ce qui s'y passait mais bientôt je pus voir le peintre affairé à son chevalet, le dos tourné à la fenêtre. A l'autre bout de la pièce... Cordélia !

Mon cœur battait à grands coups mais je redoutais de me trouver encore devant un tableau en trompe-l'œil et, toujours posté derrière la vitre, j'attendais de me calmer un peu avant de pénétrer chez Kaatz.

J'observai la scène : Cordélia bougea. Oh, très légèrement, mais elle bougea. C'était donc bien elle et non une de ces maudites illusions. Elle posait debout, de profil, les mains jointes derrière le dos, la tête penchée en avant. Elle était tout de noir vêtue, ou plus exactement drapée car on ne pouvait véritablement appeler « robe » les grands voiles noirs dont le peintre l'avait affublée. Je ne sais quoi dans son attitude ne me paraissait pas naturel. Je l'examinai plus attentivement encore et je devinai que Cordélia avait les mains liées derrière le dos. Voilà qui expliquait sa disparition : le peintre la séquestrait. A peine avais-je compris que Cordélia m'aperçut et, poussant un léger cri, s'affaissa sur elle-même.

Je fis irruption chez le peintre et bondis vers ma bien-aimée qui gisait sur le carrelage, inanimée. Elle était exsangue, très amaigrie, mais elle avait les mains libres : encore une fois mes sens m'avaient abusé. Je la pris dans mes bras

— elle était plus légère qu'une enfant — et cherchai un divan ou quelques coussins pour l'y étendre.

Derrière son chevalet, Kaatz me criait, brandissant son pinceau :

— Ne la touchez pas, elle est si faible, vous allez me la tuer !

Je ne l'écoutai pas, déposai Cordélia sur un sofa et lui tapotai doucement les mains. Elle ouvrit les yeux et chuchota :

— Partez... Dormir... Dormir...

Kaatz arrivait avec un verre d'alcool et le lui fit boire. Elle se laissa faire puis ferma les yeux et se tourna vers le mur.

Dans ce répugnant bric-à-brac, l'air sentait tellement le moisi, la poussière et la peinture que je me demandais si je n'allais pas emporter la jeune fille au-dehors pour lui permettre de respirer un peu quand le peintre me tira par la manche et, un doigt sur les lèvres, me fit signe de le suivre :

— Soyez raisonnable, jeune homme, la moindre émotion peut lui être fatale dans l'état où elle se trouve.

Je l'empoignai et le secouai rudement :

— Et qui l'a mise dans cet état ? Vas-tu répondre, infâme crapule ?

Il se tortillait comme un ver avec, dans les yeux, une lueur mauvaise. Chétif comme il l'était, il ne semblait pas craindre ma vigueur que la rage décuplait et me crachota au visage :

— Il ne faut pas s'agiter avant de comprendre, jeune homme, et vous ne comprenez rien, rien du tout !

Ses « jeune homme » répétés ne faisaient qu'exciter ma fureur. Je le lâchai et lui envoyai une violente bourrade. Il faillit tomber à la renverse et recula de quelques pas en battant des bras dans le vide comme une chauve-souris blessée. Puis il retrouva son équilibre, eut un ricanement et trottina vers le tableau en trompe-l'œil qu'il m'avait, lors de ma première visite, fait prendre pour Cordélia.

— Regardez bien, et puis nous pourrons peut-être parler calmement !

Il tira le voile de crêpe, le tableau apparut mais Cordélia avait, cette fois les yeux FERMÉS. *Elle dormait. Elle était si pâle sur cette toile, si pâle que ce ne pouvait être le portrait d'une femme endormie mais d'une morte ! Cette fois je ne voulais plus rien entendre, je courus vers le sofa pour soustraire Cordélia aux maléfices de ce peintre qui, je n'en doutais plus maintenant, devait avoir quelque pouvoir. Il s'agrippa à moi en hurlant :*

— Si vous la touchez encore, vous allez la tuer, vous allez la tuer, et sa vie m'appartient...

Nous nous battîmes. Ce diable d'homme, derrière son apparence grêle, cachait une force peu commune. Tout en se défendant, il continuait à glapir :

— Mais vous ne comprenez rien, ce ne sont pas vos affaires, vous ne pourrez jamais comprendre...

Nous roulâmes à terre. Après un long corps à corps, je réussis à l'immobiliser en lui tordant un bras et en lui écrasant la poitrine sous mes genoux. De ma main libre, je pris mon pistolet et l'en menaçai : oh, je n'avais pas l'intention de le tuer, je n'avais apporté cette arme que pour l'impressionner au cas où il n'aurait pas voulu m'indiquer l'adresse de Cordélia. Le vieux haletait. Je le pressai de questions tout en l'injuriant. A grand-peine, il me cracha ces réponses hachées :

— Cordélia a accepté de poser pour moi... J'ai trouvé le secret d'une sorte de glacis... qui, lorsqu'on en recouvre le tableau, ... parvient à donner l'apparence exacte de la vie... pourvu que le peintre et le modèle soient suffisamment concentrés... Expérience très fatigante... pour les deux... car ce n'est plus de peinture qu'il s'agit... J'arrive à capter le fluide vital... à l'arracher au modèle pour l'insuffler au tableau... Cordélia est très fatiguée... Par mon premier portrait... il faut que je termine le second... avant qu'elle ne disparaisse...

Il ferma les yeux, respira fortement. Je lui écrasai davantage la poitrine et lui enfonçai le canon de mon arme sur les côtes. Il continua :

— Si vous m'enlevez Cordélia... elle mourra... Elle est sous mon emprise magnétique... je dois la maintenir... jusqu'à mon prochain tableau... elle a eu une faiblesse... tout

à l'heure... parce qu'elle m'a échappé un instant... à cause de vous... Si vous nous séparez avant la fin de ce tableau...

Il désigna d'un geste de tête le tableau auquel il travaillait et poursuivit avec un ricanement à demi étranglé :

— ... il n'y aura plus de Cordélia... vous n'avez qu'à regarder...

Je me tournai vers le chevalet et le coup partit sans que je l'eusse voulu, je peux le jurer.

Le bruit de la détonation me surprit tellement que je ne compris pas tout de suite que c'était moi qui avais tiré. Incrédule, horrifié, je regardai le vieux. Il eut une sorte de hoquet. Un spasme le secoua tout entier, il crispa ses paupières puis il devint tout mou.

Je me relevai, éperdu. Il était mort. Je regardais alternativement le cadavre du peintre étendu à mes pieds et Cordélia, couchée sur le sofa où elle semblait dormir paisiblement. Je ne savais que faire et pourtant je sentais qu'il me fallait fuir à toutes jambes comme un voleur en emmenant Cordélia sans plus me préoccuper du reste.

Mais le tableau m'attirait irrésistiblement. Je contournai le chevalet pour le regarder. Comme tous les tableaux de Kaatz, cette toile était d'un réalisme stupéfiant. Un homme fuyait en courant, portant une femme dans ses bras. Le costume de cet homme était, jusqu'au moindre détail, en tout point identique au mien. Sa tête n'était pas encore peinte, c'était le seul détail qui manquait au tableau. Je reconnaissais mes vêtements, ma silhouette, je comprenais que cet homme, c'était moi.

« C'est en dernier que je peins le visage, la vie... », m'avait dit Kaatz...

Je commençais à comprendre. On ne voyait rien de la femme emportée par le fuyard, elle était entièrement dissimulée sous d'épais voiles noirs. Je m'efforçais de scruter cette masse sombre laissant deviner la forme des membres, la courbe d'une épaule gracile, le galbe d'un sein, la rondeur parfaite d'un genou et, avec horreur, je distinguai, dépassant d'une draperie, une main de cette femme : c'était la main d'un squelette.

Je demeurai figé devant la toile et les battements de mon cœur emplissaient toute la pièce. Je voulais crever ce tableau, le lacérer, le piétiner, mais je ne pouvais lever un bras. C'est alors que, par-derrière, on m'assomma. La pièce chavira devant mes yeux et je perdis connaissance.

Le texte s'arrêtait là.

Hélène n'entrevoyait nulle fin possible pour ce conte romantique dont elle n'aurait jamais imaginé que Sirkanian pût être l'auteur. Cette façon dont l'astrologue la surprenait toujours lui faisait craindre qu'il ne la jugeât bien banale. Elle désirait l'émerveiller en rêvant, dès ce soir, du dénouement. Tout au long de sa lecture s'étaient superposées des images : les visions fugitives des songes dont elle n'avait pu reconstituer la trame. Elle aurait voulu savoir diriger ses rêves, fureter, sitôt les paupières closes, dans l'atelier de Kaatz...

Sa volonté de ne pas s'écarter du texte éloigna le sommeil. Sa propre histoire et celle de Cordélia se mêlaient...

Un détail en particulier retenait toute son attention : le héros découvrait les mystérieux feuillets comme elle avait retrouvé la carte de Sirkanian qu'elle croyait avoir perdue. Fortuitement. Sans ce clin d'œil du hasard, elle n'aurait jamais revu l'Arménien. Elle se remémora la scène. C'était la veille de son départ en Belgique ; elle avait trié toutes ses affaires pour que Vlado...

Hélène se redressa sur son lit. Un détail auquel elle n'avait pas prêté attention lui revenait. Elle feuilleta le cahier pour retrouver le passage et relut : *« Ma fenêtre s'ouvrit brusquement... Le vent s'engouffra dans ma chambre... »* Sirkanian avait décrit une scène étrangement semblable à ce qu'elle avait vécu et où le vent semblait jouer le rôle de *deus ex machina*. Quelle coïncidence... Est-ce que, comme dans la nouvelle, un simple bout de papier modifierait son destin ?

9.

— Ma pauvre chatte, on voit bien que tu n'y connais rien !

A force d'avoir tiré en vain tous les cordons de sonnette pour obtenir la subvention nécessaire à un ambitieux spectacle, Leïla s'était résignée ; l'enthousiasme d'Hélène la laissait de marbre, elle se contenterait de donner une version mutilée de sa Salomé en Avignon, off-Festival.

Faute de crédits, elle renonçait à la partie la plus originale de son ballet. Différentes séquences filmées en Turquie auraient dû évoquer le rêve de Salomé vivant sa passion avec Jean-Baptiste. Leïla voulait les projeter tandis que le ballet aurait suivi la progression historique du drame. Par ce double jeu de chorégraphies se juxtaposant, Leïla gommait la furie vengeresse de Salomé au profit de la folie amoureuse. En même temps que la danse des sept voiles exécutée sur scène pour séduire Hérode et obtenir la tête du prophète, le film devait montrer le pas de deux amoureux de Salomé avec Jean-Baptiste et, pendant la scène de la folie autour de la tête coupée, le rêve de Salomé tuant le gardien pour délivrer le prophète...

Calculatrice en main, combien d'heures avait-elle passées à établir au plus serré le budget du tournage tandis que d'autres, proposant sans vergogne une grotesque adaptation de Shakespeare à la sauce Far West, bénéficiaient de la prodigalité des Affaires culturelles ? Ne pouvant réaliser le spectacle dont elle rêvait, Leïla perfectionnait le ballet qu'elle produirait sans se lamenter davantage sur les aléas de la chance. Elle avait doublé ses heures de cours pour s'offrir de plus beaux costumes, enchaînait répétition sur répétition et passait le reste de son temps à la vidéothèque de Beaubourg à visionner toutes sortes de chorégraphies sous prétexte qu'il y a « toujours quelque chose à glaner quelque part ».

L'éventualité d'un mécénat lui semblait totalement farfelue :

— S'il a tellement de fric, ton bonhomme, tu penses qu'il doit être sollicité de tous les côtés et je ne vois pas pourquoi il lèverait le petit doigt pour une inconnue !

— C'est à toi de le convaincre. Je n'ai accepté de le voir que pour te l'amener tout cuit.

— J'aime ton « tout cuit » ! C'est toi qui l'as vampé. Il a certainement envie de te sauter et je ne vois pas ce que je viens faire là-dedans !

— Prendre la relève !

— C'est mal parti : nous n'avons pas le même type d'homme.

— J'ai pourtant l'impression que Philippe ne te déplaît pas !

— Ma parole ! Elle est jalouse !

— Tu parles ! Si tu pouvais me débarrasser de ce pot de colle !

— Tu es sincère ?

Hélène leva les yeux au plafond :

— Je croyais que tu me connaissais un peu mieux que ça !

— Ne crache pas dans la soupe ! Même si Philippe semble éprouver quelques difficultés à penser, tu ne peux pas nier que c'est un mec superbe !

— Je n'ai jamais dit le contraire ! Si tu le veux, il est à toi.

— Ce n'est pas si sûr : ce genre de type fonctionne avec la subtilité d'une pièce de boulevard. Il est capable de s'envoyer en l'air avec moi uniquement dans l'espoir de te faire réagir.

— Et alors ?

Leïla resta interdite et pouffa :

— Comme tu dis, et alors ! Mais j'attendrai qu'il ait regagné ses pénates parce que je ne veux pas de salades ici. Je te raconterai tout.

— Surtout pas. Les histoires de cul ne m'ont jamais intéressée.

Et Hélène retourna dans la chambre où elle passait la plupart de ses soirées.

Son nouveau havre lui plaisait ; Vlado l'avait entièrement tapissé, plafond inclus, de toile de lin saumon. Tous les meubles « d'avant » étaient remplacés. Ne demeuraient que la chaîne stéréo et la grande photo d'Hélène et Charles assis sur un tronc d'arbre déraciné. Gaston trônait au salon. Élèves et amis s'agglutinaient à longueur de journée autour de sa cage ; l'oiseau puisait une verve accrue dans l'admiration qu'il suscitait, jamais il n'avait été aussi drôle. La musique le galvanisait : au-dessus des percussions ou des airs de jazz, il égrenait son répertoire de si cocasse manière que des fous rires irrépressibles cassaient les cours de danse. Leïla jetait alors le voile noir sur la cage pour le faire taire : l'oiseau acceptait docilement l'abracadabrant rythme de jours et de nuits qu'on lui imposait. Hochant la tête, Mertal lui jetait des morceaux de fruits, répétant, l'air sentencieux : « Tu es mon frère, il n'y a que toi et moi de normaux dans cette maison. » Après le « c'est-juste-ma-brosse-à-dents-que-je-laisse-là », classique préambule à ces installations qui glissent insensiblement du provisoire vers le définitif, il avait pris ses habitudes impasse Saint-Sébastien. Un soir où il avait trop bu, il avait fait l'amour avec Leïla. Habituée à choisir ses partenaires et surtout à décider du moment de les éprouver, la danseuse s'était laissé faire, presque par politesse, pour ne pas être désagréable. L'expérience n'avait rien eu d'exaltant, ni pour l'un, ni pour l'autre. Ils n'y firent jamais allusion mais Mertal se doutait que, pour Leïla, il était directement passé de la catégorie « amant possible », à une autre, moins glorieuse. S'il avait su qu'il avait dégringolé à l'avant-dernier degré de cette rigoureuse hiérarchie selon laquelle Leïla aimait à classer les hommes (« à n'utiliser qu'en cas d'absolue nécessité »), il n'en aurait pas, pour autant, été affecté.

Leïla se comportait en chasseresse toujours à l'affût, chaque mâle ne représentant pour elle qu'une hypothèque à lever. L'alcool aidant, Mertal s'était plutôt mal débarrassé de son épée de Damoclès. Sa piètre performance lui évitait de renouveler cette expérience redoutable maintenant qu'Hélène était devenue la femme qu'il se voulait pour compagne. Il n'avait pas fait de progrès dans la conquête de cette dernière dont il aurait accepté n'importe quoi, même lui tendre en silence des Kleenex quand elle aurait pleuré mais ce modeste rôle lui était refusé : il ne faisait qu'entr'apercevoir la jeune fille à qui deux contrats décrochés par le Sagittaire apportaient, croyait-il, un surcroît de travail. Elle rentrait tard, grignotait une dînette sans même prendre le temps de s'asseoir et disparaissait dans sa chambre sans plus lui prêter d'attention qu'à un meuble. « On a toujours les femmes à l'usure », se disait-il : un jour, elle finirait bien par remarquer sa présence et reconnaître la profondeur de ses sentiments. L'habitué des conquêtes faciles se découvrait l'endurance d'un coureur de fond. Il était loin le temps de Nefta où il voulait la séduire : aujourd'hui il l'aimait, donc elle l'aimerait aussi. Dans sa tête, l'équation était simple et ne comportait qu'une inconnue : le moment. D'imperceptibles signes qu'il inventait nourrissaient sa passion.

Un soir où Hélène était demeurée avec eux pour regarder un western à la télévision, il s'était installé à l'écart pour la contempler à la dérobée. Elle avait beaucoup maigri et lui qui préférait les femmes bien en chair trouvait sa minceur infiniment émouvante. Son visage creusé affermissait le dessin de ses lèvres ; il se prit à rêver, se rappelant les différentes bouches qu'il avait aimées. Il n'avait jamais goûté la sienne. Même en Tunisie, où ils faisaient semblant de flirter, elle ne lui permettait qu'un fraternel baiser sur la joue. Il avait trouvé plutôt amusant qu'une fille acceptât de danser collée contre lui, de s'asseoir sur ses genoux, un bras autour de ses épaules, et se détournât, telle une vierge effarouchée, quand il essayait de l'embrasser. Maintenant, il savait qu'il pourrait passer des heures à boire à ses lèvres. Depuis ses quatorze ans où il avait, pas tout à fait par mégarde, effleuré les seins d'une amie de sa mère, il n'avait jamais autant désiré une femme. Il la voyait vivre, farouche et solitaire, protégée de la vie par les murs de son chagrin. Depuis Nefta, nul homme encore n'avait pu l'approcher. Et ce ne serait certainement pas ce richissime vieil Autrichien dont l'installation à Paris était sans cesse différée qui lui disputerait ce rôle...

En attendant, Mertal s'était juré de ne jamais offrir de fleurs à Hélène : il l'avait trop entendue se plaindre tant elle avait d'eau à transvaser, et il y avait quelque chose de dérisoire dans l'arrivée quotidienne du fleuriste. « Si ce vieux schnock espère avoir Hélène comme ça, il va trouver à qui parler... »

Ainsi songeait Mertal sur fond de chevauchées dans le Colorado. Il pensait en toujours, il pensait en jamais : il était très épris, il s'en félicitait. Que Leïla lui permît de camper à l'Anti-Bach le confortait dans la certitude qu'Hélène, secrètement, lui était destinée.

— Est-ce que Charles était l'homme de ma vie ?

Assise par terre, le coude calé sur son lit, tenant comme le lui avait enseigné Gricha le cordonnet entre le pouce et l'index, Hélène interrogeait son pendule au-dessus d'une photo de Charles.

Une fois la question posée, l'objet commença à s'animer d'un mouvement en spirale allant s'élargissant, s'accélérant, dans le sens des aiguilles d'une montre.

Oui, Charles était l'homme de sa vie. Pourquoi demander la confirmation de ce qu'elle savait trop bien ? A quoi cela rimait-il de veiller seule dans sa chambre en pensant à l'absent ? Là aussi elle connaissait la réponse : son pendule était le seul interlocuteur avec qui elle pouvait parler de son amour.

Elle ne put s'empêcher de frapper sur le tapis d'un coup de poing rageur : c'est avec Charles qu'elle aurait dû découvrir ce monde que Gricha lui ouvrait et qu'elle gardait secret.

L'Anti-Bach ignorait tout des nouvelles préoccupations d'Hélène et de l'existence de Sirkanian qu'elle se félicitait de tenir caché, hors de sa vie quotidienne. Elle ne voulait le mélanger à rien ni à personne. Pour les mêmes raisons, elle avait refusé de se joindre à ses cours de yoga et aux groupes de recherche qu'il animait. Deux fois par semaine, elle recueillait comme une manne bénie les conseils qu'il lui prodiguait.

Ignorant tout de l'ésotérisme et de l'occultisme, elle avait d'abord craint que l'invitation au voyage proposée ne fût jalonnée d'étapes mystérieuses ou de jeux interdits. Tel le nautonier habitué à une passe dangereuse, Sirkanian la guidait sans hésitation. Évitant écueils et récifs, il la conduisait vers un continent inconnu dont Hélène découvrait qu'elle connaissait la langue sans l'avoir jamais apprise. Elle s'étonnait de n'être jamais étonnée : l'Arménien levait le voile sur un domaine familier qu'elle avait provisoirement oublié et dont il lui rendait seulement l'accès. Plus tard, après avoir lu quelques ouvrages spécialisés, elle se sentit flattée. Gricha n'avait pas essayé de tester ses dons selon les ennuyeuses méthodes des parapsychologues. D'emblée, il l'avait cataloguée comme « sujet psi » et traitée comme un athlète de haut niveau obligé de se plier à un rigoureux entraînement.

En bonne élève, Hélène faisait ses gammes quotidiennement, sans savoir pour quelle musique Sirkanian la préparait. L'astrologue éludant toute question directe, elle ne lui en posait pas, mais ce n'était pas faute de s'interroger elle-même.

Après avoir établi son thème astral, il lui avait longuement parlé, tenant un langage auquel elle ne s'attendait pas : s'il ne lui fit pas la moindre prédiction, il fut, en revanche, presque intarissable sur son caractère et ses aspirations. Rien ne lui échappait. Il s'exprimait par phrases brèves, passant sans transition d'un point à un autre, évoquant ses rapports difficiles avec sa mère, les subites migraines qui la taraudaient, son sens de l'humour ou ses imprévisibles sautes d'humeur. Hélène suivait, stupéfaite, cette minutieuse exploration de son être dont les recoins les plus secrets se trouvaient éclairés comme ceux d'un gouffre sous le faisceau de la lampe d'un spéléologue qui ne saurait même pas ce qu'il va découvrir. Penché sur une feuille couverte de calculs, il poursuivait à voix haute ses investigations, comme pour lui-même, sans la regarder. Se sentir à ce point transparente l'embarrassait, aussi essaya-t-elle de l'orienter sur son destin. « Et si vous me parliez un peu de mon avenir ? », lui avait-elle demandé. Bien qu'il donnât de nombreuses consultations, Sirkanian ne voulait dévoiler l'avenir de personne. La prédiction est le plus souvent symbolique. La rendre précise est la chose la plus difficile qui soit, aussi écarta-t-il la question d'un geste, comme on chasse une mouche importune.

— « *Astra non mentiuntur sed astrologi bene mentiuntur de astris* », fit-il sévèrement : les astres ne mentent pas mais les astrologues mentent bien, eux, quand ils parlent des astres. Quand un astrologue prétend faire des prédictions infaillibles, vous pouvez être sûre que c'est un mauvais astrologue.

Ce refus de s'aventurer dans son futur immédiat ne la surprit pas ; Hélène l'interpréta comme le signe que Gricha l'épargnait charitablement, lui cachant qu'elle ne connaîtrait pas un autre amour. Elle en était convaincue mais elle aurait aimé le lui entendre dire. Tant de délicatesse la confondait. Son admiration pour Sirkanian se muait en affection.

« Heureusement que je l'ai ! » réfléchissait-elle en l'écoutant jongler avec les « maisons », les « carrés », les « trigones » et autres termes techniques auxquels elle ne comprenait rien. Ayant remarqué qu'il abandonnait le jargon astrologique pour un langage clair quand il voulait être entendu, elle ne l'avait pas interrompu. L'impression d'assister à une double consultation, l'une qu'il se donnait à lui-même dans ce style réservé aux initiés et l'autre lui étant destinée, venait s'ajouter à une curieuse sensation, plus subtile, celle de se dédoubler. Une Hélène enfantine attendait qu'on lui dévoilât tout. L'autre, lucide, se faisait la complice des charitables omissions. Tacitement, Gricha privilégiait la première mais il attendait, elle en était sûre, que la seconde l'emportât. « Difficile », s'était-elle dit.

En écho à ses pensées, une phrase de Sirkanian la ramena au moment présent :

— C'est un thème difficile à vivre...

Pouvait-il lire en elle, entendre les mots qu'elle ne prononçait pas ? Il se méprit sur son regard interrogatif.

— Oui, vous avez beaucoup de carrés. Mais pour un être fait, comme vous, pour réussir, ces obstacles sont autant de tremplins. Je vous avais bien jugée au « Petit Vin Blanc », j'étais certain que vous aviez d'exceptionnelles possibilités médiumniques. Avec votre Neptune bien aspecté en maison VIII en trigone à la Lune, votre thème ne fait que confirmer mon intuition : on ne peut pas rêver mieux en ce domaine ! Maintenant il s'agit d'utiliser ces dispositions natives, de faire s'épanouir ces dons. Si vous me faites confiance, vous n'aurez pas fini de vous étonner vous-même, ni d'étonner les autres.

A ce moment de sa vie où elle se sentait incapable de partager ou même d'échanger, Hélène n'avait cure d'étonner qui que ce fût, mais l'insistance de Sirkanian sur ses « exceptionnelles » possibilités la réconfortait. Les perspectives ouvertes par ce propos élogieux l'attiraient plus qu'elle ne voulait l'admettre. L'espace d'un instant, la crainte d'être flattée l'effleura. « Ne me trompez pas ! » supplia-t-elle intérieurement en regardant Gricha ranger son thème. Il releva la tête et lui sourit avec une telle douceur qu'elle refoula ses craintes : il y avait trop de noblesse en son nouvel ami pour qu'il pût s'abaisser à flatter. C'était lui qui était exceptionnel. Comme ce devait être exaltant de partager l'existence d'un tel personnage ! Pourquoi vivait-il ainsi seul, sans racines, sans famille ? Hélène brûlait de lui demander s'il avait été marié, s'il avait des enfants... Elle se gardait bien de formuler de telles interrogations tant elles eussent paru triviales pour qui avait fait sienne cette devise de Juvénal punaisée sur un montant de sa bibliothèque : « consacrer sa vie à la vérité », aussi finit-elle par se persuader que son cher Gricha avait fait vœu de chasteté pour acquérir ces mystérieux « pouvoirs » qu'il évoquait parfois. Cette explication la satisfaisait pleinement.

Lorsque vint son initiation à la radiesthésie, Hélène se dit qu'avec un tel maître, elle pourrait réaliser n'importe quoi. Elle réussissait assez bien certains exercices de perception extra-sensorielle (par exemple se concentrer pour dessiner l'objet que Gricha, en le lui cachant, regardait) : tout cela l'étonnait et l'amusait. Mais la manipulation du pendule l'enchanta.

Si, dans son enfance nivernaise, Hélène avait entendu parler d'un sourcier capable de trouver de l'eau dans les terres les plus arides et même de préciser à quelle profondeur il fallait creuser pour la faire jaillir, elle ignorait qu'un pendule, habilement mené, pût avoir tant d'autres usages. Intelligemment, Sirkanian lui épargnait toutes théories (« elles sont en général fumeuses et n'expliquent rien ») ; mais il maintenait son intérêt en éveil par un choix d'anecdotes si pittoresques que parfois Hélène se demandait s'il n'affabulait pas. Elle s'efforçait alors de dissimuler un scepticisme que Gricha percevait immédiatement. Il allait à sa bibliothèque et confirmait ses dires en lui montrant quelque extrait de livre ou de coupure de presse. Le « sixième sens » l'inspirait particulièrement. Il lui raconta notamment les très étonnantes performances d'un sensitif hollandais, Gérard Croiset, mort dans les années 80.

— Croiset était célèbre dans le monde entier pour ses dons de guérison et de voyance. Il se prêtait de bonne grâce aux contrôles des scientifiques et permit aux polices de plusieurs pays de retrouver des personnes disparues. Il lui suffisait d'avoir une photo du disparu ou un objet lui ayant appartenu. En de telles circonstances, les radiesthésistes utilisent des cartes et leur pendule pour « situer » la personne à rechercher. Quand ils l'ont localisée, ils prennent des cartes de plus en plus détaillées leur permettant de circonscrire avec plus de précision l'endroit à fouiller. En Ardèche, un radiesthésiste très doué, Jean-Louis Crozier, travaille ainsi. Il a retrouvé plus de cent cinquante personnes [1]. En cas de disparition, la gendarmerie ou les pompiers l'appellent systématiquement, reconnaissant que, sans lui, dans ce département très accidenté, la recherche serait impossible. De sa maison d'Aubenas avec, comme seuls auxiliaires, des cartes d'état-major, un pendule ou ses mains nues qui lui servent d'antennes, Crozier a retrouvé des gens aussi bien au Mexique qu'en Israël ou dans le Pacifique. Mais Gérard Croiset était encore plus fort. Il n'avait même pas besoin de cartes : il « voyait ». Sa renommée était telle qu'il fut invité par la télévision japonaise pour faire des expériences. Le jour de son arrivée à Tokyo, la télévision décida de modifier l'émission prévue car une petite fille avait disparu. Kidnappée, pensait-on. On soumit une photo de la gamine au sensitif qui, tout de suite, déclara qu'elle était morte. Noyée. Croiset se mit à dessiner un plan en le commentant abondamment, décrivant une rivière, des hangars, un parc de jeux, des routes, un lac, un cimetière de voitures, etc. Il fit une croix sur le lac :

1. Authentique. (N.D.L.A.)

« c'est là qu'est le corps » et en traça une autre sur un chemin : « c'est d'ici qu'on le découvrira ». Heureusement que tout ce que je vous dis a été filmé en direct et que le document existe toujours [1] parce que la suite de cette affaire est presque incroyable. Les parents de l'enfant assistaient à cette scène : ils furent tout de suite stupéfiés car le plan et les descriptions du voyant correspondaient exactement à l'endroit où ils habitaient. Était-ce de la simple télépathie ? La police ayant décidé d'envoyer des hommes-grenouilles fouiller le lac dès le lever du soleil, une équipe de télévision résolut de se joindre à eux. Croiset, fatigué par le voyage et le décalage horaire, devait les rejoindre plus tard. Le lendemain matin à l'aube, on a commencé à filmer les lieux décrits par Croiset. Au point indiqué sur le chemin, le caméraman a dirigé son objectif vers le lac pour cadrer l'endroit où devait, selon le voyant, se trouver le cadavre. Au moment précis où il zoomait, il s'est produit un phénomène de synchronicité ahurissant : le petit cadavre est remonté à la surface des eaux... La vie de Croiset abonde en phénomènes de cet ordre.

De telles performances faisaient rêver Hélène. Avec toute l'ardeur du néophyte, elle s'exerça aux petits jeux élémentaires suggérés par Gricha (trouver parmi deux boîtes de carton identiques extérieurement celle qui dissimule un verre plein d'eau ou deviner le sexe des personnes dont les photos sont glissées dans des enveloppes) et se mit, à tout propos et plus souvent hors de propos, à interroger son instrument. Acceptant comme infaillibles les conventions proposées (le pendule répond oui quand il tourne dans le sens des aiguilles d'une montre et non lorsqu'il tourne dans le sens inverse), jamais l'idée ne l'effleura qu'elle pouvait, par des mouvements musculaires inconscients, influencer l'instrument dans le sens

1. Authentique. (N.D.L.A.)

qu'elle souhaitait. Sirkanian se garda bien de l'en informer.

A la Maison de la Radiesthésie, elle s'était acheté un pendule en cristal de roche. Un soir où le maître était particulièrement satisfait des progrès de son élève, il lui fit don d'un pendule en bois très dur, d'une forme plus compliquée que le sien.

— Essayez-le, lui dit-il, c'est le pendule égyptien, le meilleur qui soit.

Elle le prit. A peine eut-elle formulé mentalement sa question, l'objet se mit à osciller avec une amplitude et une rapidité déconcertantes.

— C'est vraiment la Ferrari du pendule! s'exclama-t-elle.

Elle avait eu cette même impression dans son adolescence quand elle avait eu l'occasion, dans le cadre d'une fête de charité, de jouer sur un grand Steinway. Habituée à travailler sur le mauvais piano droit de sa mère, elle fut tellement surprise par la sonorité de l'instrument en attaquant un prélude de Rachmaninov qu'elle faillit avoir un trou de mémoire. Les basses résonnaient avec une puissance qu'elle n'avait jamais obtenue et tout le clavier offrait de telles possibilités de chatoyance qu'elle eut envie de se perdre dans la forêt magique des sons. Lorsqu'elle avait narré son émerveillement à son professeur de piano : « Au lieu de ma petite 4 L je me serais crue au volant d'une Alfa Romeo », Mme Gambais avait alors soupiré : « Et encore, vous n'avez jamais essayé un Bösendorfer ! »

Après Cuir de Russie, le parfum de Gricha, c'était le pendule qui la renvoyait à son ancien professeur et Hélène se réjouissait d'établir un parallèle entre ces deux êtres qui lui avaient fait don d'un monde merveilleux. La première fois, elle avait été lâche : malgré l'insistance de Mme Gambais, elle n'avait pas osé abandonner ses études pour se consacrer entièrement à la musique. Maintenant que Gricha, sans rien exiger d'elle, métamorphosait son existence, elle ne choisirait plus la facilité. Le chemin incertain où il la conduisait s'éclairait chaque jour d'une plus belle lumière, elle voulait le parcourir jusqu'au bout. Ce voyage vers une autre dimension d'elle-même lui permettait d'échapper à la banalité de la vie quotidienne, comme cette nuit encore où elle ralentissait le temps. L'idée de se coucher, de se relever pour passer la journée suivante à trouver un slogan exaltant les délices d'un potage déshydraté dont elle ne goûterait pour rien au monde lui paraissait dérisoire. Pire, grotesque.

Il était plus de deux heures du matin. Hélène n'avait pas sommeil. Elle avait passé toute sa soirée à rêvasser, à harceler son pendule de questions sans rime ni raison, juste pour le plaisir de le voir s'animer. Oui, Charles était l'homme de sa vie. La réponse affirmative qu'elle venait de recevoir appelait inéluctablement une autre question. Et ce serait la dernière. Comment l'exprimer sans ambiguïté, le pendule ne pouvant répondre que par oui ou par non ? Pesant chaque mot, elle opta pour : «Étais-je la seule femme qui pouvait lui correspondre ? » et formula son interrogation les yeux clos. Quand elle les rouvrit, le pendule tournait dans le sens positif si rapidement qu'il lui échappa et se projeta contre la commode.

Avec le pendule, Hélène avait trouvé le supplice lui permettant d'aviver en cachette le chagrin qu'elle n'extériorisait plus. Déjà se brouillait sous ses larmes la petite photo. Elle ne distinguait plus les traits du visage mais une informe masse mouvante de gris et de blanc.

— Aide-moi, mais aide-moi, supplia-t-elle.

Un claquement sec déchira le silence. Emprisonnant ses chevilles entre ses mains jointes, elle se tassa sur elle-même.

Un deuxième puis un troisième coup retentirent. Comme le bruit d'un bois sec que l'on eût brisé. Elle regarda sous la grande photo de l'arbre, s'attendant à trouver par terre une branche morte, jaillie hors du cadre. Il y eut un autre bruit, derrière elle. Elle se retourna. Sa lampe de chevet avait quitté la table de nuit et roulait sur le plancher, débranchée.

« Non, non », gémit-elle, se bouchant les oreilles et fermant les yeux.

Se calmer. Bien respirer, comme le lui avait enseigné Gricha. Réduire tout son être à ses poumons, n'être plus qu'une machine à inspirer et à expirer. Lentement. Puissamment. Ne pas paniquer. Elle se rappela le sourire narquois du coussin de velours. Juste après, elle L'avait vu. Elle en était sûre maintenant, c'était sa frayeur qui L'avait fait se dissiper. Maintenant aussi, Il était là, dans la chambre. Elle retardait le moment d'ouvrir les yeux parce qu'elle savait qu'elle allait Le voir. Gricha lui avait répété : « Vous reverrez votre ami si vous le voulez ! » Elle le voulait, elle ne voulait que cela. Cette fois-ci, elle réussirait. Elle n'aurait pas peur. A chaque exhalation, elle vidait sa poitrine en chuintant un long « Chhhhaaarles... » Son cœur enchamadé la prévenait qu'elle n'était pas encore prête.

Au prix d'un effort de volonté épuisant, elle maintenait ses paupières closes. Elle n'en pouvait plus d'attendre et s'infligeait cette torture, persuadée que plus durerait la contrainte qu'elle s'imposait, plus elle pourrait conserver l'apparition. Elle n'était jamais allée se recueillir sur sa tombe : ç'eût été admettre sa disparition. Elle le laissait dormir dans un ailleurs dont il allait se réveiller, revenir. Il la prendrait par la main...

C'est alors qu'elle sentit un souffle sur son cou, un affleurement sur ses poignets. Elle avait réussi. Il était là. Il l'attirait à lui. Obéissant à la traction qu'Il exerçait, elle se leva. Non, elle n'avait pas peur. Il pouvait se montrer. Elle ouvrit les yeux.

Elle était seule dans la chambre rose, les bras inutilement tendus vers le vide.

Encore la même panique d'être devenue folle. Pourtant elle ne les inventait pas ces signes qui maintenant se multipliaient ! Elle n'était pas la seule à les percevoir !

Tout avait commencé avec le pichet d'étain et, depuis la Belgique, il se produisait d'inexplicables événements autour d'elle. Presque quotidiennement. Si elle pouvait en parler à Gricha, il lui dirait que faire mais devait-elle tout lui dire ?

La rencontre de Sirkanian avait amené Hélène à descendre vers des zones si éloignées de ses préoccupations et habitudes antérieures que sa vie passée lui apparaissait parfois comme ces vallées écharpées de brume dont on ne distingue, du haut de la montagne, que d'infimes et fantomatiques parcelles. C'était le paysage d'en bas, dont on ne se soucie plus dans l'air vivifiant des cimes. Elle se sentait alors coupable, presque infidèle vis-à-vis de Charles. Ayant vu Sirkanian offrir des odeurs, des couleurs et des sons aux divinités dont il avait décoré son appartement, elle prit l'habitude de fleurir chaque soir la grande photo en épinglant à même le mur des fleurs coupées au ras des tiges. Parce qu'elle sacrifiait systématiquement les plus belles corolles pour lui en faire l'hommage, elle avait l'impression de moins trahir le disparu en recevant les bouquets d'un autre.

Charles acceptait-il ses offrandes ? Elle finissait par en douter tant les curieux phénomènes qui perturbaient l'Anti-Bach paraissaient se cristalliser autour des fleurs. Un matin, elle avait extirpé de sa corbeille à papier des débris de pétales, chiffonnés, salis, déchiquetés autour d'un fil doré inextricablement noué. Voilà à quoi était réduite l'odoriférante guirlande blanc et pourpre qu'elle avait accrochée autour de la photo avant de s'endormir...

Déjà auparavant, et à plusieurs reprises, des branches de fleurs avaient été retrouvées hors de leurs vases, abandonnées en divers coins de l'appartement. Elle avait entendu Leïla imputer à Mertal le massacre des bouquets du salon. Philippe avait eu beau protester de son innocence, personne ne sembla le croire. Hélène se serait fort bien accommodée de mettre ces déplaisantes manifestations sur le compte de la jalousie du photographe mais elle savait que cette explication n'était pas la bonne : la nuit où elle avait confectionné la guirlande, Mertal était en reportage dans le Golfe persique. Elle ne souffla mot de cette histoire à son amie : elle aurait eu trop à dire à ce sujet car, au fil des jours, les incidents se multipliaient.

Elle essaya d'énumérer les pics incertains qui venaient hérisser l'horizon apparemment calme de sa vie et haussa les épaules. Il n'y avait pas que les fleurs : autour d'elle tout commençait à se défaire. En ce moment, elle ne redoutait pas d'être folle, elle faisait posément le tour de la question comme un avocat commis d'office pour une cause perdue d'avance. En maintes occasions elle avait constaté que, dans sa chambre, certains objets semblaient doués de motricité. Elle ne les voyait jamais bouger mais, quand elle entendait un bruit anormal et qu'elle regardait dans cette direction, elle découvrait par terre ou à une place incongrue un objet qui, quelque temps auparavant, était à sa place.

Cette nuit-là, elle savait que Mertal n'était pour rien ni dans les coups ni dans la chute de sa lampe. Et ces attouchements de doigts invisibles sur son visage ou ses mains, elle les avait déjà ressentis... Parfois de très légers bruissements à travers la chambre lui signalaient une présence ; son dessus-de-lit s'était même incurvé sous un poids immatériel. Elle n'avait parlé à Gricha que du pichet et du coussin, et lui taisait tous les autres phénomènes depuis qu'elle était persuadée que Charles en était à l'origine. A l'intérieur du jardin secret qu'elle partageait avec Gricha, elle s'en construisait un autre dont elle se gardait jalousement l'accès. Elle n'avait pas le choix. Sans même chercher à justifier ses dérobades, Gricha éludait toute question et il n'était guère convaincant lorsqu'il refusait de lui prêter les ouvrages dont il lui lisait parfois un extrait. Elle le revoyait, lui bloquant d'autorité la main quand elle avait voulu prendre le livre qu'il venait de refermer. Sa voix s'était faite persuasive : « Moins vous lirez, moins vous essaierez de comprendre vos dons, plus pure sera la source que je ferai jaillir de vous et qui ne demande qu'à s'épancher. »

Quels dons ? Quelle source ? S'épancher où ? Autant d'interrogations demeurant sans réponse. Elle ne devait pas faire ainsi de Gricha sa seule Bible. Puisqu'il répugnait à lui confier certains de ses ouvrages, elle n'avait qu'à les acheter. Tout près de l'église Saint-Germain-des-Prés se trouvait une librairie spécialisée dans l'ésotérisme : elle décida d'y rechercher les informations que Gricha lui refusait.

Réduisant l'éclairage à une bougie, Hélène s'étendit sur le sol et écouta la Passacaille dans son walkman pour ne pas déranger Leïla. De tout son être, elle suppliait Charles de se manifester...

Rien ne répondit à son attente.

Dans sa baignoire, elle s'efforça de chasser sa déception. Schoenwald arrivait le lendemain à Paris. De Floride, il avait pris rendez-vous avec elle pour dîner. « Je suis capable de me nourrir toute seule », avait-elle failli répondre. Que les hommes se sentissent obligés de proposer un repas à la femme qu'ils désirent rencontrer au lieu de dire « j'ai envie de vous voir » l'avait toujours irritée. Convaincue par Leïla que son projet de mécénat n'avait aucune chance d'aboutir, elle ne souhaitait pas revoir l'Autrichien. Sirkanian lui avait ouvert ce qu'elle appelait « la nébuleuse Gricha », un univers ignoré de son entourage et dont l'exploration l'enchantait. Le reste de son existence s'engluait dans la touffeur moite de l'inutile mais elle tenait à contrebalancer l'importance qu'elle accordait à l'Arménien. Il lui était apparu par hasard et disparaîtrait sans doute de la même manière. Elle ne savait rien de cet homme autour duquel sa nouvelle vie prenait un sens. Après l'avoir considéré comme une bouée de sauvetage, elle en avait progressivement fait la clef de voûte de sa cathédrale intérieure.

« Quelle imprudence », pensait-elle chaque fois qu'elle entendait Gricha répondre aux nombreux coups de fil qu'il recevait, de femmes en général... Il lui fallait établir une amitié sans équivoque avec quelqu'un au cas où Gricha se consacrerait davantage à quelqu'un d'autre. Puisque Mertal était trop amoureux d'elle et trop sot, pourquoi ne pas essayer avec Schoenwald ? Si cet homme, certainement couvert de femmes et qui n'avait ni la suffisance des bellâtres ni la sécheresse de cœur des hommes d'argent, acceptait le rôle asexué d'oncle qu'elle lui assignait, elle le verrait à dose homéopathique : une bouffée de frivolité contrebalancerait l'austérité de Gricha et lui permettrait de recouvrer cette féminité dont Leïla lui rebattait les oreilles.

N'étant pas de ces femmes qui s'habillent pour elles-mêmes, Hélène avait perdu toute coquetterie. C'était l'époque des soldes chez les grands couturiers. Pour affronter les hordes de bourgeoises transformées en furies prêtes à s'entredéchirer dans ces braderies de chiffons griffés, elle demanderait à Vlado de l'accompagner. Grand amateur de froufrous, le danseur serait enchanté de l'aider à « s'empépéifier » comme il le disait.

« Ainsi, je finirai peut-être par émerger », se dit-elle en sortant de son bain. Elle récapitula. Pour Hugo, elle ferait un petit tour chez Saint-Laurent, et, pour comprendre les phénomènes bizarres se produisant à l'Anti-Bach, elle irait fureter dans une librairie spécialisée. De cette manière, deux cases de son existence échapperaient à l'emprise de Gricha. En ajoutant son activité professionnelle (elle venait de changer de statut au Sagittaire où elle était devenue chef de publicité) et ses prochaines retrouvailles avec les activités de l'Anti-Bach, elle cernerait de quatre petites planètes fixes cette fascinante comète qu'elle redoutait de voir transformée en étoile filante.

Dans son lit, elle s'efforça de penser à Cordélia. L'héroïne inachevée ignora le rendez-vous du rêve.

10.

— Mille six cent soixante-quatorze francs, annonça la caissière.

Hélène sortit son carnet de chèques en souriant. Elle avait passé plus d'une heure à fouiller au hasard parmi les rayons de la librairie « La Parousie ». Pour pouvoir feuilleter sans être importunée, elle avait rapidement constitué une pile d'ouvrages en annonçant « je prends ceux-ci » et, au gré de ses découvertes, était venue rajouter une dizaine de livres à sa première fausse sélection. Ne se souvenant ni des titres ni des auteurs qu'elle avait remarqués chez Sirkanian hormis l'*Histoire du spiritisme* de Conan Doyle, elle ne savait pas très bien ce qu'elle cherchait et espérait qu'à force de musarder entre les étagères et d'en sortir quelques volumes, la mémoire lui reviendrait ou qu'elle percevrait un irrésistible « prends-moi » mais elle s'était seulement égarée dans un labyrinthe de pages imprimées sans le moindre fil d'Ariane pour la guider. Ni les prières d'insérer ni les textes rapidement feuilletés n'avaient pu l'orienter. Sans le regard insistant de la vendeuse, elle aurait peut-être demandé à son pendule de l'aider à choisir ; dans un tel endroit, son geste n'eût sans doute étonné personne mais Hélène craignait de se faire remarquer.

Ne pas retrouver les noms des éditeurs auxquels elle était habituée renforçait son sentiment de débarquer sur une terre réservée. Après avoir gaspillé, à l'heure du déjeuner, plus de la moitié de son salaire dans des tenues sophistiquées qu'elle n'aurait peut-être jamais l'occasion de mettre, elle achetait maintenant une quinzaine de livres qu'elle ne finirait sans doute même pas. Comme cela lui faisait du bien ! Peut-être par réaction contre sa mère, viscéralement près de ses sous et pour qui l'économie représentait une vertu majeure, dilapider sans compter l'avait toujours rendue euphorique. Depuis que plus rien ne la tentait, elle avait négligé cette joie de se sentir prodigue. Sainte-Beuve affirmait qu'il ne pouvait parler d'un auteur que lorsqu'il connaissait sa position vis-à-vis de Dieu, des femmes et de l'argent. Hélène inversait cette hiérarchie en avouant apprécier les êtres en fonction de leur position vis-à-vis de l'argent en premier, et ensuite seulement du sexe et de la transcendance, l'avarice étant le travers qu'elle supportait le moins. Leïla qui, en dehors de son art, ramenait tout à la bagatelle, partageait son opinion. Elle avait même précisé : « Un homme qui aime l'amour se fout de l'argent. Le rapport au fric est si fondamental qu'un pingre ne peut pas être un bon amant. Si un mec est radin, tu peux être sûre qu'il le sera aussi avec son sperme. »

Et Gricha ? Comment le situer ? Hélène l'avait toujours vu avec le même costume noir à col Mao, admirablement coupé, avec les mêmes chaussures à boucles et les mêmes chaussettes mauves. Était-ce un hasard ou ne possédait-il qu'un costume ? Était-il pauvre ou pingre ? Il avait refusé toute rémunération quand il lui avait fait son thème. Quel énigmatique personnage !

Un coup d'œil à sa montre l'horrifia. Elle avait rendez-vous avec lui dans dix minutes près de la Rotonde de la Villette ! Croyant noter un sourire de condescendance sur le visage de la libraire, elle se sentit obligée de crâner en emportant les deux sacs qui l'attendaient :

— Je n'ose pas imaginer ce que je vais trouver comme stupidités là-dedans !

— Ça dépend... Ce serait même plutôt rassurant s'il

n'y avait que des stupidités... Il ne faut pas s'amuser avec ça !

— Au contraire, il faut jouer et ne rien prendre au sérieux.

Les livres posés sur le toit de sa petite Austin, elle fouillait dans sa besace pour y trouver ses clés quand elle se sentit attrapée par le bras.

— Lélé ! On ne te voit plus ! Qu'est-ce que tu deviens ?

C'était Nicolas. Ah, il tombait bien !

— Ça va. Et toi ?

Elle ouvrit sa portière. Nicolas lui passa les sacs de plastique.

— Mais... C'est des bouquins, tout ça ?

— Oui. Des policiers. Je fais une vraie cure.

— Ben, tu m'en passeras ?

Elle mit le contact. Nicolas maintenait sa portière et lui toucha une mèche de cheveux :

— Tu les as coupés ou c'est une perruque ?

Elle détourna la tête : elle détestait qu'un étranger lui touchât les cheveux et Nicolas était redevenu un étranger.

— Non, j'ai tout coupé. Tu n'aimes pas ?

— Tu es encore plus mignonne. Pourquoi tu ne viens pas dîner avec nous ce soir ? On se retrouve tous à « La Coupole » à huit heures et demie...

— Tu es gentil, mais j'ai un rendez-vous.

— Décidément, tu es de plus en plus invisible ! Tu me téléphones un matin ?

— Oui. Tu vas bientôt venir dîner à la maison. J'ai dégotté pour Leïla un Autrichien bourré de fric et je voudrais qu'il finance son ballet. Nous allons donner une fête en son honneur. Tâche de venir avec deux ou trois beautés pour bien le conditionner. Bon, salut ! Je suis en retard.

Elle claqua sa portière et ne put démarrer : son pare-chocs arrière était coincé sous celui d'une vieille deux chevaux. Il ne manquait plus que cela ! Nicolas appuya sur le capot de la guimbarde pour la dégager. Elle cria « merci ! », fit sa manœuvre sans le regarder et partit.

C'était un gentil garçon avec qui elle avait beaucoup ri, mais pas longtemps. Elle ne l'avait jamais véritablement aimé ; lui, au contraire, s'était mis en tête de l'épouser et de lui faire des enfants, ce qui avait mis fin à leur aventure. Il avait toujours ce visage d'angelot blondinet qui l'avait fait fondre à l'époque et pourtant il devait bien avoir trente-deux ans maintenant ! Quand, dans quelques années, son âge réel l'aurait rattrapé, il perdrait d'un seul coup tout son charme. Comment avait-elle pu coucher avec lui ?

Elle s'ébouriffa les cheveux pour effacer le geste de Nicolas. L'avoir revu lui gâchait cette journée. Elle avait envie de lui envoyer une couronne mortuaire. Ou bien était-ce à elle-même qu'elle devrait envoyer la couronne parce que l'Hélène de ce temps-là était bien morte aussi...

Une fois la Seine traversée, la circulation redevint fluide et Hélène se détendit. Elle aimait conduire rapidement : avec un peu de chance, elle n'aurait pas plus d'un quart d'heure de retard.

De loin, elle repéra la silhouette noire. Fiché devant un plan de métro qu'il semblait étudier, Sirkanian attendait, les mains jointes dans le dos. Malgré le froid, il n'avait, en guise de pardessus, qu'une grosse écharpe de laine violette. Arrivée à sa hauteur, elle klaxonna. Zut ! A cause de Nicolas, elle avait oublié de cacher les livres dans son coffre. Elle les jeta sur la banquette arrière tandis que l'astrologue s'installait à côté d'elle.

— Bonsoir Gricha. Pardon pour ce retard.

— Avec moi, ça n'a aucune importance. Nous allons aux Buttes-Chaumont, rue Manin. J'ai oublié le numéro mais je vous indiquerai l'immeuble.

— Vous n'êtes pas transi ?

— Je vais vous dire mon secret : des chaussettes de cachemire. Avec les pieds au chaud, le reste n'est qu'une affaire de respiration. Je peux regarder vos livres ?

Rien ne lui échappait ! « Merci, Nicolas ! » pensa-t-elle en acquiesçant.

Tandis qu'Hélène conduisait, il cala les sacs entre ses jambes, examina les ouvrages un à un, les commenta en les reposant derrière lui : « Mauvais... mauvais... nul... pas sérieux... quelques bons éléments... totalement déconnant... »

Hélène était habituée au style de Gricha : elle avait cru comprendre qu'il vivait en France depuis un an et pourtant il parlait, sans accent, un français irréprochable bien qu'émaillé de termes qui, chez un autre, eussent paru grossiers. Avec lui, rien ne choquait. Tout avait un sens. Son goût pour les gros mots devait procéder d'une technique délibérée : ils claquaient dans sa bouche comme un coup de fouet dans le vide, sans laisser de traces mais réveillant l'attention. Son « totalement déconnant » était prononcé de si gentille manière que l'auteur du livre eût pu prendre cette remarque comme un compliment.

« Cette fois-ci, tu ne m'auras pas, mon petit bonhomme », songeait Hélène. Elle n'avait cure de cette distribution de qualificatifs : elle avait acheté ce qui la tentait et lirait au gré de son bon plaisir, avec ou sans sa bénédiction. Elle le lui dit. Comme chaque fois qu'elle le retrouvait, elle se sentait exaltée ; maintenant qu'il avait réussi à établir une sorte de complicité allègre entre eux, elle était libérée de cette chape de respect craintif qui la guindait lors de leurs premiers entretiens. Aujourd'hui il n'utilisait pas son habituelle expression, « absolue merdité », qui l'avait tant surprise la première fois qu'elle l'avait entendue. Elle s'en étonna.

— Oh, gouailla Gricha, c'est ainsi que je pourrais résumer votre sélection ! Mais on ne peut pas toujours, comme disait l'autre, faire le « bon choix » ! Enfin, le principe alchimique permettant la transmutation de la merde en or, je vous laisse vivre votre expérience.

— Tous les livres que vous entassez chez vous sont-ils sérieux ? Selon vos critères, bien entendu...

— Certes pas ! L'ésotérisme et l'occultisme attirent les

gens douteux ou dont l'organisation mentale est plutôt de type débile ! Ce n'est pas sans raisons que j'ai refusé de vous prêter ces livres, je voulais vous épargner ces fariboles.

— Alors, pourquoi les gardez-vous ?

Il y avait de la réprobation dans le bref coup d'œil d'Hélène à Sirkanian : il l'accueillit avec plaisir.

— Pour mieux connaître l'étendue de la sottise humaine.

— Seulement ?

Elle lui résistait. Comme il aimait ça ! Sirkanian eut envie de lui baiser le creux du poignet pour l'en remercier. Après la stupide dévotion de ses élèves buvant extatiquement le moindre de ses propos, le « seulement ? » malicieux le revivifiait. Hélène était particulièrement jolie ce soir. La plupart des hommes devaient la trouver trop maigre mais lui qui l'avait portée endormie connaissait la fragilité de son ossature : c'était une fausse maigre. Elle avait dû perdre quatre ou cinq kilos depuis, il ne fallait pas qu'elle en perdît davantage. Se doute-t-elle que j'ai envie de lui caresser les seins, se demandait-il en allumant une cigarette qu'il lui tendit ?

— Seulement ? répéta Hélène.

Elle avait changé de visage et lui jeta un regard d'Antigone résolue à poursuivre sa quête. Visiblement, elle ne savait pas sur quel pied danser avec lui mais elle ne refusait pas la danse. Sirkanian lui sourit. En quelques semaines, elle avait fait des progrès considérables, retrouvant une spontanéité, une franchise et un humour qui méritaient bien un petit encouragement.

— Puisque nous parlons sérieusement, je retire le mot de « sottise » que j'ai mal utilisé tout à l'heure. Les infinies variations de l'imaginaire me passionnent. Cette littérature frelatée que vous venez d'acheter constitue un de mes terrains de recherche. Là, je parle en ethnologue, en anthropologue si vous préférez. Pourquoi partir au fin fond de la Papouasie ou étudier la cosmogonie des Dogons, alors qu'il y a tout autour de nous des croyances érigées en dogmes, des contes et des légendes tout aussi fantastiques que ceux des peuples dits « primitifs »...

Sirkanian dévoilait le plus authentique de ses visages. Sa curiosité et sa lucidité l'avaient tout naturellement conduit à cette démarche de mythologue qui, selon lui, devrait faire partie de l'officiel domaine des sciences humaines. C'était le seul titre dont il eût aimé se parer, songeait-il ; hélas, son entourage attendait de lui qu'il fût mage ou gourou, alors il vendait sa camelote au plus offrant. A Hélène, il ne vendait rien. Souvent il pensait à elle en tant que femme. Il la désirait, mais il la désirait *autrement.* Ce qui, avec la plupart des femmes, n'était pour lui qu'un jeu lui paraissait avec elle chargé d'un sérieux particulier. Il ne voulait pas la perdre bêtement. La nature profonde de Sirkanian était de *posséder* pour *libérer* ensuite, mais ensuite seulement, et à tout risque. Ces risques qu'il lui ferait courir, il les partagerait car il la considérait comme une femme hors du commun.

N'avait-il pas été trop impatient en lui parlant ainsi ? L'avion et le train l'incitaient souvent à jeter bas ses différents masques. Il en profitait sciemment car alors il s'adressait à des inconnus surgis du néant et qui, une fois le voyage terminé, retourneraient à leur néant. Mais ici, dans cette petite Austin rouge, il parlait à une femme avec qui il pourrait aller au-delà du sexe, au-delà de l'amour. Tous deux étaient en quête d'un accomplissement dont Sirkanian devait s'avouer que, s'il en connaissait les moyens, il en ignorait les buts. L'issue de leur histoire le passionnait mais, en attendant, la relation entre sa vérité et les moyens de transport l'amusa, il décida de poursuivre :

— ... C'est aussi bien que la Connaissance ne soit pas à la portée de tout le monde. Les gens recherchent la Puissance. Or la Connaissance, la vraie, pas celle caricaturée dans ce fatras, peut donner la Puissance. Le livre que je suis en train d'écrire ne sera pas en vente, je ne veux pas qu'il tombe dans les mains de n'importe qui. Si je voulais...

— Si vous vouliez ?

— Ça ne vous étonne pas que je vive si modestement ? Vous ne vous êtes jamais posé de questions ? Vous ne vous êtes jamais dit que, si je le voulais, je pourrais avoir beaucoup d'argent, énormément d'argent ?

— Avec vos consultations ?

— Pensez-vous ! Je me contente d'aider les gens en leur demandant une somme qui est plutôt symbolique et le travail que je fais sur eux fait avancer mes travaux personnels. Ce n'est pas la Puissance que je cherche, mais la Connaissance. L'argent, je m'en moque, je n'en ai pas besoin.

— Je ne vois pas comment ce que vous faites peut déboucher sur du concret.

— Sceptique ? Très bien : je vous ferai un jour une démonstration, juste pour le plaisir. Maintenant, nous allons à une séance que j'appellerais « de Connaissance ». La semaine prochaine, nous ferons ensemble une expérience de Puissance. Mais attention, Hélène, nous avons fait un pacte de silence : pas un mot, à personne... Ralentissez.

Il lui désigna un immeuble :

— C'est ici.

Hélène n'avait pas la moindre idée de ce qui l'attendait. En montant, à pied, les quatre étages, Sirkanian lui apprit qu'il l'emmenait chez un groupe de spirites. La réunion de ce soir était organisée autour d'une certaine Perlette, un médium de Nice qu'il ne connaissait pas, aussi ne pouvait-il rien augurer de ce qui se passerait.

— Mais, conclut-il, *nomen atque omen* [1], acceptons ce nom comme un présage ; notre retard nous permet d'échapper à l'insipide blablabla qu'on nous inflige tou-

1. Un nom mais aussi un présage.

jours avant les expériences ; c'est toujours autant de gagné.

Blablabla ou pas, Hélène eût préféré entendre une conférence, si piètre fût-elle, que de se joindre, sans préparation, à des « expériences » dont elle ignorait tout mais elle se doutait que Gricha tenait à son innocence en la matière.

Après s'être assurée qu'Hélène était bien « la jeune fille annoncée », une grande femme sèche d'une soixantaine d'années et dont la lèvre supérieure s'ornait d'un duvet qu'eût fièrement arboré un garçon de seize ans les pria d'attendre la fin de l'exposé « pour ne pas perturber l'atmosphère ». Des photos du Padre Pio, du Suaire de Turin et d'un sage indien à la barbe neigeuse décoraient une petite entrée qui avait dû être gris clair un demi-siècle auparavant et qu'envahissait une profusion de plantes vertes. Artificielles pour la plupart.

— Ici, seule la misère est authentique, chuchota Hélène en palpant un hortensia de plastique. Serait-ce aussi un présage ?

Gricha ne sourit pas. La femme leur fit signe de se taire et, quand elle vit Hélène ouvrir son paquet de cigarettes, toussa à deux reprises pour attirer son attention sur l'écriteau « interdiction de fumer ». Quelques maigres applaudissements retentirent dans une pièce voisine où ils furent enfin introduits.

Assises sur six rangs, une trentaine de personnes — des femmes du troisième âge et un seul vieux monsieur, vivant sosie du maréchal Pétain, en cravate noire et brassard de deuil — constituaient l'assemblée. Leur faisaient face une table et trois sièges, dont un solide tabouret un peu à l'écart. Sourires et hochements de tête respectueux saluèrent la venue de Gricha. On libéra deux chaises côte à côte pour qu'il pût s'installer avec Hélène. Les fenêtres de ce salon, aux murs nus du même gris sale que l'entrée, étaient occultées par des rideaux fanés de toile de Jouy. A l'arrivée d'un affable petit septuagénaire grassouillet, les chuchotements se turent.

— C'est Marcel Touchard, le président de ce groupe, expliqua Gricha.

M. Touchard s'installa à la table de conférencier, extirpa d'une chemise rose un feuillet de papier et, après quelques raclements de gorge, commença :

— Avant que Mme Blanche ne collecte ce que vous voulez confier à Perlette, je voudrais vous lire un très beau texte que vient de me confier Mme David, ici présente. Ce message d'amour et de paix lui a été communiqué cette semaine par son mari qui a quitté cette terre il y a un an, n'est-ce pas, Mme David ?

— Cela fera exactement une année mardi prochain, répondit la femme assise juste devant Sirkanian.

Hélène se pencha pour essayer de voir son visage. Elle ne pouvait distinguer que des pommettes hautes, une petite oreille percée d'un anneau d'or et une abondante masse de cheveux gris tirée en chignon torsadé très bas sur la nuque et qu'ornait un grand peigne d'écaille. Elle portail un chandail mauve tricoté à la main et une jupe plissée anthracite. M. Touchard poursuivait :

— Comment avez-vous obtenu ce texte ?

— Comme d'habitude. Vers les six heures du soir, je m'assieds à ma table avec un papier et un crayon. Je m'efforce de ne penser à rien et ma main se met à écrire toute seule. Mon mari vient très facilement maintenant, chaque fois que je l'appelle...

La voix sans âge, douce et basse, avait la neutralité passive de ceux dont la détresse est le lot quotidien.

— Ce qu'il y a de remarquable, souligna M. Touchard, c'est que l'écriture de Mme David, lorsqu'elle est en médiumnité, ressemble à s'y méprendre à celle de son cher époux. Merci, Madame. Je ferai circuler tout à l'heure trois textes manuscrits : une lettre de M. David datée d'il y a trois ans, une page écrite par Mme David avec son écriture habituelle, et la photocopie du message qu'elle a reçu. Vous pourrez constater la similitude de l'écriture médiumnique avec celle du défunt. Un tel phénomène se conçoit aisément lorsqu'on sait que nos amis de l'au-delà sont autour de nous et qu'ils peuvent, littéralement, nous tenir la main...

La lecture du « message », petit texte touchant de simplicité où de prosaïques conseils (« n'oublie pas de boire beaucoup d'eau pour tes reins ») se mêlaient à de brèves envolées sur l'amour ou la spiritualité, déclencha l'ouverture des sacs à main et le déploiement des mouchoirs. Hélène, qui n'avait jamais entendu de tels propos, sentait l'émotion la gagner. Lorsque arriva le tour de Gricha d'examiner les feuillets, elle s'appuya sur lui pour les comparer en même temps. La veste de l'Arménien fleurait Cuir de Russie, la renvoyant encore à l'insouciante époque de ses leçons de piano : elle eut envie de lui poser la tête sur l'épaule, envie de s'abandonner plus encore qu'elle ne le faisait, de lui exprimer sa tendresse et sa gratitude, de le couvrir de cadeaux. Mais que pouvait-elle offrir à cet être qui affirmait ne rien vouloir posséder ?

Elle dut faire effort pour se concentrer sur les pages qui, contrairement aux assertions du conférencier, présentaient trois spécimens fort dissemblables d'écriture. La première, celle du défunt, jetée bien droite sur un mauvais papier quadrillé, se condensait en minuscules caractères aux angles acérés, hérissés de longues traînées en guise d'accents ou de points sur l'i. Celle de Mme David, presque trois fois plus grosse, s'étalait penchée, régulière, tout arrondie. Le « message » couvrait une singulière page débutant, sur plusieurs lignes sinueuses, par des gribouillis qui, peu à peu, se transformaient en écriture malhabile où les mots étaient reliés entre eux. Au bas du feuillet, l'écriture devenait un peu moins enfantine et se ramassait sur elle-même : les tout derniers mots ressemblaient effectivement à ceux tracés par le défunt.

Sa voisine lui ayant presque arraché les papiers des mains, Hélène ne put poursuivre sa comparaison.

— Vous y croyez ? demanda-t-elle à Gricha.

— La fraude est très possible tant elle est aisée, mais il y a d'autres explications et il ne faut pas être systématiquement sceptique...

Hélène reconnaissait ici la seule méthode qu'il lui eût enseignée sans ambiguïté, celle de la croyance systématique. Il lui avait alors révélé un autre de ses visages ou peut-être seulement une autre facette de ce Gricha multiple qui s'exprimait en latin, savait tant de choses et semblait prendre un tel plaisir à éveiller l'esprit de son interlocuteur qu'elle souhaitait parfois connaître sa façon d'enseigner le yoga, mais elle ne se résignait pas à se mélanger à ses élèves. Depuis qu'elle s'entretenait régulièrement avec lui, il avait orienté sa façon de percevoir le monde et les êtres. C'était réellement un éveilleur d'âme, un accélérateur d'intelligence. Quand il l'avait sentie perplexe devant les possibilités qu'il prétendait faire émerger chez elle, il lui avait jeté en vrac tant d'anecdotes bizarres sur l'autre face de la réalité qu'elle avait eu grand-peine à étouffer un spontané : « Comment pouvez-vous accepter tant de sornettes ? » Elle s'était contentée d'assurer en secouant la tête : « Non, là vous allez trop loin », et s'était levée comme si elle entendait clore ainsi leur entrevue, sans demander davantage de détails. N'ayant pas de question précise à esquiver, Gricha n'avait pas subodoré le piège ; au lieu de passer à autre chose ou de répondre à côté, il avait enfin réagi comme elle le souhaitait et avait parlé de lui, de sa démarche. Très jeune, il s'était intéressé aux phénomènes rares, particulièrement aux phénomènes ascétiques et mystiques : les stigmates, la lévitation, l'odeur de sainteté et l'inédie, cette possibilité qu'ont certains mystiques de vivre sans nourriture ni boisson... Ces cas, attestés par la tradition et dont il avait attribué l'origine à une crédulité populaire assoiffée de surnaturel ou aux « coups de pouce » de certaines religions désirant impressionner leurs fidèles, étaient souvent objectifs et pas seulement allégués ; ils avaient été scientifiquement vérifiés, comme les stigmates du Padre Pio ou les quinze jours de jeûne total de Thérèse Neumann, hospitalisée sous la garde d'infirmières particulièrement averties des subtiles supercheries des névropathes... Il avait eu du mal à accepter comme réelles ces manifestations. Hélène croyait l'entendre, assis en lotus près de l'armure japonaise, égrenant son chapelet d'ambre, le regard perdu vers le fond de la pièce, lui narrer de cette voix chantante et chaude qui la faisait décoller : « ... Et ce n'est pas parce que des médecins ont réussi, par suggestion, à produire des stigmates sur une malade hystérique que j'accepterai cela comme une explication. Ceux qui ne veulent rien voir de la réalité brandissent l'hystérie à tout bout de champ. Ce terme devient un mot-valise à la Humpty-Dumpty : un fourre-tout où l'on met n'importe quoi. Quand on dit d'une femme comme Thérèse Neumann qui, pendant trente-six ans, n'a pas absorbé la moindre nourriture solide à l'exception des deux grammes et demi environ de pain azyme consacré chaque jour, qu'elle est hystérique, on n'a rien expliqué. Qu'est-ce alors que cette fameuse hystérie qui permet au corps de s'affranchir des lois que nous lui avons assignées comme naturelles ? Des études menées par des chercheurs plus qualifiés que moi m'ont amené à me dire que ces phénomènes rarissimes n'entraient pas dans le cadre de la loi des grands nombres définis par la science, donc il fallait un complément pour la loi des petits nombres... C'est pourquoi j'ai relu Descartes, ce Descartes que vous autres, Français, connaissez si mal, et je me suis fabriqué un hypercartésianisme. Puisqu'il faut douter systématiquement pour les grands nombres, il faut, pour les petits nombres, douter encore plus systématiquement, c'est-à-dire douter qu'il faille douter sinon on ne voudra jamais les connaître. Ce doute du doute est ce que j'appelle la *croyance méthodique.* Et j'inverse en doigt de gant la méthode de Descartes en me faisant une loi de ne jamais recevoir une chose pour fausse que je ne la connaisse évidemment pour telle. Avec ce doute primaire et la quadrature du doute, on obtient un hypercartésianisme positif, une science complète qui traite à la fois de la règle et des exceptions... » Hélène, dont l'approche de la philosophie s'était arrêtée avec la sortie du lycée, avait été impressionnée par ce langage. Ce soir encore, devant les feuillets qui passaient de main en main, il avait une attitude plus intelligente qu'elle qui se forçait à ancrer ses pieds sur terre bien plus solidement qu'elle ne le désirait.

Quand M. Touchard eut restitué les feuillets à leur propriétaire, entra par la porte du fond située derrière la table la Dame Blanche annoncée : une imposante personne tout de noir vêtue, aux cheveux jais taillés à la garçonne, juchée sur des escarpins vernis aux talons trop hauts qui lui conféraient une démarche de Golem. Seule tache de couleur, un pendentif corail brinquebalait sur son opulente poitrine. De ce visage carré, aux petits yeux noirs très enfoncés dans les orbites, au long nez busqué et aux lèvres pincées, se dégageait une incontestable autorité. Elle tenait une corbeille d'osier qu'elle fit circuler entre les rangs.

— Combien faut-il donner ? demanda Hélène à Sirkanian en prenant son porte-monnaie.

— Non, pas d'argent. Choisissez quelque chose de personnel qu'on vous rendra tout à l'heure.

Lorsque, chargée d'objets hétéroclites (un bracelet-montre, des photos, un mouchoir, un trousseau de clés, des morceaux de papier pliés), la corbeille leur fut passée, Gricha n'y déposa rien. Hélène l'imita et transmit cette collecte digne d'un inventaire à la Prévert à sa voisine qui y ajouta une petite chaîne de cou avec sa médaille.

Après avoir récupéré son bien, dûment rempli, qu'elle plaça sur la table, Mme Blanche sortit. M. Touchard se leva. Les yeux fermés, les bras tendus en avant, paumes tournées vers l'assistance, il ordonna : « Recueillons-nous, frères et sœurs, formons la chaîne et, dans la paix du Dieu de toutes les religions, élevons nos pensées vers les sphères célestes » et alla s'asseoir au dernier rang. Chacun prit la main de son voisin. Le silence était dense. Hélène jeta en coulisse un regard à Gricha. Impassible, les yeux clos, perdu dans une profonde méditation, l'Arménien l'ignorait.

Le temps s'éternisait. Incapable de diriger ses pensées vers les « sphères célestes », Hélène ferma les yeux à son tour et, s'efforçant de visualiser le visage serein de Gricha, répéta mentalement en scandant le rythme de sa phrase : « Avec lui — rien de mal — ne pourra — m'arriver —, avec lui — rien de mal... »

Enfin il y eut un bruit. Elle ouvrit les yeux. Mme Blanche revenait, guidant par les épaules une femme aux paupières baissées. Mme Perlette était-elle aveugle ? La salle retenait son souffle. Mme Blanche fit asseoir le médium sur le tabouret. C'était une petite femme encore jeune, au début de la quarantaine, dont une sorte d'ample caftan lie-de-vin dissimulait entièrement le corps. Son visage lisse, sans maquillage, avait la douceur inexpressive des figurines saint-sulpiciennes de plâtre. Ses cheveux, artificiellement blondis à en juger par la noirceur des sourcils, dégringolaient asymétriquement sur l'épaule en une longue cascade de boucles. Dévotement, presque amoureusement, Mme Blanche arrangea les plis du caftan, lissa les mèches blondes et se recula pour mieux apprécier l'effet de sa création. Accroupie aux pieds de Perlette aussi immobile qu'un mannequin de cire, elle alluma un candélabre à sept branches posé à même le sol qu'Hélène n'avait pas encore remarqué, déposa la corbeille sur les genoux de sa protégée et vint se placer derrière elle, lui imposant les mains au-dessus de la tête.

Sur la pointe des pieds, M. Touchard alla éteindre l'électricité et regagna sa place.

Venu d'en bas, l'éclairage des bougies métamorphosa l'expression de Perlette dont les traits, creusés d'ombre, se durcirent. Ses pommettes hautes, maintenant mises en valeur, ses yeux étirés en amande sous la longue courbe de l'arcade sourcilière et son menton pointu la transformaient en statue funéraire étrusque.

Le silence était presque intolérable. Sirkanian dut sentir l'angoisse d'Hélène : il serra davantage son poignet et le posa sur sa cuisse. Après un long moment, la statue s'anima. Une petite main se dégagea du caftan et décrivit lentement des cercles réguliers au-dessus de la corbeille.

Hélène ne pouvait s'empêcher de compter les mouvements circulaires, essayant d'y accorder sa respiration. Enfin, les yeux toujours clos, Perlette fouilla parmi la collecte et en sortit une photo. Mme Blanche la débarrassa de la corbeille qu'elle posa sur la table et reprit sa place derrière le médium : la séance commençait.

Dans l'assemblée, les mains se dénouèrent mais Sirkanian conserva le poignet d'Hélène.

Le buste de Perlette, assise raide sur son tabouret, se mit à pivoter. Sa tête dodelina et, brusquement, la jeune femme bascula en arrière. Mme Blanche prévint sa chute, bloquant le corps du médium contre sa vaste poitrine. Ainsi calé, le médium appuya la photo sur son front, l'y maintint quelques instants et sa main retomba, morte, sur ses genoux. Un long soupir suivi d'une inaudible bouillie de sons s'échappa de ses lèvres à peine entrouvertes. Enfin Perlette articula faiblement un mot.

Penchée sur elle, Mme Blanche guettait le moindre mouvement de sa bouche. Elle se redressa et, contenant mal son excitation, jeta, triomphante :

— Françoise. Nous avons une Françoise avec nous. Pour qui vient-elle ?

Au premier rang, quelqu'un leva la main :

— Est-ce que c'est Françoise, ma petite-fille, ma petite...

Une voix de femme âgée se brisa. Après de petits reniflements et plusieurs « Pardon, pardon » hoquetés, elle enchaîna :

— ... ma petite fille tuée à l'âge de six ans dans un accident d'auto ?

Radieuse, Mme Blanche tenait à montrer qu'elle contrôlait les événements ; elle interrogea son médium :

— Françoise, sois la bienvenue parmi nous. Puisque tu es là, dis-nous ton nom pour que nous puissions te reconnaître.

Perlette fronça les sourcils. Les yeux toujours fermés, elle se mit à parler plus distinctement mais d'une voix qui aurait pu être celle d'une gamine de six ans :

— Bonjour Maminette. Mais oui, c'est moi. Je suis très contente de venir te voir. Et je veux te dire merci pour les jolies fleurs.

S'instaura alors une conversation entre la vieille femme et cette Françoise qui semblait s'exprimer par la bouche de Perlette. L'enfant évoquait la beauté du lieu où elle se trouvait, ses nouveaux amis, son « pappy » avec qui elle se promenait, demandait des nouvelles d'un chien... Mme Blanche persistait à s'immiscer dans cet insolite dialogue. Elle répétait à la cantonade les propos du médium, suggérait des questions à la vieille femme, brisant par ses caquetages le pathétique de la scène.

Suspendue aux lèvres de Perlette, Hélène n'en croyait pas ses oreilles. Elle aurait voulu que Gricha, avec toute la sévérité dont elle le savait capable, imposât silence à cette ridicule Mme Blanche, mais son compagnon avait l'air de trouver la situation tout à fait satisfaisante.

Un joyeux « au revoir, Maminette » termina la communication. Le médium se tassa sur lui-même et se tut. Après lui avoir tapoté le front avec un mouchoir, Mme Blanche lui retira la photo et, pour provoquer un autre échange avec l'au-delà, s'en alla quérir la corbeille qu'elle ne put donner à Perlette : déjà cette dernière, redressée, commençait à se dandiner sur son tabouret. Son mentor, corbeille en main, eut juste le temps de se remettre derrière elle pour la recevoir. Renversée en arrière, Perlette murmura, de façon très sourde, une mélodie. Comme la fois précédente, sa voix s'affermit et Hélène reconnut le début de la Passacaille de Bach. Des écharpes de brume filèrent devant ses yeux ; dans son front, le sang battait à lui faire éclater les tempes. Elle s'agrippa à Sirkanian. Tout chavirait. Les grandes orgues retentissaient dans sa tête. Elle était nue sur Charles allongé près de la cheminée. Ils avaient fait l'amour tout l'après-midi et partageaient le calme du bonheur dans l'ivresse de cette musique... Le film se cassa dans sa mémoire. Elle se vit accrochée au bras de Sirkanian, prisonnière de cette pénombre où une femme inconnue chantonnait devant des inconnus un air connu d'elle seule.

Totalement désorientée, ce devait être la première fois que son médium chantait, Mme Blanche glapissait en direction de la salle :

— Pour qui est-ce ? Pour qui est-ce ?

Les gens se regardaient entre eux. Ils ne comprenaient pas : personne ne se désignait.

Hélène hésitait à lever la main. D'une pression affectueuse sur l'épaule, Sirkanian l'encouragea :

— N'ayez pas peur.

Hélène répugnait à s'offrir en spectacle, elle secoua négativement la tête. Il n'insista pas. Perlette redevint silencieuse.

— Le message n'est pas clair, finit par admettre Mme Blanche, incapable de savoir ce qu'elle devait dire.

Perlette se tassa sur elle-même, eut un soubresaut, ouvrit les yeux et sortit de sa transe. Ostensiblement dépitée, Mme Blanche l'aida à se lever et, la soutenant, lui fit quitter la pièce. Les chuchotements fusèrent de toutes parts. M. Touchard ralluma l'électricité et annonça une pause.

— Allons-nous-en, supplia Hélène.

Un silence de réprobation unanime se fit quand ils se levèrent pour partir. Dans un flot de protestations, M. Touchard attrapa Gricha par la manche. Hélène descendit seule. L'escalier dansait devant elle, les marches se dérobaient sous ses pas. Elle se réfugia dans son auto. Appuyant son front contre la vitre, elle offrait sa tête brûlante, martelée, à la froidure du verre, comme le cavalier son cheval fou au roncier dans l'espoir d'y arrêter sa course.

C'est dans cette posture abandonnée que Gricha la retrouva.

— Cette mélodie vous était destinée, n'est-ce pas ?

— Oui. C'était la Passacaille de Bach. Notre air fétiche.

Elle avait repris sa voix absente des jours de capitulation. Sirkanian lui prit la main, elle dirigea vers lui un regard trouble qui semblait ne rien voir.

— L'aviez-vous en tête à ce moment-là ?

— Absolument pas.

— Ce n'est donc pas de la simple télépathie. Vous avez eu tort de refuser le contact. Votre ami cherchait à vous joindre.

— Devant tous ces gens ? C'est indécent, j'aurais horreur de ça... Croyez-vous que je pourrais essayer l'écriture médiumnique comme cette Mme David ?

— Bien sûr. Je vous ai déjà dit que vous étiez douée en ce domaine, profitez-en !

Elle mit son moteur en route.

— Où allons-nous ?

— Vous avez besoin d'être seule. Je vous suggère de retourner chez vous. Au passage, vous me laisserez près d'un pont.

— Lequel ?

— N'importe : j'ai envie de regarder couler la Seine et je rentrerai à pied.

Regarder couler la Seine par un froid pareil ! Arriverait-elle un jour à prévoir ses réactions ?

Ils roulèrent en silence. Au milieu du pont de l'Alma, Hélène se gara et coupa le contact. Elle ne voyait ni la fantomatique beauté de la ville estompée de brouillard, ni la rêveuse brume s'attardant sur les berges. Elle aurait voulu que Gricha la prît dans ses bras tout en sachant qu'elle ne lui pardonnerait pas d'oser le faire. Pourrait-il comprendre cette contradiction ?

— Dur, dur ! ricana-t-elle pour essayer de dédramatiser l'atmosphère.

Gricha ne releva pas. Allait-il la quitter ainsi, sans mot dire ? Il ouvrit sa portière. Le vent d'hiver l'ébouriffa. A contre-jour d'un réverbère, sa tête devenait celle, fabuleuse, d'un ours échappé d'une légende nordique. Elle sentait ses yeux la scruter.

— Hélène, promettez-moi...

— Quoi ?

— De ne pas essayer ce soir. Et de ne pas vous égarer dans ce fatras de bouquins.

Elle les avait oubliés !

— Ça vous ennuie tant que je les lise ?

— Moi, rien ne m'ennuie. Mais j'aimerais que vous alliez au bout de votre propre expérience sans vous polluer avec toutes ces charlataneries.

Elle ne prit même pas le temps de réfléchir. Entassant en vrac les livres dans les deux sacs, elle sortit la première de l'auto et s'approcha du parapet. Le fleuve charriait ses eaux noirâtres dans l'indifférence de la ville endormie. La froideur sereine de la Seine coulant sans hâte vers une mer lointaine s'accordait au détachement d'Hélène. Un claquement de portière troua le silence humide, l'arrachant à la contemplation de l'eau tourbillonnant sourdement autour des arches : Gricha la rejoignait. Hélène jeta les livres dans le vide et se tourna vers lui. L'ours brun découvrit ses dents blanches en un sourire lumineux.

— Bravo Hélène !

Elle n'avait pas vu s'engloutir les sacs mais, sitôt son geste accompli, l'étau de la migraine se desserra.

Hélène s'était arrangée pour que Mertal fût présent lorsque Schoenwald vint la chercher. Si j'ai l'air d'être « en main », se dit-elle, la partie sera plus facile...

Elle appréhendait cette soirée. Les fleurs aussi sans doute : aucune n'était demeurée dans les vases, tous renversés pendant la nuit. Philippe n'avait dormi que d'un œil, persuadé qu'il surprendrait Vlado se livrant à ces facéties d'un goût douteux. A deux reprises, une sorte d'explosion l'avait réveillé. La première fois il avait découvert par terre, juste à côté du divan qui lui servait de lit, un vase brisé. Les tiges s'éparpillaient autour des débris comme des rayons de soleil. La seconde fois, la cage de Gaston avait été propulsée contre la porte de la cuisine près de laquelle elle gisait, retournée sur le côté. L'oiseau y piaillait désespérément ses « allô, allô » en sautillant sur place, affolé.

Réveillée par ce tapage, Leïla arriva en maugréant : « Qu'est-ce qu'il a encore inventé, cet imbécile ! »

L'imbécile, aussi stupéfait qu'elle, l'aida à ramasser les débris et à éponger l'eau.

En dépit de sa belle assurance, la danseuse devenait nerveuse. Heureusement que tous ces micmacs ne se produisaient que la nuit parce qu'en plein jour ils auraient risqué de faire s'enfuir tous les élèves, remarqua Philippe.

— Tu ne crois pas qu'on devrait appeler un curé ? lui demanda-t-elle, faussement enjouée.

— Ça ne va pas, la tête, fit Mertal, protecteur. Des centaines de maisons en Angleterre sont hantées et leurs propriétaires n'en font pas un plat. Il faut vivre avec, c'est tout.

— Tu permets, mais moi je vis mieux sans. Je commence à avoir peur.

— Peur de quoi ? Je suis là !

— Ah pour ça, oui ! Et comme par hasard c'est dans la pièce où tu dors que tout se déglingue !

— Quand je n'y dors pas aussi, à ce qu'il paraît !

— C'est vrai, concéda-t-elle. Et pendant ce temps-là Hélène dort, ne se doutant de rien.

— De sa chambre, elle ne peut pas entendre.

— Elle ne connaît pas son bonheur ! Moi, je t'assure que je commence à flipper ! Viens dans mon lit, je n'ai pas envie d'être seule. Mais cette fois-ci, pas touche ! Je mets un polochon entre nous.

— Tu me promets que tu ne me violeras pas ! implora le photographe rembruni.

— Juré !

Mertal hésitait. Leïla pouvait lire sur son visage l'effort qu'il faisait à essayer de peser les pour et les contre : attendrissant ! Elle lui envoya une bourrade dans les côtes :

— Prends ton oreiller et viens, au lieu de jouer les Mme Putiphar !

La nuit se déroula sans autre incident.

L'affrontement de Schoenwald et de Mertal ne dura que le temps d'une poignée de main. Ils se jaugèrent mutuellement, échangeant un de ces regards faussement amicaux qui amusent tant les femmes coquettes.

Hélène ne remarqua rien. Leïla était affairée à préparer les boissons. Seul Vlado comprit la scène muette à sa juste valeur : celle d'une déclaration de guerre. Y aurait-il un vainqueur dans ce duel en perspective ?

Parce que au cours de différents reportages Philippe avait rencontré quelques hauts personnages ou gens à la mode, il laissait entendre qu'il connaissait « tout le monde ». Ses perpétuelles fanfaronnades qu'aggravaient un sens quasi infaillible de la gaffe et une nette propension à la mégalomanie excédaient Hélène. « L'avantage avec lui, c'est qu'il connaît tout le monde, mais l'inconvénient, c'est que tout le monde le connaît », avait-elle résumé peu charitablement. Il n'avait aucune chance et il était bien le seul à ne pas s'en douter. Mais l'autre ? A voir Leïla, d'habitude si directe, multiplier sourires admiratifs et petits rires de gorge, Vlado pressentit que le tournoi serait plus compliqué que prévu. Comme ces plantes exotiques privées d'eau qui avivent leurs couleurs au début de la mousson, la danseuse s'épanouissait de minute en minute. En bonne femelle, elle avait reniflé le mâle, le vrai, ce précieux spécimen d'une espèce, à l'entendre, en voie de disparition et dont elle se prétendait résignée à se passer. Presque à regret, Vlado donnait raison à Leïla qui avait déclaré une fois pour toutes qu'Hélène ne s'y connaissait pas en hommes. Beaucoup plus séduisant et jeune qu'annoncé (il était plus proche de la cinquantaine que de la soixantaine), Schoenwald possédait cet atout majeur des vieilles races finissantes dont

Philippe était dépourvu : une distinction naturelle qui devait lui permettre de se mouvoir élégamment dans toutes les situations, y compris les plus équivoques. Les kilos superflus et claironnés comme rédhibitoires se réduisaient à deux au maximum. Quant à la fumeuse hypothèse du mécénat, Vlado n'y pensa pas une seconde. « J'aimerais bien qu'Hélène vive quelque chose avec ce type, songeait-il. Même pas longtemps. Juste pour qu'elle se change les idées... »

Hélène rentra fort tard. Légèrement éméchée mais tout à fait détendue. Sa soirée avec l'Autrichien avait débuté par une série de quiproquos : il ne voulait entendre parler que d'elle qui n'avait en tête que Salomé.

— Soyez fair play, lui demanda Schoenwald. Dans le train j'ai répondu à toutes vos questions mais moi, je ne sais rien de vous.

— Nous sommes donc à égalité puisque je ne vous ai pas écouté !

Ils trinquèrent à leurs retrouvailles, renouant, de verre en verre, avec leur joyeuse complicité du voyage. Quand ils quittèrent le restaurant dont ils étaient depuis près d'une heure, sans s'en être aperçus, les derniers clients, Schoenwald voulut l'emmener danser, elle prétendit avoir horreur de cela et demanda à visiter le chantier du futur appartement. Prétextant avoir oublié quelque chose au restaurant, il la pria de l'attendre quelques instants dans la voiture. Lorsqu'il revint, il portait un seau à champagne empli de glace pilée et trois bouteilles.

— Prenez les coupes dans les poches de mon manteau, je ne peux plus bouger.

« Si Gricha me voyait, il en ferait une tête ! » songeait Hélène. « Jouons le jeu jusqu'au bout. » Elle fureta parmi les cassettes et choisit Sinatra pour accompagner leur trajet.

Schoenwald n'avait pas exagéré : son futur appartement pourrait devenir un lieu de rêve. L'Autrichien s'était offert le dernier étage d'un immeuble de grand luxe rue Pauline-Borghèse, à Neuilly, et disposait d'une terrasse de trois cents mètres carrés. Lampe baladeuse en main, ils firent et refirent les plans de l'endroit et du reste du monde. Plus Hélène se sentait bien avec lui, plus elle se disait qu'il était l'homme qu'il fallait à Leïla. L'inconséquence de son raisonnement lui échappait.

En rentrant ce soir-là, elle fit sa première tentative d'écriture médiumnique. Elle n'obtint que des gribouillis.

11.

Mme Taurel était en retard, elle n'aurait pas dû prendre sa voiture. Ses coups de klaxon répétés n'avaient aucun effet magique sur l'embouteillage de la rue de Richelieu, ils lui valurent seulement un bras d'honneur du livreur arrêté devant elle en deuxième position et qui commença à décharger ses caisses d'eau minérale sans se presser.

« Et il n'y aura plus de place dans le parking » fulmina-t-elle en se remettant du rouge à lèvres. Elle aurait mieux fait de convoquer Sirkanian chez elle mais cet homme lui faisait peur. Oh, il avait toujours été correct avec elle et respectait scrupuleusement leurs conditions mais à le voir ainsi obtenir ce qu'il voulait dans les ventes aux enchères, elle finissait par redouter qu'il pût obtenir n'importe quoi de n'importe qui. « Avec sa voix sensuelle, sa voix caressante et ses yeux de velours, comme dit la chanson, non, la chanson c'était... »

Mme Taurel réfléchit. Le *Tango des fauvettes* lui revint en mémoire. « Avec leurs boucles brunes et leurs yeux de velours, à qui cherche fortune, elles donnent l'amour » chantonna-t-elle en se regardant dans son rétroviseur. Oui, Yves avait très bien réussi sa coupe, il la coiffait bien mieux que Jean-Charles.

« C'est à cause d'Yves que j'ai pris ma voiture. Avec ce temps pourri, je ne peux pas garder une mise en plis correcte deux jours de suite. Les chapeaux, ça écrase tout, les foulards, c'est encore pire, et les parapluies ne servent à rien avec ce vent. Ah ! les hommes ne connaissent pas leur bonheur, ils n'ont pas nos problèmes de cheveux ! Mais à quoi pensais-je donc, tout à l'heure ? Ah oui ! A Sirkanian. Il est sûrement très porté sur la chose. D'ailleurs l'autre soir à « l'Archestrate », il dînait avec une fille superbe. Certainement une cover-girl : elle était plate comme une limande. Peut-être qu'il aime ça. Avec ses mains velues, il doit leur faire de ces trucs ! Pouah ! »

Mme Taurel grimaça devant sa glace. Pour les rides, lui avait dit son esthéticienne, la gymnastique du visage est la plus efficace des armes préventives. Alors Mme Taurel s'appliqua à faire jouer les muscles de sa face. Elle avait un peu de rouge à lèvres sur une dent qu'elle lécha. « Ah, enfin ! Le livreur a fini... »

Première, seconde, première, point mort. En vingt minutes, Mme Taurel avait avancé de vingt mètres. « Tout ça à cause de mes cheveux ! Enfin, je n'aurais pas été plus vite en taxi puisque le couloir réservé est encombré de voitures en stationnement. Ça, c'est le bouquet ! Ils sont d'un sans-gêne, tous ces gens ! Où pourrai-je me garer si tout le monde se met dans les corridors d'autobus ! Je vais bien avoir une heure de retard et je laisse l'autre m'attendre dans un endroit où il risque de rencontrer des gens du métier. Je suis incorrigible ! Depuis le temps qu'il traîne ses bottes à Drouot, les pros ont certainement dû le repérer, d'autant qu'il ne passe pas inaperçu avec son costume de clergyman ! Il ne faudrait quand même pas qu'il bricole ses petites affaires avec quelqu'un d'autre, je risquerais de l'avoir contre moi et ça serait catastrophique ! Il faut que j'arrive à le tenir d'une façon ou d'une autre... Comment ? Il est tellement bizarre... Faut-il que j'augmente sa commission ? Il n'a pas l'air tellement gourmand en ce domaine... Alors quoi ? Les filles ? Mais oui, c'est sûrement ça, son point faible... Donc il faut que je lui file entre les pattes, et sans tarder, quelqu'un de sûr... Qui ? »

Mme Taurel avait beau chercher, elle ne voyait personne à qui elle pût demander d'accaparer Sirkanian afin qu'il n'eût pas le temps de faire de bêtises ailleurs. Elle appelait « bêtises » tout ce que l'Arménien pourrait faire sans elle et qui profiterait à d'autres.

« Je ne suis pas prudente : ce type-là, c'est une mine d'or. Avec lui, si je m'en donnais la peine, en deux ans je pourrais contrôler le marché de l'art en France... Et pas seulement en France... Il a vécu en Angleterre, il doit parler la langue... On devrait pouvoir faire ensemble des coups fumants aux États-Unis... »

Coincée dans sa petite auto, Mme Taurel sentait venir la crise de nerfs. Elle était en train de laisser filer sa chance et son imprévoyance la paniquait. Tout en surveillant la circulation, elle attrapa le gros livre d'adresses qui ne la quittait jamais et commença à balayer ses listes d'un regard impatient. Très vite elle abandonna. Son idée était folle : elle ne faisait confiance qu'à elle-même. « Il n'y a que moi qui puisse m'occuper de lui. Et je le ferai. Même si je dois coucher avec lui... »

Pendant ce temps, dans un café, ignorant la tempête qu'il déclenchait sous le crâne bien coiffé de Mme Taurel, Sirkanian feignait de lire. En face de lui, deux filles attablées de profil massacraient l'espèce masculine en grignotant des chips. A l'autre bout de la salle, debout devant le comptoir, un individu passablement éméché brandissait sa chope de bière vers le plafond qu'il prenait à témoin de ses malheurs : vociféré à la cantonade, son discours empêchait Sirkanian de profiter comme il l'aurait voulu de la conversation des filles. Les yeux baissés sur les *Mémoires* de Goldoni, il s'amusait à intercaler les éructations de l'ivrogne et les remarques désabusées des filles au hasard du texte : « Cette vue m'effraye, je perds la tête ; je cours, je me jette à ses pieds, j'arrache le couteau de sa main, j'essuie ses larmes, je lui pardonne tout... » lisait-il. « J' les avais prév'nus mais y zont pas voulu m' croire » hurlait la voix éraillée sur fond de Goldoni. « ...Je lui promets tout, je reste ; nous dînons ensemble et ... nous voilà comme auparavant... »

Le jeu se dégradait : Sirkanian n'avait plus que les jérémiades du poivrot à insérer dans Goldoni. Il ferma les yeux pour mieux entendre les filles. Elles avaient encore baissé le ton, signe que leurs propos devenaient plus intimes. Il avait beau se concentrer, ne lui parvenait plus qu'un chuchotement entrecoupé de petits rires : elles devaient en être aux confidences sexuelles. Il les regarda. Celle qui parlait, une brune aux longs cheveux plats emmitouflée dans une grosse fourrure synthétique miel, sentit son regard qu'elle soutint sans se troubler. Tournée de trois quarts dans sa direction, haussant le ton, elle enchaîna comme si elle s'adressait à lui :

— ... Tu comprends, ces mecs qui, sous prétexte qu'ils nous invitent à dîner, croient que c'est dans la poche, très peu pour moi ! Alors Georges, quand il a voulu monter, je lui ai carrément dit : avec moi, c'est pas comme ça que ça se passe, c'est quand j'en ai envie, figure-toi !

— Tu lui as dit ! fit l'autre, admirative, une petite blonde un peu boulotte avec une minuscule bouche barbouillée de rose fuchsia.

— Six ans dans un deux pièces avec cette guenon qui savait pas faire la cuisine ! beuglait l'ivrogne.

Un garçon lui tapa sur l'épaule, il se calma. Gricha fit le geste de porter un toast en direction de la brune. Elle lui sourit :

— Vous prenez un verre avec nous ?

La blonde parut découvrir Sirkanian et grimaça un sourire qui lui écarquilla les narines. « Un vrai pékinois », songea Sirkanian. Il leur montra son Goldoni :

— Désolé, je travaille.

Les filles étaient parties et l'ivrogne sombrait dans un mutisme proche de la somnolence quand Mme Taurel arriva, tellement énervée que Sirkanian sentait l'air vibrer autour d'elle. Elle lui fit signe de la rejoindre et s'installa sur une banquette plus à l'écart. Sans se presser, Sirkanian rangea ses papiers et ses livres. Il aurait pu la retrouver les yeux fermés en suivant, à travers les odeurs de friture et de tabac, son sillage parfumé.

— Je suis un peu inquiète cette fois-ci.

— Il n'y a pas de raison...

— Ces commissaires-priseurs sont tellement stupides ! Dans la vente de demain, il y a sept toiles de Cluzet. Et pas d'une bonne période. Sept, vous vous rendez compte ! La cote va s'effondrer et j'en ai vingt-cinq à vendre, en plus de celui que j'ai mis dans cette vente pourrie ! Tenez !

Elle lui tendit le catalogue de la vente. Sept numéros étaient cochés d'une croix dont une se trouvait encerclée, celle qui correspondait au numéro 26 : un autoportrait. Elle poursuivit :

— Bien sûr mes autres collègues qui ont des Cluzet vont essayer de soutenir mais...

Sirkanian ne s'intéressait pas à ces magouilles qu'il connaissait trop bien. Il avait suffisamment perdu de temps dans ce café et lui coupa la parole :

— Combien voulez-vous du vôtre ?

— Cinquante mille francs sans les frais. La semaine dernière j'aurais facilement pu le vendre quarante mille.

— Cela me semble cher étant donné la conjoncture. Disons que je vais essayer de vous garantir quarante-cinq mille. J'ai envie de m'amuser un peu. Comme d'habitude, je vous demanderai cinquante pour cent sur la somme qu'il fera au-dessus de ce prix. Et pour les autres, qu'est-ce que je fais ?

Autour de Mme Taurel, l'air cessa de vibrer. Elle remonta frileusement son col et, d'une voix changée, plus posée, plus lente, elle suggéra :

— Ici, nous ne sommes pas tranquilles pour parler et j'ai d'autres affaires à vous proposer. J'ai un excellent foie gras et je ne suis pas mauvaise cuisinière. Que diriez-vous d'une dînette chez moi ce soir ?

« Gros comme un camion, le piège » pensa Sirkanian. Prétextant n'être jamais libre le soir, il déclina l'invitation. L'air recommença à vibrer. Mme Taurel sortit son rouge à lèvres et, les sourcils froncés de contrariété, s'absorba dans une inutile opération de raccord. Sirkanian l'observait avec mépris. Sans essayer de trouver une excuse qui eût pu rassurer cette femme ignorant tout de sa vie et de ses activités, il opposa le même refus glacial à une proposition de déjeuner dont il fixerait la date.

« Elle découvre à quel point elle me connaît peu. Grand bien lui fasse, songeait-il. Mais que peut-elle bien mijoter ? »

Il n'était pas question pour lui de rencontrer la courtière plus de deux fois par mois ni en dehors des quelques affaires qu'il voulait bien lui arranger encore. Si elle faisait le moindre projet avec lui, elle allait être bien déçue : il était décidé à mettre un terme à cette fructueuse collaboration qui commençait à prendre des allures routinières. Cette aptitude à toujours innover au lieu de vivre sur ses ressorts lui conférait sa vigueur et sa jeunesse, il en était conscient, aussi refuserait-il dorénavant d'un cœur serein la perspective sclérosante de quelques dizaines de milliers de francs par mois péniblement gagnés à ne plus s'étonner lui-même. Ce coup-là, qui serait sans doute le dernier du genre, il le ferait en beauté. Pour Hélène. Il revit le visage de la jeune fille sur le pont, l'autre nuit. Elle avait jeté ses livres pour lui faire plaisir. Elle eût sans doute, et avec la même spontanéité, jeté ses bijoux ou son sac car elle était de cette race précieuse, celle qui ne s'attache pas aux objets. Quel dommage de lui offrir ce superbe numéro avec un peintre aussi médiocre que Cluzet ! Il eût préféré la gâter davantage au cours d'une vente d'art primitif ou de dessins anciens mais... Sirkanian sourit de satisfaction : l'utilisation de ses talents pour un enjeu aussi dérisoire lui parut soudain d'une savoureuse grandeur.

— Monsieur Sirkanian, vous ne m'écoutez pas ! A quoi pensez-vous ?

Avec ses grands yeux vides sous l'arcade sourcilière indignée, Mme Taurel avait presque l'air vulnérable. Pour une fois, cette âpreté au gain qui lui servait de cuirasse s'effaçait. Elle commençait à ressembler à une femme, aussi décida-t-il d'être gentil :

— A vos yeux. Je sais enfin d'où ils viennent. Vous a-t-on déjà dit que vous ressembliez à ces admirables portraits du Fayoum ?

Visiblement non. Et tout aussi visiblement Mme Taurel n'avait jamais entendu parler de ces portraits mais le compliment la rasséréna. Elle se fit chatte. Sirkanian en profita. Il prit un malin plaisir à se faire déposer au Forum des Halles quand il sut qu'elle devait se rendre dans la direction opposée. Avant son cours de yoga, il avait envie de flâner parmi les bateleurs de Beaubourg, de se perdre dans la faune interlope des marchands de rêve, de jouer au flipper avec ces jeunes vêtus de cuir noir, en retard de trois wagons et qui se prenaient pour les nouveaux Musset.

Rue Saint-Martin, une petite putain en perruque rousse, nue malgré le froid sous de faux haillons de panthère, surgit d'un porche et lui plaqua deux baisers sonores sur les joues :

— Salut Gricha. Tu as été épatant. Bernard est pratiquement rétabli. Il ne souffre pas et a envoyé au diable son crétin de toubib.

Elle sortit de sa minaudière une liasse de billets et la lui tendit.

— C'est de ta part ou de la sienne ? demanda Sirkanian sans bouger.

— Tu rigoles ! C'est lui. Il t'avait laissé une enveloppe chez Mado, mais tu n'es plus revenu...

Sirkanian prit la liasse dont il retira un billet de deux cents francs qu'il donna à la fille :

— Tiens. Et la prochaine fois que tu auras un film qui vaut le coup, arrange-moi quelque chose.

Il lui baisa la main. Tête renversée en arrière, la rousse gloussa de plaisir.

Dix-huit heures quinze. Hélène devait être rentrée de son bureau. Depuis qu'il la connaissait, il lui avait jeté en pâture suffisamment d'informations décousues pour qu'elle fût enfin prête à passer aux choses sérieuses : le prétexte offert par Mme Taurel était le bienvenu. Sirkanian se dirigea vers une cabine téléphonique. C'était la première fois qu'il l'appelait. Il avait assez envie d'entendre la voix de cette Leïla qu'on redoutait de lui présenter mais ce fut Hélène qui décrocha. Pourrait-elle, le lendemain soir, l'accompagner à une vente à l'Hôtel Drouot ?

— ... Demain, dit-il, ma journée sera difficile et le soir, j'aurai bien besoin de m'amuser un peu. Si nous tentions l'expérience promise, notre « séance de puissance » ?

— Vous voulez me faire votre démonstration à Drouot ?

— Pourquoi pas ?

Ils convinrent de se retrouver le jour suivant à neuf heures moins le quart dans le hall de l'Hôtel des Ventes.

— Comme c'est joli ces couleurs !

— Vous regardez la façon dont les femmes s'habillent ? s'étonna Hélène.

Sa pelisse entrouverte laissait apparaître un tailleur de daim lavande et un chemisier de soie vieil or sur lequel brinquebalait, parmi une profusion de chaînes, le petit galet. Elle referma sur elle les pans de son manteau comme si l'inhabituelle remarque de Sirkanian l'avait dévêtue.

— Je regarde bien les nuages dans le ciel et la mousse sur les troncs d'arbres...

Elle eut un petit sourire triste qui n'égaya pas son visage chiffonné d'insomnie. Décidément, elle maigrissait trop, elle commençait à perdre de son éclat. Il allait devoir la bousculer, accélérer le cours des événements pendant qu'il était encore temps, l'empêcher de sombrer dans la dépression où elle croyait sans doute pouvoir trouver refuge.

Ponctuelle comme d'habitude, elle attendait, réservée, passive. Elle ne lui posait pas de question. Un groupe de personnes qui entraient de front les bouscula l'un contre l'autre. Il sentit Hélène chanceler.

— Ça va ?

— Oui, bien sûr... mais cela fait longtemps que je ne suis pas venue à Drouot. Je ne savais pas qu'il y avait des ventes le soir... Nous restons là ?

— Pas question ! Nous allons faire notre expérience au cours d'une vente, mais avant de nous rendre dans la salle, il faut définir notre stratégie...

Il la regarda longuement, comme s'il attendait d'elle une suggestion, et se décida :

— Ne bougez pas, je vais acheter le catalogue.

Hélène le suivit des yeux. Il revint, tenant cachée derrière son dos la brochure qu'il n'avait pas ouverte, et lui mit la main sur l'épaule :

— Choisissez un numéro, au hasard et très vite, sinon vous croirez que je vous l'ai suggéré.

Elle n'hésita pas :

— Vingt-six !

Son cœur battait. Elle se sentait rougir d'excitation : la fête commençait. Sirkanian lui tendit le catalogue :

— Voyons ce que c'est.

Elle parcourut la liste des tableaux numérotés :

— Cluzet : autoportrait.

— Zut ! Je n'aime pas Cluzet ! grimaça Sirkanian.

— Alors vous allez être servi : il y en a plusieurs... oui, sept !

— Tant pis pour moi ! Il ne faut pas tricher avec le hasard sinon il se venge. Alors, gardons ce numéro 26. Mais il serait temps que nous montions dans la salle si nous voulons être bien placés.

Était-ce la petite aquarelle de Turner dont la presse avait beaucoup parlé ou la morbide et très saisissante série d'études d'agonisants faite par Géricault comme esquisses préparatoires pour *Le Radeau de la Méduse* qui justifiait une telle affluence ? Ils eurent du mal à pénétrer dans une salle bondée où régnait une température de serre. Sirkanian avait pris le bras d'Hélène qu'il tenait étroitement serré pour franchir le goulet d'étranglement de la porte d'entrée.

Debout dans l'allée centrale, Mme Taurel surveillait le flot des arrivants. Elle ne fit pas le moindre signe d'intelligence en apercevant Sirkanian et cacha son dépit de le voir accompagné. Se faufilant dans l'allée comme si elle cherchait à sortir, elle lui glissa très discrètement au passage un papier. L'Arménien ne réagit pas. Il pressa le bras d'Hélène :

— Vous devriez demander à un expert l'estimation du 26 et des autres Cluzet : ce sera plus amusant... Pendant ce temps, je vais essayer de nous trouver deux places.

Tandis qu'Hélène attendait à la table des experts, il déplia la feuille : un plan de la salle avec, sommairement dessinées, les rangées de chaises. Deux sièges étaient entourés, l'un au deuxième rang, très à gauche, l'autre à droite, au premier rang près de l'allée centrale. Se haussant sur la pointe des pieds, Sirkanian essaya d'en repérer les occupants. Insensible au mouvement des gens qui le bousculaient et souvent lui masquaient les têtes des deux personnes qu'il voulait étudier, il se concentrait. Il prit peu de temps pour choisir. Après un bref regard vers le fond de la salle pour vérifier que Mme Taurel ne le surveillait pas, il barra sur la feuille le petit rectangle correspondant au siège de gauche, entoura le siège de droite d'un second cercle et replia le papier. Personne ne le vit le passer à un homme qui, depuis son arrivée, le suivait comme son ombre sans jamais lui avoir adressé la parole. Un homme aux cheveux de jais comme lui, vêtu d'une canadienne ouverte sur un col roulé blanc et qui se tapotait nerveusement le menton avec un exemplaire roulotté de *La Gazette de Drouot*.

L'heure de la vente approchait. Toutes les chaises étaient occupées ou retenues. Les étroites tables plaquées le long des murs commençaient à se garnir d'un public de curieux plus détendu que celui de la salle où se tassaient les acheteurs répugnant à occuper une position surélevée donc bien en vue. Sirkanian réussit à se jucher sur une de celles qui longeaient le mur de gauche. De là, il pouvait surveiller l'homme qui l'intéressait : un homme grisonnant à la nuque puissante, sans doute un habitué des lieux à en juger par le nombre de personnes qui le saluaient.

Les gens se serrèrent et Hélène réussit à s'installer près de Sirkanian :

— Trente-cinq mille francs pour le 26 !

— Ça me paraît bien optimiste ! chuchota Gricha. Enfin, nous allons essayer de lui faire doubler ce prix. Ça sera probant, non ? Maintenant, choisissez notre cobaye.

— Qu'est-ce que ça veut dire ?

— Je ne vais pas faire cette expérience sur vous car je veux que vous y assistiez, donc il nous faut choisir un sujet et je vous laisse ce soin : vous avez toute la salle pour cela.

Elle eut un petit moment de panique. Gricha ne lui avait rien expliqué mais elle se doutait que « son » cobaye allait acheter, et beaucoup plus cher que prévu si l'expérience réussissait, la toile numéro 26. Soixante-dix mille francs, c'était quand même une somme ! Il valait mieux qu'elle désignât quelqu'un ayant les moyens mais ce n'était pas aussi évident qu'on pourrait le penser : elle connaissait suffisamment Drouot pour savoir que les marchands aiment à y venir dépenaillés et crasseux comme s'ils espéraient attendrir un percepteur naïf. Son côté malicieux lui suggérait en même temps que l'expérience serait beaucoup plus concluante et encore plus drôle si Gricha faisait acheter ce tableau par un quidam seulement venu en observateur et qui pour rien au monde n'aurait voulu d'un Cluzet ! Elle entendait son cœur battre au-dessus du brouhaha de la salle. Ses yeux passaient d'une tête à l'autre, elle ne pouvait se décider. « Soyez gentille, lui souffla Gricha. Ne le prenez pas trop loin de nous et ça sera plus amusant pour vous de pouvoir suivre ses réactions de près. »

Pourquoi ne choisissait-il pas lui-même son cobaye ? Elle renâclait devant cette responsabilité à assumer mais elle ne voulait pas avoir l'air de caler. « Inspire-moi, Charles », formula-t-elle mentalement en joignant les mains. Non loin d'eux, un homme se leva pour se débarrasser de son manteau et se rassit.

— Celui-là, fit Hélène, le désignant du menton. Au second rang...

C'était l'homme repéré par Mme Taurel et que Sirkanian s'était réservé.

Menée par un jeune commissaire-priseur qui ne ménageait ni les encouragements ni les mimiques clownesques, la vente commença. Elle se déroulait à un train d'enfer. Hélène s'amusait, détaillait la faune que Sirkanian lui commentait sans aménité, révélant une surprenante connaissance du monde des marchands, des galeries, des musées et des amateurs. Non, rectifia-t-elle intérieurement, une réelle science des visages et des comportements.

Lorsqu'on en arriva aux enchères du numéro 19, Gricha la pria de ne plus lui parler et de ne pas le regarder. Le cobaye s'était déjà manifesté à deux reprises : il avait emporté une adjudication. Hélène qui l'avait bien observé au début de la vente se rappelait sa montre ovale, ses petites lunettes à la M. Thiers, la cicatrice mal cachée par une écharpe beige qui zébrait son large cou. C'était, pensait-elle, un professionnel car il notait toutes les enchères au fur et à mesure. Maintenant que le moment approchait, elle se sentait exaltée et anxieuse à la fois. Les deux mains calées sous ses cuisses, elle balançait ses jambes dans le vide en fredonnant tout bas une vieille chanson de Guy Béart que la bizarrerie de la mémoire venait de lui faire retrouver : « Laura, Laura, l'aura, l'aura pas... »

Quand un commis présenta au public le numéro 26, une tête d'homme endormi — ou mort ? — posée de profil sur un lit de feuilles sèches, elle se sentit une fois encore rougir : elle s'estimait coupable et n'osait plus regarder sa victime. Un coup d'œil à la dérobée lui révéla que Gricha était déjà au travail. Concentré, impassible, les mains posées sur les genoux, pouces et index joints, il regardait sans ciller dans la direction du cobaye.

La mise à prix démarra à deux mille francs et monta très vite. Le cobaye ne se manifestait pas. Arrivées à vingt-huit mille francs les enchères, malgré les efforts du commissaire-priseur, ralentirent : les différents amateurs intéressés abandonnaient. La relance vint de la table des experts qui acceptèrent trente-cinq mille francs.

— Trente-cinq mille francs une fois, trente-cinq mille francs deux fois, hurlait le commissaire-priseur...

A ce moment, le cobaye fit un petit signe qu'Hélène ne vit pas. Les enchères repartirent et Hélène essaya de trouver l'origine de ce nouvel essor. Mais oui, c'était bien le cobaye. Le menton appuyé sur une main dont il décollait brièvement l'index en signe d'acquiescement.

— Trente-six mille.

— Trente-sept mille.

— Trente-sept mille cinq cents...

Les experts n'eurent plus besoin d'assurer la relance, un autre client venait de se décider. Hélène se tortilla sur sa table pour l'apercevoir. Il était assis au premier rang. A l'extrême droite. Debout non loin de lui, très concentré et transpirant abondamment, un homme lui fixait la nuque. Un homme aux cheveux de jais, vêtu d'une canadienne ouverte sur un col roulé blanc.

Les enchères montaient toujours. A la pointe d'un triangle dont les deux amateurs constituaient la base, le commissaire-priseur jouait les chefs d'orchestre.

— Quarante mille !

— Quarante mille cinq cents !

— Quarante-deux mille !

— Cinq cents ! vint hurler un assistant qui s'était déplacé pour mieux suivre l'imperceptible mouvement de l'index du cobaye...

— Soixante mille !

— Soixante-deux mille !

Jusqu'où vont-ils monter ? se demandait Hélène, aussi

angoissée que si elle avait dû faire les frais de cette escalade. Sirkanian était fou, elle ne devait pas le laisser faire.

— Pourquoi es-tu si trouillarde ? se moquait une autre Hélène ? Qu'est-ce que tu risques ? Pour une fois que tu assistes à quelque chose de passionnant et que tu es la seule à connaître le dessous des cartes, profites-en !

— Mais s'il peut agir ainsi, impunément, à la barbe de tout le monde, que n'est-il capable de faire ?

— Tu es une bourgeoise indécrottable, indigne de la confiance de Gricha !

— Ce n'est pas de la confiance, il cherche peut-être à m'impressionner !

— Mais en même temps, il te montre ses pouvoirs pour bien t'avertir que tu devrais être davantage sur tes gardes avec lui !

Les Hélène reprenaient leur sabbat dans sa tête sous les :

— Soixante-neuf mille !

— Soixante-dix mille !

— Cinq cents !

Elle essaya de se raisonner, de se rassurer. Autour d'elle, le public avait l'air de trouver la scène tout à fait normale.

— Soixante-treize mille !

— Quatorze !

— Quinze ! Soixante-quinze mille ! Pas mieux ? s'impatientait le commissaire-priseur en interrogeant l'autre amateur.

Il y eut un bref silence. Enfin le crépitement des chiffres s'arrêtait. Tassée sur elle-même, Hélène n'osait toujours pas regarder Sirkanian.

— Soixante-quinze mille une fois ? Soixante-quinze mille deux fois ? Soixante-seize mille ! triomphait le commissaire.

C'était reparti ! Jusqu'où ? Hélène ferma les yeux. Tout allait très mal se terminer, elle le sentait... Son angoisse fut de courte durée.

— Soixante-dix-huit mille, une fois ! Soixante-dix-huit mille deux fois ! Pas de regret, monsieur ? Soixante-dix-huit mille, trois fois ! Adjugé !

Le coup sec du marteau sur la table nettoya l'atmosphère. Hélène se redressa, prit une profonde inspiration et soupira bruyamment en s'appuyant contre l'épaule de Sirkanian.

Un commis vint remettre un petit carton au cobaye. C'était bien lui qui avait emporté l'adjudication. Il se retourna et Hélène l'entendit demander à une femme assise derrière lui :

— As-tu repéré qui montait contre moi comme ça ?

— Oui, c'était Namur.

— Namur ? Quel salaud...

La vente reprenait avec le numéro suivant.

— Avez-vous envie de rester ? s'enquit Gricha.

— Non ! Partons ! Je suis fourbue comme si j'avais couru dix kilomètres.

Ils se retrouvèrent dans la rue sans avoir échangé d'autres paroles. L'air froid et sec revivifiait Hélène. Elle resta quelques instants immobile sur le trottoir et partit d'un grand éclat de rire :

— Bravo ! Vous les avez bien eus ! C'était aussi excitant qu'une course de Formule 1 ! Il faut arroser ça !

Gricha conservait un calme qui forçait son admiration. Elle en était abasourdie : « Quelle maîtrise de lui ! J'en ferais le dixième que je hurlerais dans les rues ! » Une avalanche d'images déferlait sur elle : Leïla obtenait sa subvention, son patron lui versait un énorme salaire sans qu'elle eût à travailler, les Polonais recouvraient le droit de vivre et de penser comme ils l'entendaient, la course aux armements s'arrêtait et les fonds ainsi libérés servaient exclusivement aux pays nécessiteux... De merveilles en merveilles, la tête lui tournait et le *deus ex machina* de tant de bonheurs avait le visage serein du juste sortant de son lit... Oh, comme elle était heureuse de le connaître et combien elle était stupide de s'être sentie si mal à l'aise tout à l'heure !

Hélène rayonnait. Elle avait faim et la perspective d'un

pâté végétal et d'un bol de riz ne convenait guère à son euphorie ! A son tour de bousculer un peu Gricha :

— Puis-je vous inviter à dîner ?

— Si vous voulez ! Où allons-nous ?

Il n'y avait toujours pas la moindre nuance de contentement chez Gricha ; il se laissa emmener sans chercher à susciter d'autres commentaires sur sa prouesse. Hélène avait envie de blinis au caviar. On lui avait parlé d'un nouveau restaurant russe où se produisait un couple de vieux gitans à la voix, paraît-il, admirable. Espérant que le décor n'y serait pas trop tape-à-l'œil, elle décida de confronter l'exubérance tzigane à la pondération de Gricha. Ce soir, elle voulait faire éclater l'atmosphère confinée de leur relation. Elle aurait accepté de courir le monde avec cet homme dont elle avait tout à apprendre. Par pulsions, le goût de vivre renaissait en elle : les plages de temps où elle sentait mieux se faisaient de plus en plus fréquentes, elle n'osait le reconnaître.

Elle arrêta sa voiture en double file à l'entrée d'une impasse illuminée. L'enseigne rouge et jaune du « Princesse Czardas » éclaira une tunique blanche émergeant de la nuit : un chasseur déguisé en cosaque proposa à Hélène de garer son auto. Elle lui donna ses clefs.

— Hélène, je crains que ce genre d'établissement ne soit un coup de fusil !

— Et alors !

Le ton de sa voix la mortifia. Qui croyait-elle étonner avec ce petit air suffisant ! Comme elle était maladroite ! A force de vivre seule, elle ne savait plus vivre. Pour une telle expression, Charles l'aurait mouchée et il aurait eu raison. Charles ! La nausée la reprit tandis qu'elle suivait le maître d'hôtel qui les guidait. Elle ne voyait ni les lourdes tentures rouges, ni les nappes de dentelle, ni les savants bouquets s'épanouissant autour des bougies dorées, ni les danseuses tournoyant sur l'estrade : elle suivait ce dos d'homme en smoking qui la conduisait vers le dérisoire d'une soirée de cabaret alors qu'elle avait seulement besoin de courir, emmitouflée dans un trop grand chandail, sur une plage battues de vents, avec le seul homme qui eût jamais compté pour elle.

Lorsque le maître d'hôtel, après la traditionnelle inclinaison de buste, leur désigna une table, Hélène s'arrêta pile, le regard incrédule. Ce n'était plus le grand homme sec aux cheveux gominés et aux lunettes d'écaille qui la précédait, c'était Charles. Un Charles souriant qui jouait au cérémonieux et lui faisait signe de s'asseoir. Figée, elle ne pouvait même plus respirer et demeurait les yeux agrandis à fixer le maître d'hôtel.

Brusquement, couvrant la musique des violons, la pétarade d'une moto explosa. Hélène ferma les yeux et se boucha les oreilles, laissant tomber son sac et le programme de la vente. Sirkanian qui, depuis leur descente de voiture, n'avait cessé de la regarder avec une étrange intensité, la saisit aux épaules :

— Ça ne va pas ?

Le visage défait d'Hélène suffisait à lui montrer que la deuxième expérience de la soirée avait également réussi. Elle se força à ouvrir les yeux. L'illusion se dissipa. En face d'elle, le maître d'hôtel, impassible, attendait. Les conversations s'étaient tues. Elle sentait peser sur elle les regards des clients qui — du moins en eut-elle l'impression — s'étaient détournés de la scène pour la dévisager. Encore égarée, elle secoua la tête à plusieurs reprises. La bouffée d'irréel ne revint pas. Sirkanian l'aida à s'asseoir.

— C'est la moto qui vous a fait cet effet ?

— Vous l'avez entendue, vous aussi ?

— Elle faisait assez de bruit !

— C'était vraiment une moto ?

— Hélène, qu'est-ce qui vous prend ? Ça n'a rien d'extravagant : il y en a des milliers à Paris ! Allons, reprenez-vous...

Il s'assit à côté d'elle et lui prit la main :

— ... Ce n'est rien, Hélène, respirez à fond.

— Ça va déjà mieux.

Tziganes et vodka aidant, avec cette déconcertante rapidité qui la caractérisait, Hélène recouvra une certaine belle humeur mais l'incident lui avait coupé l'appétit. Sirkanian la morigéna affectueusement, lui reprochant d'avoir trop maigri.

— ... Cette vie est trop passionnante pour que nous laissions notre carcasse mal entretenue nous empêcher d'en profiter.

— Ah non, Gricha ! Pas vous ! Ma carcasse va très bien. Leïla me fait déjà la guerre à ce sujet, ça me suffit !

— Hélène, c'est très bien de savoir tisser les fils entre le passé et le présent. Mais n'oubliez pas une chose : vous devez rester la maîtresse de ce jeu. C'est à vous d'inviter le passé, quand vous le désirez. Il n'a pas à vous envahir quand vous ne le désirez pas. Du moins pas au stade où vous êtes. Sinon, c'est que vous n'êtes pas assez forte et que j'ai mal misé en misant sur vous. D'accord ?

— D'accord. N'en parlons plus. Passez-moi le catalogue...

Elle s'absorba dans l'étude d'un tableau de Cluzet qui y était reproduit.

— Je sais bien que je ne suis pas une spécialiste, mais ça ne me paraît pas être de la très bonne peinture. Pauvre type ! Il doit être effondré maintenant !

— Cluzet ? Il doit être fou de joie !

— Non, je pensais à l'acheteur.

— J'avoue que je ne m'inquiète pas trop. Vous avez bien choisi notre cobaye : il avait l'air d'être du métier. Il revendra cette croûte dans quelque temps, même s'il doit perdre un peu d'argent dessus.

— Mais j'aurais pu tomber sur quelqu'un qui venait en curieux et qui n'avait pas d'argent !

— Et alors ? Je vous ai déjà dit que je suis très observateur. Ce type était un professionnel, il avait déjà acheté un autre tableau sans que j'y sois pour rien. Mais je reconnais que, si je n'avais pas senti le terrain aussi propice, au risque de me déconsidérer à vos yeux, je n'aurais pas poussé aussi loin.

— Quand même ! Vous me faites un peu peur, savez-vous ?

— Parce que je vous ai fait la confiance de vous montrer un peu de ce que je pourrais faire et que je ne fais jamais ? Parce que je me fie totalement à votre discrétion ? Cela devrait plutôt vous rassurer !

— Vous n'aviez jamais fait ça avant ?

— Mais jamais ! C'est la seconde fois de ma vie que j'assiste à une vente. La première fois, j'avais envie d'une icône russe du XVIe siècle. Elle était beaucoup trop chère pour moi, je n'ai pas pu l'acheter.

— Et vous n'avez pas été tenté par l'inverse de ce que vous venez de faire pour l'avoir très bon marché ?

Il vida son verre en riant :

— D'abord c'est beaucoup plus compliqué que vous n'avez l'air de le croire. Ensuite et surtout la possession ne m'intéresse pas.

— J'aimerais que vous me répondiez franchement. Pourquoi êtes-vous tellement gentil avec moi, pourquoi me consacrez-vous si généreusement votre temps alors que vous avez tant de choses à faire et que vous devez connaître tant d'êtres plus intéressants que moi ?

Se composant un masque de traître d'opérette, Sirkanian fit mine de surveiller les tables avoisinantes et chuchota :

— Eh bien, je vais vous parler franchement. Je suis secrétaire général du F.I.R.P. : Front International de Révolution Permanente. Et j'essaye de vous conditionner pour que vous détourniez des avions, que vous voliez du plutonium et que vous fassiez exploser des puits de pétrole.

Reprenant son visage normal, il la regarda avec tendresse :

— Alors, on est toujours aussi romanesque ? Ou toujours aussi méfiante ? Pourquoi y aurait-il une raison à mon attitude ?

— Vous perdez un temps considérable avec moi !

— Je ne sais pas ce que veut dire perdre ou gagner du temps. Mais ce que je sais, et je l'ai tout de suite pressenti, c'est que vous êtes un grand médium qui s'ignore.

Si vous me faisiez totalement confiance, vous pourriez sans doute nous aider à faire un grand pas dans la connaissance de l'homme, de la survie.

— Mais que faut-il que je fasse ?

— Nous verrons petit à petit. C'est un lent travail, une longue ascèse.

Hélène fit le geste de porter un toast et vida d'un trait son verre de vodka :

— Eh bien, buvons à mon ascèse !

12.

L'engouement d'Hélène pour la radiesthésie prit rapidement fin.

Un soir, en revenant de son bureau, elle avait retrouvé Leïla et Vlado accroupis dans le salon. Persuadée qu'ils travaillaient une quelconque posture, elle leur avait accordé un distant « Bonsoir » et s'apprêtait à regagner sa chambre quand Leïla lui cria :

— Fais attention où tu marches, j'ai perdu ma salamandre.

C'était la bague préférée de Leïla : un lézard ailé en or, constellé de minuscules pierres précieuses. Le seul cadeau qu'elle eût jamais reçu de son père. Ce dernier avait quitté le foyer conjugal quand elle avait cinq ans et n'avait jamais donné de ses nouvelles. Elle avait oublié son existence quand, il y avait huit années de cela, un inconnu avait frappé à la porte de sa loge après une représentation. Un homme vraisemblablement familier du monde du spectacle, tant la présence des danseuses à demi nues en train de se démaquiller parut peu l'intéresser. Dans la glace de sa coiffeuse, elle l'avait vu se diriger droit vers elle et lui demander :

— Vous êtes bien Monique Petit ?

— Il a gaffé, il a gaffé... chantèrent ensemble les danseuses.

Furieuse de s'entendre appelée d'un nom qu'elle ne portait plus, elle s'était retournée avec un air peu gracieux :

— Qu'est-ce que ça peut vous foutre ?

L'homme lui tendit un petit paquet en guise d'excuse.

— Je suis votre père. Vous avez dû entendre raconter tellement d'horreurs sur moi que nous ne pourrons sans doute pas nous parler. Je veux simplement que vous sachiez que je suis fier de vous : je suis sûr que vous réussirez. Je suivrai vos succès de loin et j'espère que vous aimerez porter cette bague : elle a des ailes, comme vous.

Elle n'avait pas eu le temps de parler ni même de faire un geste pour le retenir. Il était parti, lui laissant ce bijou comme seule preuve de son existence. Elle n'avait jamais plus entendu parler de lui et, rétrospectivement, cette scène l'émouvait chaque fois qu'elle y repensait.

— Je vais te la retrouver ! fit Hélène en s'éloignant.

Elle revint dans le salon, marchant à petits pas telle une somnambule, la main gauche tendue en avant. De l'autre, elle tenait son pendule. Vlado pinça Leïla et lui fit signe de se taire. Ils interrompirent leur recherche pour observer une Hélène inconnue avançant pied à pied, changeant sans cesse de direction, les yeux rivés sur son instrument qui oscillait capricieusement au gré de ses mouvements. Rien de particulier ne se produisant, ils reprirent leurs investigations.

— Elle est là ! Là, sous le radiateur !

La voix d'Hélène vibrait d'excitation. Gaston, sentant qu'il se passait quelque chose d'important dont il était exclu, siffla *La Marseillaise.*

— Bravo, Lélé ! explosa Vlado.

D'une cabriole, il se trouva près du radiateur sous lequel il passa la main. Une fois, deux fois, trois fois... La poussière accumulée ne recelait que deux épingles à cheveux, une petite clef et un ticket de métro. De bague, point.

— Mais je suis sûre qu'elle est là, affirma Hélène, déjà plus très sûre d'elle.

Elle reprit son pendule et fit quelques essais. Le pendule égyptien maintenait son oracle : la bague se trouvait sous le radiateur.

— Elle est peut-être coincée à mi-hauteur, suggéra Vlado. Je vais aller chercher une lampe de poche, on n'y voit rien !

Deux minutes plus tard, il revenait... avec la bague :

— Elle était sur ton lavabo, Leïla.

Hélène devint cramoisie et, sans un mot, les quitta.

— J'ai été bête, regretta Vlado. J'aurais dû faire semblant de la trouver où elle voulait !

— Et puis quoi ? On ne va pas vivre dans une sainte terreur des humeurs de mademoiselle. Déjà elle n'était vraiment pas marrante mais maintenant elle n'est même plus fair-play !

— Moi je trouve son pendule plutôt rigolo. Dommage que tu la braques : elle nous dit plus rien !

— Il faut reconnaître qu'entre ses bouquets qui se promènent tout seuls et son pendule qui a perdu la boussole, elle est plutôt mal barrée ! J'avoue que je ne sais plus par quel bout la prendre.

— Tu as pas remarqué que c'est fini pour les fleurs : elles ont l'air de rester tranquilles maintenant.

— C'est vrai ! admit Leïla pas radoucie pour autant. Mais tu vois où on en arrive : à s'émerveiller que des fleurs demeurent dans les vases où on les a mises. C'est le bouquet, si je puis dire !

Elle éclata de rire. Il lui suffisait d'exprimer sa mauvaise humeur pour en être débarrassée. Mais cela faisait trop longtemps qu'elle n'avait pas entendu son amie rire, elle s'en inquiétait.

Insensiblement, les rapports d'Hélène et de Leïla se dégradaient, ni l'une ni l'autre ne voulaient s'en rendre compte. Leur amitié remontant à près de sept ans, elles se refusaient à imaginer qu'une certaine indifférence pût, un jour, la remplacer. Leïla, dont la personnalité était plus forte, supportait mal de voir son amie s'étioler si longuement dans le chagrin. Elle n'avait jamais éprouvé que des sentiments mitigés vis-à-vis de Charles qu'elle considérait comme un « joli minet ». Charmeur, drolatique et insouciant, il ne méritait qu'une brève aventure, pas une liaison. Hélène, avait-elle pensé, aurait le temps de s'en apercevoir : les événements lui avaient donné tragiquement tort. Par un classique phénomène de compensation, sa mort l'avait paré de toutes les vertus qui lui faisaient défaut et Hélène s'enfermait dans le rôle un peu ridicule de son ex-future belle-mère : elle jouait les veuves admirables. A force de faire le vide autour d'elle, de considérer tout divertissement comme incompatible avec son nouveau statut et de se vouloir toujours absente — même si elle passait la majeure partie de son temps disponible impasse Saint-Sébastien, elle ne quittait pour ainsi dire jamais sa chambre — sa présence devenait si pesante que Leïla se prenait parfois à souhaiter qu'elle déménageât. Les peu engageants « plus tard » qu'Hélène opposait à toute tentative de l'intégrer à la vie de l'Anti-Bach la décourageaient. Révolue, l'époque des chansons, des petites bouffes entre copains, des virées impromptues à droite ou à gauche : Hélène n'était qu'un poids mort qui risquait de peser bien davantage encore. A force de se nourrir à peine et de sortir moins encore, elle était de plus en plus diaphane. Comme si la vie, doucement, la quittait. « Elle s'est trompée d'époque à jouer ainsi les héroïnes romantiques », s'irritait Leïla. Plus que l'apparente neurasthénie de son amie, c'était sa propre impuissance à l'aider qu'elle ne pouvait supporter mais elle ne le comprenait pas.

L'arrivée de Schoenwald apporta une bouffée d'oxygène. Leïla ne l'avait vu qu'une fois et elle avait hâte de tirer au clair l'ambiguïté de sa relation avec Hélène. Cet homme lui plaisait mais elle était prête à se sacrifier à son amie s'il le fallait, seulement elle ne savait rien : Hélène et elle ne se parlaient pratiquement plus.

— Pourquoi tu veux toujours tout bousculer ? lui avait demandé Vlado.

— Je bouscule si peu que rien ne se passe. Ou alors des drames. L'Anti-Bach, c'est *Actus Tragicus* en permanence.

Vlado ne connaissait pas les cantates de Bach : l'allusion passa au-dessus de sa tête mais il récusait le terme de drame. Il n'entendait plus Hélène pleurer pendant la nuit et la coquetterie dont elle faisait actuellement preuve lui semblait de bon augure : une femme désespérée ne prête pas tant d'attention à sa toilette. Schoenwald avait déjà gagné un point, il espérait lui en voir gagner d'autres, aussi proposa-t-il d'organiser une fête pour relancer ce projet de mécénat dont personne ne parlait plus. Il avait remarqué l'attirance de Leïla pour l'Autrichien et, connaissant l'efficacité des techniques de séduction de la danseuse quand elle guignait une nouvelle proie, voulait la mettre à pied d'œuvre : un tel spectacle réveillerait peut-être en Hélène cet archaïque besoin de compétition des femmes dont le cœur est disponible.

Mortifiée par son échec, Hélène avait réclamé des explications à Gricha. Ce dernier avait beaucoup ri, et la mine renfrognée d'Hélène ne l'amadouait pas. Elle insista : elle avait été flouée, ridiculisée...

— Qu'est-ce que cette façon de vous promener avec votre ego à la boutonnière ! Vous ne voyez que votre blessure d'amour-propre et ne vous posez pas les vraies questions : la radiesthésie est un art, pas une science exacte. Votre pendule a sans doute été attiré par la masse métallique du radiateur, ou alors peut-être imaginiez-vous que la bague serait là et votre pendule a confirmé l'information que vous lui donniez.

— Je n'imaginais rien ! Ma question était précise : où est la bague ?

— Qu'en savez-vous ? En entrant dans la pièce, votre regard a dû être attiré par le radiateur et votre inconscient a fait le reste. Pour être un bon radiesthésiste, il faut être transparent, c'est-à-dire n'avoir aucune idée, même inconsciente, en tête, sinon, comme le disait humoristiquement une de mes élèves qui a abandonné pour ce motif, on ne pendule que son inconscient.

— Mais vous m'aviez dit que j'étais douée !

— Vous l'êtes ! Mais avez-vous déjà entendu parler d'un pianiste capable d'exécuter parfaitement une œuvre sans s'être au préalable, et pendant des années, exercé au rythme de plusieurs heures par jour ? Qui croyez-vous être pour penser ainsi réussir d'emblée ?

— Si ça doit être si long je préfère, moi aussi, abandonner.

— Libre à vous mais...

Il n'acheva pas. Hélène se mordillait les lèvres : plutôt que de le décevoir, elle était prête à reprendre ses gammes mais elle espérait que le magicien sortirait une autre merveille de son coffre. Comme une enfant, elle attendait. Deux chats se poursuivaient en courant. L'un se réfugia sous le velours d'un tapis de table. Gricha attrapa l'autre au passage et le souleva au-dessus de sa tête :

— Si on s'occupait de Cordélia ? demanda-t-il à l'animal.

Ouf ! Il l'avait devinée : il changeait de sujet.

— Vous avez terminé de l'écrire ?

— Pas du tout ! Je comptais sur vous. C'est bien ce que nous avions décidé, n'est-ce pas ?

Hélène avait complètement oublié cet épisode : depuis qu'elle avait lu le cahier, Cordélia avait totalement disparu de ses nuits. Sirkanian posa le chat à terre.

— Que diriez-vous d'un petit voyage pour la rejoindre, ça vous changera, non ?

Le magicien allait puiser dans son coffre, Hélène ne demandait rien d'autre. Déjà Gricha se levait et réduisait l'éclairage.

Les rites de Sirkanian n'exigeaient d'elle qu'une complicité hiératique. Elle aurait pu l'aider à accomplir les minutieux préparatifs par lesquels débutait chaque séance avec lui. Elle connaissait l'ordre exact des moindres gestes, le nombre de cierges à allumer, elle savait à l'avance quel pli de draperie il arrangerait et comment, quel bâtonnet d'encens ou quelle coupelle emplie de pétales séchés il placerait et où, mais elle savait aussi que l'Arménien devait accomplir seul ces rituels compliqués dont elle ne demandait pas la signification. Cette multiplicité de gestes effectués dans le silence devait lui permettre, pensait-elle, de se nettoyer des contraintes de la journée et de se rendre disponible à un autre type de vibration.

Déjà, elle s'apprêtait à entrer dans ce temps si différent qui s'enroulait sur lui-même et, par discrétion, ne le regardait pas. Dans un bol de grès, elle choisit trois lourdes billes d'agate qu'elle fit rouler d'une main à l'autre, pour le seul plaisir de les entendre s'entrechoquer. Un éclair brûlant lui traversa le pied. Elle ne put retenir un cri strident et se retrouva recroquevillée au sol, massant son pied en gémissant. Gricha était accouru et, un genou à terre, lui soutenait la tête.

— Hélène, que se passe-t-il ?

Quatre des chats s'étaient approchés. Le noir essaya de se glisser entre eux, Gricha le repoussa. Hélène tenta de reconstituer la scène. Elle était assise, normalement, elle jouait avec les billes, ah oui, les billes, elles avaient dû rouler dans sa chute... « Ça n'a pas d'importance, fit Gricha, continuez... » Et d'un seul coup, sans raison aucune, une douleur fulgurante dans sa cheville droite. Elle ne comprenait ni ce qui avait pu lui faire mal, si mal, ni comment elle était tombée... Non, ce n'était pas fini, elle souffrait toujours mais c'était beaucoup plus supportable...

Gricha la déchaussa, examina son pied et lui demanda de retirer son collant afin de pouvoir la masser. Ce n'était pas la peine, ça allait mieux, prétendit-elle. Il insista. Remerciant intérieurement Vlado de lui avoir fait acheter des porte-jarretelles, elle dégrafa très discrètement son bas à travers le tissu de sa jupe et le retira. Pourquoi le moindre geste concernant son corps lui paraissait-il si follement indécent devant Gricha ? Il lui fallait éclaircir ce point, se promit-elle.

Gricha la fit s'étendre et, très doucement, lui caressa le pied. Ses mains chaudes et douces l'effleuraient à peine.

— Vous n'avez rien, dit-il. Je vais vous masser.

Encore cette même impression stupide que ce simple massage devenait un attouchement équivoque. Elle se redressa et replia sa jambe sous elle :

— Merci, Gricha. Ça va.

A nouveau, le même éclair brûlant lui irradia la cheville d'une douleur presque insupportable. Elle se mordit les lèvres pour ne pas crier et détourna la tête, voulant cacher son visage contracté à Gricha. Juste en face d'elle, dans la pénombre, elle crut voir, tassé en boule près de l'armure japonaise, Vlado, cloué par la souffrance dans une position fœtale. Comme hypnotisée, elle chuchota, chassant l'image :

— Vlado ! Vlado ! Il est arrivé quelque chose à Vlado !

Séance tenante, elle voulut appeler l'Anti-Bach. Occupé, occupé, occupé... Quand la ligne fut enfin libre, Norma, une Américaine qui faisait partie du spectacle Salomé, répondit. L'échelle sur laquelle avait grimpé Vlado pour changer une ampoule avait glissé : le danseur était tombé. Craignant qu'il ne se fût brisé la cheville, Leïla venait de l'emmener à l'hôpital.

— Quand je vous disais que vous étiez un très bon médium ! conclut Gricha.

Ils laissèrent Cordélia dans ses oubliettes. Hélène ne souffrait plus mais, plus qu'il ne l'étonnait, l'événement la révoltait :

— Mais qu'est-ce que je vais devenir si je vis dans mon corps ce qui arrive aux autres ? Et à quoi cela peut-il servir ?

Gricha avait repris son air rassurant d'ours en peluche :

— Nous allons canaliser tout cela, ne vous inquiétez pas. Mais il faudrait savoir ce que vous désirez...

Elle ne répondit pas. Les territoires étranges qui lui semblaient constituer la patrie de Gricha l'avaient fascinée pour cette petite phrase dite à deux reprises : « Vous reverrez votre ami si vous le voulez... » mais le lent déroulement des jours avait fini par éroder sa peine : Hélène éprouvait encore par bouffées le besoin de retrouver Charles mais, insensiblement, la belle image commençait à s'effriter. Hélène se demandait si elle ne portait pas le deuil d'un être qu'elle idéalisait ; le temps ne se contentait pas d'adoucir sa peine, il s'érigeait en juge impitoyable et elle n'osait avouer à Gricha que la femme qu'elle se sentait devenir ne pourrait plus se satisfaire du Charles qu'elle croyait avoir tant aimé.

Sous la lueur dansante des cierges, l'armure et les icônes revêtaient une fantomatique autorité et semblaient surveiller les chats comme autant de figurants indisciplinés. Sans ciller, Hélène promenait les yeux sur ces objets qui, ce soir, lui paraissaient détenir d'inexplicables certitudes. Pas plus que le visage des madones, les bouddhas chinois, les mandalas tibétains ou les divinités indonésiennes, l'armure redoutable avec son casque et son couvre-nuque, son masque terrifiant et son gorgerin, ne l'aidait à formuler une réponse qu'elle ne connaissait pas. Il y avait pourtant quelque chose à trouver dans cet entrelacs de lanières de cuir et d'anneaux qui, sous prétexte de maintenir épaulières, brassards et gantelets, cuirasse, jupe et jambières, calligraphiait sur le revêtement de métal la subtile alliance de la souplesse et de la rigidité. Elle se comparait à une telle armure, mais en pièces détachées, dont le temps aurait érodé tout le cuir. Ses plaques métalliques subsistaient, accumulées en vrac, il fallait que Gricha les assemblât. Quand il lui aurait redonné sa forme de carapace humaine, elle pourrait peut-être parler en son nom propre, agir de façon plus autonome...

L'air pensif, Gricha lissait ses sourcils. On entendait la pluie cingler les vitres. Accroupie de biais sur le tapis, sa longue jupe fluide resserrée en corolle autour de ses jambes, Hélène, dans la semi-obscurité de la pièce, avait l'air d'une fleur abandonnée sous l'averse. Chiffonnée. Prête à mourir. Assis près d'elle, il lui suffisait d'étendre le bras pour la toucher. Il ferma les yeux. Au plafond de la chapelle Sixtine, le Créateur, de son doigt tendu, insufflait la vie au corps d'Adam. Il pouvait avoir le même geste avec cette jeune femme dont il entretenait la dérive mais il ne voulait pas intervenir. Il aimait prolonger l'attente. C'était à Hélène de faire basculer leur entente dans une complicité des corps qu'elle ignorait sans doute, mais il ne voulait pas d'elle pudique et bien élevée, encore moins travestie en trop docile esclave de ses moindres désirs. Il connaissait la comédie des femmes, leur capacité à se soumettre à une virilité qui les flatte, oubliant leur propre être au profit de la représentation qu'elles s'en donnent. Il connaissait aussi leur subit besoin d'être rassurées par ceux-là mêmes auxquels elles se plaisent à ne reconnaître aucun pouvoir. Il avait cinquante-sept ans, nul ne le savait, on lui en donnait généralement dix de moins. A cet âge, on n'a plus rien à apprendre des femmes, se disait-il, à moins de croiser le regard qui nous ramène à notre propre nudité. Cette Hélène réservée et véhémente, harmonieuse et contradictoire, il l'avait déjà croisée cent fois. En des répliques plus ou moins fines, sensibles, jolies, intenses, intelligentes ou capricieuses. Il les avait désirées, négligées, possédées, jetées ou exaltées. Il en avait même aimé certaines. Celle-là, parce qu'elle lui était apparue à une terrasse de café jaune et que, devant lui, son œil s'était ouvert pour la première fois sur le monde invisible, il la voulait différente. Elle se croyait tragique ? Il la prendrait au cœur même de la tragédie, pas dans ces petites cours herbeuses de récréation où il la laissait gambader. Elle serait ruisselante et passionnée, dévoreuse et crucifiée, perdue dans le manège qu'il lancerait à toute vitesse autour d'elle. Il cueillerait la plus violente de ses convulsions à l'extrême pic du chagrin et du plaisir. Il ne voulait pas penser à après. La laisserait-il s'affadir dans son pauvre tourniquet de pêches à quinze sous : photographes, danseurs, barbons fraîchement redorés in U.S.A. ? Il verrait plus tard. Mais déjà la vie étirait vers elle les gluants pseudopodes de la tentation, s'apprêtait à la récupérer, petit galet gris dans la multitude des galets gris de l'univers. Il avait trop perdu de temps : la dimension tragique d'Hélène s'estompait, il allait la retrouver échouée sur la grève, épave neutre parmi les autres épaves, bois flotté dépouillé de la somptueuse écorce de la désespérance. Il ne voulait pas la sentir vivre un petit chagrin. Sa véritable beauté était celle des veuves. Pour la voir recouvrer son plus bel orient, il allait ressusciter l'espoir de Charles : l'incident de ce soir venait à point nommé.

Hélène ne disait toujours rien. Elle secouait la tête comme si elle refusait une réponse trop connue. La trop longue flamme d'une bougie presque consumée avivait de jaune une de ses pommettes. Le vent s'était levé, un vent violent, et les rafales irrégulières venaient battre les carreaux. Cet univers hiératique de statues, de coffres, d'armures et de toiles affinait encore sa silhouette. Elle avait une grâce vulnérable qui l'émut. Il eut envie de la faire rouler vers lui, de poser la tête blonde sur ses genoux et d'en caresser les boucles au rythme de la tempête. Il eut un véritable élan de tendresse vers elle et le désir monta en lui, un désir qui peu à peu enflammait sa colonne vertébrale. Il se dédia à cette sensation et, brusquement, décida de la chasser.

— Alors, savez-vous ce que vous voulez ?

Elle le regarda, impassible apparemment mais parcourue de mille peurs qu'elle sentait tressaillir en elle comme les antennes tremblantes d'une phalène. Elle ne voulait pas le décevoir, c'est tout ce qu'elle savait. Elle lui faisait tellement confiance qu'elle s'efforça de trouver la réponse qu'il attendait. Pas pour lui plaire, se disait-elle, mais parce qu'il sait ce que je devrais chercher...

Les chats avaient disparu, lui refusant la douceur rassurante de leur fourrure. Elle essaya de les imaginer se poursuivant dans le bric-à-brac des autres pièces qu'elle avait vues, et la séance épiée par le trou de la serrure lui revint en mémoire. Gricha avait mentionné l'existence d'un « groupe » qu'il animait, le « travail » qu'il faisait avec des médiums. Elle eut soudain l'intuition qu'il évoquait les morts. Comment n'y avait-elle pas pensé plus tôt, c'était pourtant évident et elle était sûre qu'il y parvenait. Il lui avait offert de se joindre à lui, elle avait refusé sous prétexte de pudeur, craignant de fondre en larmes devant des inconnus célébrant en commun leurs deuils autour d'une table. Ensuite, elle avait essayé de son côté, et sans savoir comment, d'obtenir le même genre de contact. Avait-elle eu tort de repousser la proposition de Gricha ? Ses tentatives solitaires se soldaient par un échec qu'elle lui cachait et dont elle finissait par s'accommoder. A voir ainsi se succéder les jours, tous semblables dans l'imperceptible enlisement de l'hiver, son cœur aussi s'endormait et, avec lui, le chagrin. Elle devait presque faire effort pour résister à l'envie de vivre et, cherchant la meilleure réponse à la question posée, crut lire sur le visage de Gricha un mépris prêt à jaillir devant sa frivolité.

Comme un crépitement de grêle, les petites phrases de l'astrologue, négligemment jetées au cours de leurs rencontres, vinrent lui marteler la tête. Des petites phrases sans musique dont la mélodie secrète, peu à peu, s'ébaucha. Presque atone au début, encombrée de bruits confus, d'hésitations, de redites, elle s'organisa. Une partition nette, épurée, où il n'y avait place pour la moindre fausse note, la moindre variation, la moindre erreur d'interprétation.

— Je voudrais...

Sa voix traînait, incertaine, et sa bouche parlait presque en dehors d'elle.

— ... Je voudrais revoir Charles.

— Vous le verrez, affirma-t-il sobrement.

L'éclair de satisfaction qui lui dilata les prunelles contrastait étrangement avec le ton sourd de sa promesse, mais Hélène ne le remarqua pas.

Si elle avait pu soupçonner l'inquiétude qu'elle suscitait à l'Anti-Bach, Hélène s'en fût étonnée : elle avait l'impression, bien au contraire, de se retrouver elle-même. A force de persévérance, elle obtenait en écriture automatique des résultats de plus en plus intéressants. Chaotiques, fragmentés, incohérents et longs à venir lors de ses premières tentatives, les « messages » répondaient de plus en plus facilement à son appel. Elle n'avait plus besoin de se concentrer longuement ni même de chasser les pensées parasites ; elle allumait une bougie dont elle fixait la flamme et, assise, le crayon à la main, attendait. Comme d'autres font le tour d'un pâté d'immeubles ou boivent un verre de lait avant de s'endormir, elle intégra à son rituel du coucher son rendez-vous avec la page blanche. Elle avait conservé les piètres tentatives de ses débuts qui avaient failli la décourager : pendant longtemps, seuls les gribouillis qu'elle traçait volontairement dans l'espoir de « lancer le mouvement » s'étalaient sur les feuilles pour machine à écrire qu'elle datait systématiquement en haut à droite avant de commencer. Puis des mots vinrent, des bribes de phrases apparemment contradictoires ou insensées, enfin de courts textes, n'excédant généralement pas dix lignes d'affilée, qui s'interrompaient et reprenaient sans qu'elle eût l'impression de les orienter. Elle avait appris à ne pas s'impatienter, à relancer le dialogue d'une question formulée mentalement lorsque son crayon s'arrêtait de courir, à ne pas chercher à comprendre tant qu'elle écrivait sous dictée. Il lui arrivait parfois de noircir une bonne dizaine de feuillets au cours de la même soirée : elle était alors épuisée mais exaltée.

D'abord enthousiasmée par ces premiers résultats, Hélène prit rapidement de la distance devant cette production ne brillant ni par l'originalité ni par la profondeur : le contenu lui importait peu, elle était certaine d'avoir accès au monde des désincarnés. Ses pages d'écriture la confortaient dans la certitude qu'une nuit Charles se faufilerait parmi ces « messagers » venus d'ailleurs qui déclinaient leur identité, précisaient quand et où ils avaient vécu et donnaient de brefs détails sur leur passage sur terre avant de lui prodiguer leurs conseils. Puisque tous ces Michel, Henri, Marguerite, William et autres « frères » venaient guider sa main sans qu'elle les y eût conviés, celui qu'elle appelait chaque soir ne saurait l'ignorer davantage. Il l'entendait, elle en était sûre, puisqu'il ne manifestait plus son mécontentement en massacrant les fleurs que Schoenwald continuait à lui envoyer ou en déplaçant les objets dans l'appartement.

Un soir où William, son correspondant favori, un Anglais qui disait avoir été tué en 1918 dans la Somme, lui dispensait un enseignement pittoresque sur la façon dont là-haut il continuait à se livrer aux délices du jardinage, une petite phrase la sortit de sa docilité passive de scribe :

— Tu ne me demandes pas de nouvelles de Ch...

Elle ne put même pas finir d'écrire le prénom : d'émotion, elle brisa la mine de son crayon. Une fois retaillé, le crayon demeura inerte dans sa main : William était reparti. Elle passa une bonne partie de la nuit à attendre. La bougie était presque consumée lorsqu'elle entendit Vlado s'affairer dans la cuisine. Malgré son accident, il n'avait pas annulé ses numéros dans les cabarets et, en rentrant, s'enduisait la cheville d'un emplâtre brûlant dont il annulait le bénéfice par ses acrobaties nocturnes.

Une fenêtre s'éclaira dans l'immeuble d'en face ; il y eut un bruit de coup de freins, loin dans la rue, suivi d'un vol de pigeons : partout, la vie continuait à battre. Hélène se sentait seule dans sa détresse, ayant brisé par son émotivité le fil qui la reliait à une autre vie. Même ses « nouveaux amis », comme elle les appelait, l'abandonnaient. Elle se résignait à aller se coucher quand elle sentit sa main partir. Elle ferma les yeux pour mieux s'abandonner... Lorsqu'elle les rouvrit, un surprenant dessin, d'une précision et d'une sûreté de trait dont elle était incapable, couvrait toute la feuille. Sur un cheval affolé, aux oreilles dressées et dont tout l'arrière-train était réduit au squelette, un soldat dépenaillé fuyait au grand galop dans un paysage ravagé. A l'extrême droite du dessin, sous une église en ruine une signature et une date : William B., 1918.

Elle approcha la bougie pour mieux apprécier les détails et l'étonnement lui fit un instant oublier qu'elle n'avait pas obtenu ce qu'elle cherchait. Cheval et cavalier exsudaient tous les bruits et les fureurs de la guerre : de minuscules détails, implacablement fouillés, accusaient encore l'horreur saisissante de la scène. Figé sur le dos, un oiseau mort, sa petite patte brisée dressée vers le ciel. Deux cadavres de soldats couchés en travers des marches de l'église. Une main déchiquetée accrochée à un buisson. En guise de nuages, des masques grimaçants s'accumulaient au-dessus de l'horizon. Sous la signature, ce qu'elle avait pris pour un caillou se révéla être une cuiller. Une cuiller ! Pourquoi une cuiller ? Persuadée qu'une signification évidente se dégagerait de l'ensemble si elle analysait chaque détail, elle passait en revue le moindre trait de crayon, tenant la feuille à deux mains comme si elle craignait de la voir disparaître. Elle avait beau chercher et chercher, le macabre dessin s'imposait seulement comme « venu d'ailleurs ». Sans autre message. Une superbe récompense pour camoufler une non moins grande punition. Sous les masques-nuages, elle pouvait toujours lire la dernière phrase qu'elle eût écrite, celle qui avait fait se briser la mine : « Tu ne me demandes pas de nouvelles de Ch... »

La prenait-on pour une idiote à essayer de détourner ainsi son attention quand elle approchait du but ? Tant et tant de nuits passées à attendre patiemment un signe pour qu'un tour de passe-passe vienne escamoter au dernier moment l'édifice projeté ! Sa rage contre ses « amis » muets se transforma en véritable rage contre elle-même. Elle n'avait plus du tout envie de pleurer, il n'y avait en elle place que pour la colère. Au lieu d'accuser ses messagers de chercher à l'emberlificoter, elle devrait apprendre à les mater, à s'en faire obéir. Les ouvrages de la Renaissance rapportent que ceux qui invoquent les démons ou les esprits des morts doivent le faire avec autorité. Quand Hélène en avait pris connaissance, elle avait admiré l'audace de ceux qui se lançaient dans de telles entreprises. Aujourd'hui où elle ne croyait ni à l'enfer ni aux démons, elle pensait avoir trouvé une brèche vers l'ailleurs et ne supportait pas de la voir se refermer sous un trompe-l'œil. Il devait exister une façon particulière de recevoir des messages à coup sûr, d'obtenir des textes voulant dire quelque chose, des renseignements précis, de joindre qui on voulait au lieu de capter des ondes au gré d'une radio en folie. Mme David n'avait-elle pas dit que son mari venait parler avec elle chaque fois qu'elle l'appelait ? Sa voix douce, un peu éteinte, son vocabulaire simple dénotaient bonté et absence de malice. Pourquoi n'essayait-elle pas de la retrouver, puisque Gricha ne voulait pas la diriger en ce domaine ? Hélène entrevit la scène : Mme David, les yeux brillants de larmes contenues, lui prenait les mains, lui demandait si elle avait perdu un être cher, prête à déverser un flot de paroles consolatrices sur cette pauvre fille qu'elle était... Hélène se cabra.

— Non ! s'exclama-t-elle à voix haute.

Jamais elle n'irait grossir l'amicale de celles qui pleurent un disparu. Jamais elle ne se prêterait à ces sensibleries pleurnichardes, sa vie ne regardait qu'elle. Elle trouverait seule ce qu'elle devait trouver.

Elle se remit à sa table et enfouit son visage dans ses mains. Elle ne bougerait pas d'ici, dût-elle y passer huit jours, tant qu'elle ne saurait pas comment s'y prendre. Était-elle trop douce ? Trop passive ? Trop respectueuse des lois de cet univers dont elle ignorait tout ? Elle décida de se cravacher, de jouer son va-tout. Elle ne savait pas où elle s'aventurait, elle avait peur de « leur » déplaire, donc d'être punie, mais elle ne pouvait demeurer davantage dans cette incertitude. Elle se redressa, reprit son crayon et, les yeux rivés sur la bougie prête à s'éteindre, articula lentement d'une voix qu'elle s'efforça de rendre métallique :

— William, je sais que vous êtes là. J'en ai assez de vos jardins et de vos théories sur l'amour ou la religion universelle. Je ne vous ai pas demandé si vous étiez doué en dessin, ça m'est égal. Parlez-moi de Charles au lieu de vous interrompre quand vous sentez que vous m'intéressez !

La réponse ne se fit pas attendre :

— Charles n'est pas encore en état de te parler. Cela doit te suffire. Tu me déranges. Je suis occupé ailleurs.

Trois jours plus tard, Charles se manifestait.

Il n'avait ni la faconde de William, ni les formules ampoulées de Marguerite, ni l'autorité d'Henri qui aimait faire précéder ses interventions d'une énergique série de traits obliques. Charles lui tenait la main si faiblement que le tracé, infiniment lent, était presque illisible. Il semblait éprouver les plus grandes difficultés à former des lettres et quand Hélène, voulant l'aider, essayait de le devancer en terminant un mot commencé, il disparaissait.

Ces nuits-là, elle venait se blottir dans le lit de Vlado. Sans se réveiller, le danseur la prenait dans ses bras. Sa chaleur, sa tendresse l'apaisaient et bien souvent, dans son lit, Hélène faisait des rêves érotiques. « Gricha a raison, pensait-elle. Je mène une vie malsaine. Peut-être devrais-je me forcer à prendre un amant... » Le visage de Schoenwald s'imposait parfois. Elle n'éprouvait aucun désir pour lui. Elle se croyait touchée par son extrême gentillesse mais, bien plus, c'était cette sécurité tranquille émanant de lui dont elle avait besoin.

N'ayant encore jamais rencontré ce type d'homme pour qui les problèmes matériels semblent ne pas exister, elle avait multiplié les maladresses avec lui. Il la couvrait de cadeaux : elle trouvait cela embarrassant et le lui avait dit. Son « pourquoi ne me faites-vous pas le plaisir de me permettre de vous faire plaisir ? » la désarma. Que répondre sans avouer qu'elle était encore trop mal dans sa peau pour pouvoir accepter un présent sans le mal interpréter ? Elle prit le parti d'en rire et finit par s'accommoder de cette générosité parfois ostentatoire (« je suis Lion », lui avait-il dit en guise d'explication) parce qu'elle se doublait de cette multitude de petites attentions tellement troublantes pour les femmes tant elles leur prouvent que l'on pense à elles. « Empêchez-moi d'être envahissant, c'est mon tempérament naturel et je sais que vous ne le supporteriez pas ! » Il n'était ni envahissant ni insupportable, et Hélène aurait aimé savoir s'il agissait ainsi avec d'autres femmes. Cet homme qu'elle avait cru sans mystère finissait par l'intriguer. Gardant un mauvais souvenir de son déjeuner en Belgique chez les Tournay, elle avait refusé de rencontrer ses amis. Elle ne savait pas comment il vivait. Apparemment sans compagne régulière. En attendant que son appartement fût prêt, il résidait au « Plazza Athénée ». A sa demande, de temps en temps, il l'emmenait voir où en étaient ses travaux. Il avait modifié son plan initial pour faire aménager une sorte de deuxième petit appartement indépendant du sien et lui avait demandé d'en choisir la décoration :

— Qui sait ? Vous aurez peut-être envie de vous réfugier ici un jour ? Vous n'y seriez pas mal avec votre terrasse particulière et au moins je me dirais que vous pouvez y prendre l'air, puisque vous refusez toujours de m'accompagner en week-end.

Qu'il lui proposât une chasse en Écosse ou un weekend à Fez faisait partie du jeu, mais de l'installer... Plaisantait-il ? Elle dut avoir l'air affolée car, une fois encore, le grand rire retentit :

— Ha, ha, ha ! La chatte sauvage a peur de se retrouver en cage ?

Sans transition aucune, son masque de vieux play-boy enjoué tomba ; il la regarda avec une gravité qu'elle ne lui connaissait pas :

— Ma chère Hélène, il est temps que nous mettions les choses au point. Vous êtes belle, désirable et je ne suis pas de bois. Mais j'ai parfaitement conscience de notre différence d'âge. Vous avez deux ans de moins que ma fille Dolly. Elle est mariée et sans problèmes, du moins pour l'instant. Mais j'aurais horreur de savoir qu'un homme de mon âge tourne autour d'elle. Je vous ai dit que je vous désirais, je devrais ajouter que, pour des raisons qui m'échappent et que je ne cherche pas à définir, je suis très attaché à vous, peut-être davantage, mais je n'aurai jamais une phrase ni un geste équivoques. Tant qu'il n'y aura pas de femme dans ma vie, vous pourrez vivre ici comme ma fille, comme ma sœur, comme une amie très chère et je ne chercherai pas à profiter de la situation. Si vous voulez changer le mode de notre relation, ce que j'espère, je ne vous le cache pas, l'initiative viendra de vous. Je vais bientôt emménager ici et vous remettre les clefs de ce que vous pouvez désormais considérer comme un autre chez-vous.

Ce discours l'avait tellement étonnée qu'elle ne risqua pas la moindre suggestion pour la décoration, mais elle ne put s'empêcher de sourire quand elle vit que Schoenwald faisait aménager « sa » salle de bains comme une serre, en y multipliant les orchidées et autres plantes exotiques. Se doutait-il qu'il réalisait un de ses rêves ? Elle ne le lui dit pas mais envia secrètement celle qui s'ébattrait bientôt parmi cette exubérante floraison. Elle ne pouvait s'empêcher de repenser à sa déclaration et essayait de se remémorer son visage. Elle y avait lu de la sincérité mais pas la moindre émotion. Tenait-il à elle autant qu'il paraissait le croire ? Cette éventualité l'attirait autant qu'elle l'agaçait. Parfois, elle se prenait à rêver d'une sorte de phalanstère, financé par Hugo, où elle pourrait vivre, dégagée de tout souci du quotidien avec sa trinité, le Père-Hugo, le Fils-Vlado et le Saint-Esprit-Gricha. Bien entendu, elle serait la Sainte Vierge de ce trio attendant, comme dans la fable, la venue d'un autre larron qui saisirait Maître Aliboron. Elle, en l'occurrence.

Qu'elle pût, à nouveau, attendre un nouvel amour lui prouvait qu'elle était guérie. Ce qu'elle n'osait avouer à

Gricha. A qui devait-elle de se sentir libérée du chagrin où elle croyait s'éterniser ? A Gricha qui lui donnait le sel de la terre, ou à Hugo qui lui en apportait le miel ?

L'art de vivre résolument hédoniste de l'Autrichien la séduisait par une multitude de détails, mais l'ensemble lui échappait. Plus le temps passait, moins elle comprenait ce que cet homme pouvait lui trouver. Si elle faisait l'amour avec lui, le comprendrait-elle davantage ? Toujours elle repoussait cette éventualité, mais elle reconnaissait que cette question la traversait bien souvent. « Est-ce que, à force de ne pas être amoureuse, je deviendrais cynique comme Leïla ? » Elle aurait aimé évoquer librement ces problèmes avec Gricha mais la crainte de le décevoir était toujours la plus forte. Elle finit par lui laisser entendre qu'elle ne voyait plus Schoenwald. Non par goût du mensonge — elle eût préféré pouvoir tout lui dire —, mais par commodité. Elle ne voulait pas prendre le risque d'évoquer son attirance, si peu sexuelle qu'elle fût, pour un être représentant tout ce que Gricha devait exécrer.

13.

— Je me demande jusqu'où un homme est capable d'aller pour caser son petit oiseau !

Assise en tailleur par terre dans le salon avec, sur les genoux, une corbeille emplie de fleurs séchées, de rubans, de plumes, d'aigrettes, de dentelles et de coquillages, Leïla se faisait coiffer par Vlado. Contraint à une immobilité totale pour une semaine, le danseur n'avait pu aider à la préparation du dîner donné en l'honneur de Schoenwald. Après avoir maquillé Hélène, il tressait un extravagant casque fleuri sur le crâne d'une Leïla sobrement vêtue d'une longue tunique de soie violette.

— Si tu n'es pas capable de répondre à cette question, qui le pourra ?

— Il y a belle lurette que je n'essaye plus !

— Alors, pourquoi cette interrogation ?

— Parce que ce soir je dois retomber en enfance et je crois aux contes de fées, ou bien, et ce n'est pas plus rassurant, je découvre que moi aussi je suis capable d'être vénale. Je vieillis ! Tu es sûr que je ne suis pas ridicule avec ça ?

— Attends que j'aie fini. Tu n'as jamais été plus belle. Si Schoenwald ne tombe pas à la renverse en te voyant et, à peine relevé, ne te signe pas le chèque du tournage, je m'engage dans les paras !

Vlado avait vu juste. Leïla attendait l'Autrichien avec une fébrilité qu'elle ne cherchait pas à dissimuler. Elle avait bien changé dix fois de toilette avant d'opter pour cette simple tunique et, chaque fois, était venue demander son avis. Il l'avait rarement vue si ostensiblement excitée et se demandait comment Hélène réagirait. Cette dernière s'était laissé maquiller, n'avait jeté qu'un bref regard dans la glace et était repartie surveiller la cuisine en soupirant : « C'est la première fois que j'organise une entrevue. J'aimerais bien que ça marche parce que je commence à trouver ma vie singulièrement inutile ! » Elle ne semblait pas particulièrement sombre mais elle avait le regard vide des jours où elle s'ennuyait. C'était elle qui avait eu l'idée d'une coiffure émaillée de fleurs pour Leïla : « Je veux que tu sois très belle, Hugo attache beaucoup d'importance à l'esthétique. » Entre les deux amies, les rapports s'étaient inversés : ce soir, Leïla était nerveuse et Hélène la maternait. La compétition rêvée par Vlado n'aurait sans doute pas lieu.

A tout hasard, il avait pris un jeu de tarots et tiré une carte pour connaître le signe de la journée. Arcane VII : le Chariot. Vlado ne connaissait rien au tarot mais il avait envie d'un oracle. Pour tromper le temps, lui qui ne savait demeurer en place et était condamné à passer toute la soirée cloué sur cette chaise longue, il étudia la carte dans ses moindres traits, s'efforçant d'y découvrir un sens. Comme preuve que son tirage était judicieux, les lettres SM, inscrites dans un cartouche sur le chariot et qu'il n'avait jamais remarquées auparavant, lui sautèrent aux yeux. S : Schoenwald. Que voulait dire M ? Et pourquoi pas mariage ? Le personnage couronné, son sceptre à la main, était visiblement l'Autrichien : l'argent étant la grande puissance du monde actuel, à sa façon il était un roi. Son attitude irrésolue indiquait qu'il n'avait pas encore fait son choix. Les tentures du chariot renvoyaient aux travaux de décoration de son appartement, ses épaulettes représentant un profil d'homme et un profil de femme prouvaient qu'il étendait son autorité sur tout le monde et ses manches asymétriques, l'une sobre et classique comme Hélène, l'autre agrémentée de rubans et renvoyant à un univers de théâtre à la Leïla, renforçaient l'impression qu'il n'avait pas encore choisi le personnage qu'il allait être ce soir. « C'est donc la plus décidée des deux qui l'emportera », se désolait Vlado, persuadé qu'Hélène se désintéressait de la situation. Il aurait voulu que, sans équivoque aucune, la carte désignât la victoire d'Hélène, et il la scruta encore. Deux chevaux tiraient ce chariot immobile à en juger par la position des roues perpendiculaires à l'axe de traction. L'un peint en bleu (« le violet de Leïla »), l'autre en rouge vermillon assorti au chemisier d'Hélène. La ressemblance ne se limitait pas aux couleurs : le cheval rouge avait les mêmes yeux ronds et doux qu'Hélène et surtout, pour mieux évoquer cette dernière qui actuellement vivait isolée du reste du monde comme si elle ne le sentait plus, son nez était dépourvu de naseaux. Si les deux chevaux tiraient chacun dans une direction opposée, le cheval bleu tournait la tête pour regarder dans la même direction que le rouge. L'interprétation était claire : Leïla cédait le pas à Hélène qui l'emporterait. Et Vlado remit la carte dans le jeu, satisfait : il avait réussi à se fabriquer l'oracle qu'il souhaitait.

Précédant de justesse un Nicolas encombré d'un énorme bouquet de roses roses aussi rigides, parfaites et ennuyeuses que des fleurs artificielles, Mertal arriva le premier avec une caisse de champagne. Le photographe venait de récupérer son appartement et, depuis son départ de l'Anti-Bach, s'était fait le plus discret possible, espérant que Leïla lui proposerait de prolonger leur co-habitation. Il n'en avait jamais été question. Pas une fois les filles ne l'avaient appelé et c'était Vlado qui lui avait demandé de venir dîner ce soir. Le cœur lui serrait à l'idée d'arriver en étranger dans ce lieu où il avait vécu, de n'être plus qu'un invité parmi les autres. Il avait commencé par refuser l'invitation, arguant qu'il ne manquerait à personne puisque les deux amies n'en avaient que pour cet Autrichien dont le mérite semblait directement proportionnel à la fortune, mais Vlado avait su le convaincre. Le but de la soirée étant de mettre Leïla en vedette, il devrait soustraire Hélène à l'attention de Schoenwald. En sortant le champagne de son coffre, le photographe s'était dit : « Si j'arrive sur le paillasson du pied gauche, c'est gagné pour moi. » Sans avoir modifié son allure, il posa le pied souhaité sur le paillasson. Ce présage de succès lui fut confirmé par l'apparition de Leïla, une Leïla rayonnante sous sa coiffure de boucles, de fleurs et de plumes. Une Leïla fracassante qui ne manquerait pas de séduire ce vieux beau incapable de lui préférer la beauté plus secrète et intériorisée d'Hélène.

— Qu'est-ce qu'il y a au menu ?

— Du chili. C'est l'époque des vaches maigres, comme toute l'année, tu le sais bien, répondit Leïla en mettant les bouteilles au réfrigérateur.

— Finies les vaches maigres ! Belle comme tu es, et avec un projet comme le tien, il y a toutes les chances pour que Schoenwald te sponsorise. A toi d'arracher le morceau !

— Je ne crois plus aux mécènes. Il y a belle lurette qu'ils ne s'intéressent plus à la danse mais seulement à ça...

Avec une grimace comique, elle se tapa sur les fesses et partit dans le salon d'où elle revint presque immédiatement, portant le bouquet de Nicolas qu'elle lui tendit d'un air dégoûté :

— Débarrasse-moi de ces horreurs. Faut vraiment être irrécupérable pour oser offrir un truc pareil !

— Mais qu'est-ce que j'en fais ?

— Tu ne peux pas avoir une idée de temps en temps ?

Mertal semblait si désemparé qu'elle eut pitié :

— Je te malmène trop ! Allez, fais pas cette tête, laisse-les dans un coin, Hélène s'en occupera. Viens maintenant, tu ne vas pas rester dans cette cuisine toute la soirée !

Il la retint par le bras :

— Aide-moi ! C'est la première fois qu'une femme me réduit en bouillie : ne laisse pas ce type me l'enlever !

— Ce n'est pas moi qui décide de ce genre de choses !

Tu avais tout ton temps pour la convaincre, tu as préféré tout gâcher !

— Comment ?

— Elle est révolue l'époque où les femmes attendaient extatiquement l'arrivée de l'homme dans leur vie. Une fille quand elle n'est pas trop moche et qu'elle s'assume financièrement, a le droit d'être difficile. A part les coups de foudre inexplicables comme celui qu'Hélène a eu pour Charles, si une femme se choisit un compagnon maintenant c'est parce qu'il lui apporte quelque chose de plus qu'une paire de grands bras toujours prêts à la jeter au plumard. Ça, ça se trouve à la pelle !

— Tu crois qu'elle couche avec lui ?

— Comme si c'était le problème ! Mais si ça t'intéresse tellement, tu n'as qu'à le lui demander, tu la connais assez, non ? Allez, ne fais pas cette tête d'enterrement. Nicolas a invité deux jumelles brésiliennes, si tu t'occupais un peu d'elles, l'attitude d'Hélène te renseignerait bien plus que tout ce que je pourrais te dire. Viens prendre un verre !

Docile, Mertal s'installa près des jumelles à qui il entreprit de narrer ses péripéties dans la forêt amazonienne, les relevant à son habitude d'une pincée de mégalomanie et d'un zeste de mythomanie qui conféraient à la moindre de ses aventures un allègre parfum de bande dessinée héroïque.

Hélène n'était pas dans la pièce. Sa chambre servant de vestiaire, elle y avait conduit Schoenwald, arrivé bon dernier, pour le débarrasser de son manteau. La grande photo faisait face à la porte. Hugo l'examina en fouillant dans sa poche. Il lui tendit un petit paquet.

— Hugo, je vous ai déjà dit que...

Il l'interrompit :

— Vous m'aviez dit que vous faisiez collection de proverbes. J'en ai trouvé un, très joli, au Maroc, j'espère que vous ne le connaissez pas.

La boîte recelait un porte-clés en or. Sur les deux faces d'une lourde médaille s'étalaient des caractères arabes.

— Superbe, cette calligraphie ! Qu'est-ce que ça veut dire ?

— « Quand une porte se ferme, il y a sept fenêtres qui s'ouvrent. A toi d'enjamber la bonne. » Mais ne me demandez pas quelle face dit quoi ! Elle est bien belle, cette photo. C'est Mertal qui l'a prise ?

— Non, je ne le connaissais pas à l'époque.

— Je crois que je vous préfère avec vos cheveux courts...

Ignorant la remarque, elle accrocha ses clés au cadeau d'Hugo et jeta son ancien porte-clés dans la corbeille :

— Grâce à vous, je manipulerai tous les jours une pensée positive, espérons que ça me portera bonheur, merci. Le dernier proverbe que j'ai trouvé est moins facile à placer. Il est baoulé.

— C'est une ethnie africaine ?

— Oui. De la Côte-d'Ivoire. Propagez-le, je vous garantis le succès, les gens ne savent pas sur quel pied danser quand ils l'entendent : « Ce n'est pas parce que le crapaud ne mord pas qu'il convient de l'introduire dans son caleçon ! »

A travers le corridor, le rire de Schoenwald déclencha une cascade de gloussements chez Gaston dont la cage trônait au bout de la chaise longue.

L'oiseau fut, sans conteste, le héros de la fête où rien ne se passait comme prévu, se disait Vlado à qui une position surélevée — tout le monde étant assis par terre — permettait d'observer les protagonistes de cette mini-comédie de dupes. Sous divers prétextes, Schoenwald posait la main sur l'épaule d'Hélène, ou lui attrapait le poignet, comme un mâle qui tient à marquer son territoire. Se sentant constamment surveillée par Mertal, elle se laissait faire. Pour elle, le photographe avait dépassé le point de non-retour : elle ne pouvait plus le souffrir. Jouant les bravaches en arrivant, il avait réussi à lui glisser en dévisageant de loin Schoenwald d'un regard faussement désinvolte :

— Si tu veux qu'il finance le spectacle de Leïla, fais un effort, tu dois être tout à fait son type.

— Qui te dit qu'il est le mien ?

— Pour ça, je suis là !

Cette suffisance l'horripila. Elle avait beau savoir qu'il crânait, qu'il plaidait le faux pour savoir le vrai, elle ne se sentait pas la moindre pitié pour cet homme plus désorienté qu'un adolescent dès qu'il s'agissait de s'exprimer et non de parader. Il n'y a rien de plus éprouvant que d'inspirer une passion que l'on ne partage pas et qu'on ne parvient pas à décourager, pensait-elle.

— Ça m'étonnerait, tu grossis et j'ai horreur des gros.

Elle le planta là, sur cette petite pointe qui la mettait mal à l'aise car elle se sentait coupable. Depuis quelque temps, et sans doute à cause d'elle, Philippe forçait sur le whisky. Sa silhouette s'était empâtée et, dans son visage bouffi, ses yeux se réduisaient à deux petits traits horizontaux.

La conversation générale du début se cassa très vite en une série d'apartés et Vlado s'efforça de suivre celui d'Hélène, assise à ses pieds à côté d'Hugo. Ils se tutoyaient enfin. L'Autrichien levait les sourcils, l'air perplexe :

— Il y a longtemps que tu t'intéresses à ça ?

— Non, c'est assez récent... Tout un concours de circonstances. Et puis j'ai rencontré quelqu'un qui me fait travailler dans ce sens.

— Qu'est-ce que tu appelles « travailler » ?

— Il y a en nous toutes sortes de facultés et d'énergies que nous ne savons pas utiliser et qui donnent accès à un monde passionnant.

— Et tu as l'impression de savoir les utiliser maintenant ?

— Oh, je commence à peine !

— Et qu'est-ce que ça donne ?

— Qu'est-ce que ça donne de perdre sa vie à essayer de la gagner ? Il ne faut pas chercher exclusivement le rendement, Hugo, ne l'oublie pas si tu dois être le mécène de Leïla ! Tu as envie que je tente une petite expérience ?

— Voilà un langage qui me plaît. Je suis partant pour toutes les expériences !

— Bien. Alors dis-moi qui tu veux voir se gratter la tête ?

— Pardon ?

— Allez, un nom, et vite !

Un peu éberlué, Schoenwald désigna Leïla :

— Ma future protégée.

— Chut alors.

Hélène se redressa et fixa Leïla qui parlait avec animation en jetant, par-dessus la nappe étalée à même le sol, des raisins de Corinthe dans la cage du mainate.

Vlado se remémora la scène du pendule. Pourquoi Hélène recherchait-elle ainsi une situation où elle risquait, une fois encore, de se sentir humiliée ? Il ne savait comment intervenir et, presque involontairement, regarda à son tour Leïla en pensant : « Ta tête te démange, ta tête te démange... » Le temps s'arrêtait. Planait au-dessus du brouhaha une menace imprécise que, du haut de sa chaise, il ne savait dissiper. Leïla éclata de rire, tête renversée en arrière et soudain, sans raison apparente, se gratta le crâne. Elle surprit le regard de Vlado et, comme pour s'excuser, retira de sa coiffure une rose de tissu noir qu'elle lui lança :

— J'espère que je n'ai pas abîmé ton chef-d'œuvre mais cette fleur me gênait...

Le rire de Schoenwald éclata, énorme :

— Ha ha ha ha...

Gaston se mit à rire encore plus fort en sautillant d'un barreau à l'autre. Tout le monde se tut. Les têtes convergeaient vers Schoenwald. Vexée, Hélène se leva et partit vers la cuisine en appelant Norma :

— Tu viens m'aider ?

Elle avait ressenti comme une gifle le rire de Schoenwald et cherchait un prétexte pour ne pas réapparaître tout de suite au dîner. Abandonnées sur l'évier, les roses de Nicolas attisèrent son envie de massacre. Sous l'œil médusé de l'Américaine, elle entreprit de couper les corolles au ras des tiges et d'en décorer une jatte de mousse au chocolat. D'avoir ainsi manié le sécateur la détendit : elle n'avait aucune raison de s'offenser du rire d'Hugo. L'important était d'avoir réussi une démonstration qu'elle ne se risquerait pas à renouveler.

— Qu'est-ce qu'il ne faut pas inventer pour aider les artistes !

— Oh, répondit Norma en piquant sur l'autre plat les fleurs en motifs concentriques, je croyais que c'était ta spécialité dans ta boîte de pub ! Il paraît que tu as pris du galon et que tu es augmentée. C'est un tour de force, comment as-tu fait ?

— J'ai inventé le plus génial des slogans !

— Toujours pour ton potage ?

— Pas exactement. Je ne sais pas à qui je le destine. Peut-être aux fusées Pershing. Écoute bien : « Plus nucléaire que moi, tumeur ! » En un seul mot. Si tu arrives à le caser, on partage les droits !

Schoenwald salua leur entrée par un éclat de rire et s'écria à la cantonade :

— Il fallait me dire que c'était une sorcière !

Emplissant deux verres de vin, il rejoignit Hélène qui s'était assise à l'autre bout de la pièce :

— Arrosons ça.

— Je ne bois plus d'alcool.

— Toujours pour acquérir les pouvoirs mystérieux ?

— Exactement ! fit Hélène en prenant le verre. Elle le vida d'un trait.

Après le dîner, l'Anti-Bach se métamorphosa en école de samba : Rosario et Otália, les deux jumelles, avaient apporté leurs guitares et se mirent à chanter. Ceux qui ne dansaient pas improvisèrent des percussions de fortune à grand renfort de casseroles, de plateaux, de verres et de cuillers en bois. Schoenwald jouait du « frigiderio » en raclant une poêle à frire avec une fourchette dans le plus pur style brésilien. Adossé à la chaise longue, il marquait le rythme sans quitter Hélène des yeux. C'en était trop pour Mertal que l'alcool rendait agressif. Hélène n'ayant pas paru se soucier de l'ostensible cour qu'il avait faite aux jumelles, il était demeuré un long moment à l'écart, vidant verre sur verre dans l'espoir d'y trouver l'énergie de rentrer chez lui. A plusieurs reprises il s'était exclamé à voix haute « après celui-là, je me tire ! », sans susciter la moindre protestation. Alors il se leva, fit quelques pas légèrement titubants et se planta sur ses jambes écartées au milieu des danseurs, une bouteille de vin vide à la main, agitant les bras pour maintenir son équilibre instable. Les sourcils froncés, il paraissait chercher l'introuvable solution d'un problème capital.

Leïla sentit venir l'incident. Tout en dansant, elle s'approcha de lui et voulut le prendre par la main pour l'entraîner. Elle n'en eut pas le temps. Sans lâcher sa bouteille, Mertal la souleva de terre et, la portant à l'horizontale, marcha pesamment vers Schoenwald comme s'il voulait la lui offrir.

— Il serait peut-être temps que vous vous occupiez d'elle !

Leïla battait vainement des jambes dans le vide en criant :

— Lâche-moi, espèce de crétin !

Imperturbable, Schoenwald, assis par terre, continuait à scander le rythme mais, juste au-dessus de lui, Vlado prit peur en découvrant la face congestionnée et la bouche tordue de haine du photographe : joignant les mains dans un geste un peu ridicule de supplication, il implora :

— Laisse-la, Philippe, c'est pas drôle.

— Toi, l'oreiller de ces dames, tais-toi !

Hélène se leva d'un bond, cramoisie :

— Va cuver ton vin chez toi, pot de colle !

Personne n'eut le temps de comprendre ce qui se passa

mais ce fut une belle mêlée. Pour échapper à Hélène, véritable tigresse toutes griffes dehors, Philippe tournoya rapidement sur lui-même. Les jambes de Leïla fauchèrent Hélène qui tomba contre un coin de table, entraînant dans sa chute le plateau de rafraîchissements. Philippe jeta-t-il Leïla sur Schoenwald ou bien la danseuse lui échappa-t-elle ? Toujours est-il que Leïla vint atterrir sur Schoenwald qui eut juste le temps de s'écrier : « Welcome ! » avant de s'écrouler en arrière, renversant la chaise longue de Vlado sur laquelle était posé un pichet de sangria.

La musique s'arrêta net. Philippe était seul debout au milieu du désastre, tenant toujours sa bouteille. Tous les autres, à quatre pattes, s'affairaient à relever Vlado, à ramasser les débris de verre, à éponger... Hugo était trempé. Sa chemise, brusquement passée du blanc au lie-de-vin, et son costume s'ornaient de rondelles de citrons et d'oranges dont il se débarrassait en riant. Ignorant Philippe qui, maintenant, se colletait avec Nicolas, Leïla entraîna Hugo dans la salle de bains et, d'autorité, lui retira cravate et chemise :

— J'ai une immense chemise indienne qui vous ira certainement.

Sous prétexte de lui passer un gant de toilette sur le torse (« bien bronzé, lisse, avec juste au milieu une large étoile de poils frisés comme je les aime », commenta-t-elle intérieurement), elle lui effleura les seins dont les bouts, instantanément, durcirent et jaillirent, fermes et tendres, comme pour la remercier de cette caresse légère. Que cette zone fût à ce point sensible chez un homme avait toujours paru à Leïla un gage de volupté. L'immédiate réaction de Schoenwald à son petit test l'excita mais elle n'eut pas le loisir de reprendre son manège : Hugo lui retira le gant pour achever de se nettoyer, d'un air tout à fait naturel.

— Je me demandais comment vous arracher à vos amis pour que nous puissions parler tranquillement : jamais je n'aurais imaginé un aparté devant un lavabo !

— Ah non ! Ne me dites pas que vous encouragez le trip d'Hélène à propos de Salomé, et que c'est de cela que vous voulez me parler !

Avec sa brusquerie habituelle, Leïla prenait les devants. Maintenant son spectacle était au point et elle ne voulait pas revenir en arrière pour ressusciter un projet auquel elle avait définitivement renoncé.

— Pourtant, commença Schoenwald, Hélène m'avait...

— Hélène est une rêveuse, trancha Leïla, pas moi. Et j'aurais horreur de parler gros sous avec vous. Et peut-être, concéda-t-elle après une légère hésitation, encore plus horreur de vous servir de prétexte à l'épater par votre munificence ! Vous la dévoriez des yeux tout à l'heure, êtes-vous amoureux d'elle ?

— Je ne pense pas être le seul à la trouver plaisante à regarder !

— Ce n'est pas une réponse ! Vous l'aimez ?

— Vous êtes toujours aussi directe ?

— Lorsque quelqu'un me plaît, oui ! Pas vous ?

Il ne répondit pas et prit la serviette des mains de Leïla pour s'essuyer lui-même.

— J'espère que l'olibrius est calmé maintenant !

— Philippe ? Moi j'espère surtout que Nicolas l'a viré !

— Il est souvent comme ça, ce Mertal ?

— Ah ! Notre mytho-mégalo vous intrigue ! Vous vous demandez s'il couche avec Hélène ?

— Non. Ça ne me regarde pas...

Le ton, détaché, paraissait sincère. Schoenwald enfila la large chemise indienne. Ses cheveux décoiffés bouffaient de chaque côté de sa tête, le rajeunissaient et surtout détruisaient son aspect gominé de play-boy des années cinquante. Au grand regret de Leïla, il remit de l'ordre dans sa coiffure qu'il plaqua à nouveau avec un peigne mouillé. La danseuse regardait leur image dans la glace. Ils formaient un beau couple mais elle paraissait la seule à s'en apercevoir. L'avait-il seulement regardée ?

Entra Hélène, vêtue du même tissu indien que Schoenwald. Elle éclata de rire :

— Ça alors ! Ça te va très bien d'être un peu plus relax...

La façon dont Schoenwald la prit par les épaules pour quitter la salle de bains était la plus claire des réponses à la question de Leïla.

« Dommage pour moi, pensa-t-elle en se remettant du rouge à lèvres. J'espère qu'elle ne le laissera pas moisir sur pied... »

14.

Un printemps hâtif gorgeait de sève les pousses des marronniers et des platanes, incitait à flâner dans la toute nouvelle douceur de l'air. La nature se réveillait de l'hypnose froide de l'hiver. Accoudée au parapet du Petit Pont, Hélène laissait son regard errer au gré des eaux boueuses de la Seine. Montait du fleuve, par brusques effluves, une fraîcheur piquante qui jouait sur son visage avec la caresse du soleil.

Hélène se sentait bien. Sereine comme ce fleuve majestueux, indifférent au petit peuple de pêcheurs à la ligne et de badauds affairé sur ses berges. Elle regrettait d'avoir pris rendez-vous avec Sirkanian : elle n'avait plus envie de parler et n'essayait même pas de préparer la rencontre qui, ce matin encore, lui paraissait tellement importante. Elle refusait de penser.

Cette nuit, seule dans sa chambre, elle avait connu cette illusion de bonheur qui l'envahissait parfois quand elle obtenait un message intéressant. Sans réfléchir, parce qu'elle voulait partager cette exaltation, elle avait appelé l'astrologue avant de partir pour son bureau mais, depuis, la vie normale, cette vie quotidienne où elle se sentait à nouveau à sa place, reprenait le dessus : l'ivresse de la nuit s'était dissipée. Ses séances d'écriture médiumnique n'étaient que les dernières convulsions d'un état dépressif dont elle s'efforçait de traquer les manifestations pour plaire à Gricha. Il lui avait proposé de le retrouver dans le petit jardin public proche de Saint-Julien-le-Pauvre où il viendrait lire. Elle ne lui avait encore jamais parlé de ses pages nocturnes et, en ce moment où la contemplation du fleuve roulant en dessous d'elle accentuait encore son impression d'être distante de sa propre vie, il lui semblait qu'un fossé infranchissable séparait l'Hélène de la nuit de celle qu'elle était ici, appuyée sur ce parapet, seulement attentive au tourbillonnement des eaux, au vol des mouettes et aux jeux de la lumière à la surface des flots. Soumettre à Gricha le dossier qu'elle tenait serré contre sa poitrine risquerait de construire un pont entre les deux Hélène qu'elle laissait vivre indépendamment en elle, d'affermir l'Hélène de la nuit, l'Hélène de l'hiver enfui, au détriment de l'Hélène diurne que le soleil revigorait.

Son maniaque souci de ponctualité l'empêcha de céder à son désir de rester, dans ce paisible état de vacuité, à regarder couler la Seine. Gricha l'attendait, elle partit à sa rencontre.

— A quoi tiennent les événements ! songeait-elle en poussant la petite grille du jardin public.

Trois barbus de type américain du Sud chantaient en s'accompagnant à la guitare. Des enfants se poursuivaient en criant. Assises sur les bancs, des mères de famille tricotaient. Seule tache noire parmi les tenues bariolées qui fêtaient le retour du soleil, Sirkanian, vêtu de son immuable costume de clergyman, lisait. Une subite appréhension, le sentiment qu'un piège allait se refermer sur elle, ralentit les pas d'Hélène. Elle eut envie de fuir. Trop tard. L'Arménien lui adressait de loin un signe de bienvenue.

Sous ses pas, le sol changea de consistance. S'amollit. Ondula. Elle eut un vertige. Silence blanc. Enfants, oiseaux, grondements de la circulation : tout s'était tu. Hélène frissonna sous le soleil. Au bout de l'allée, le regard magnétique l'appelait. Entre les yeux sombres, veloutés, de son ami et son propre cou se tendait une cordelette de soie blanche. Il l'attirait à lui... Elle rejeta une mèche de cheveux derrière son oreille en se moquant de son imagination. D'un geste, d'un sourire, d'une boutade, Gricha dissiperait ses peurs irraisonnées. Elle pressa l'allure et soudain bifurqua pour s'approcher des guitaristes.

Le bourdonnement dans ses oreilles s'arrêta net. Les bruits reprirent, rassurants. Le sol se raffermit.

... yo ahora tengo un collar violeta[1]

Un des barbus la dévisageait en chantant. D'un coup d'œil en oblique, il l'invita à venir s'asseoir auprès de lui.

... un dia me distraye y ví
en un diamante un resplendor
o como rostros, como soles
que se enfriaban en mis dedos[2]

Hélène connaissait cette chanson, la ballade du pendu ancien trafiquant de diamants. En une fraction de seconde, elle comprit comment elle avait fabriqué cette illusion de corde autour de son cou : en amalgamant inconsciemment le regard de Gricha à l'histoire de cet homme qui, après avoir vendu des diamants « pour les douces gorges des dames », se balançait dans le vide avec, dessiné sur sa chair, le collier violet des pendus. Elle rendit son sourire au guitariste. Les barbus enchaînaient sur un autre air du Cuarteto Cedron, ce groupe argentin qu'elle devait écouter avec Charles le jour où il avait eu son accident... Comme c'était déjà loin tout ça...

... como roturas, como pedazos, como agujeros
pasan los amantes de mi pueblo[3].

---

1. Maintenant je porte un collier violet.

2. Un jour, je me suis distrait et j'ai vu/dans un diamant une lueur,/ou comme des visages, comme des soleils/qui se refroidissaient entre mes doigts.

3. Comme des déchirures, comme des morceaux, comme des trous/passent les amants de mon village.

Hélène attendit la fin de la chanson, jeta deux pièces de dix francs dans un des étuis à guitare et vint s'asseoir près de l'astrologue qui annotait en grommelant les marges d'un livre.

Sirkanian avait deviné le motif de ce rendez-vous inhabituel. Lorsque, ce matin, Hélène lui avait annoncé « quelque chose d'important à montrer », il n'avait pas posé de questions. La découverte, à cette réunion de spirites où il l'avait emmenée, de l'écriture médiumnique avait tant impressionné Hélène qu'elle avait dû s'y essayer. Une telle réaction lui paraissait tout à fait naturelle : le désir de communiquer avec les décédés, de garder le contact brusquement interrompu par la mort est une vieille obsession de l'homme. En interdisant, dans le Deutéronome, toute pratique de la nécromancie (« que personne n'interroge les morts pour connaître la vérité »), Moïse reconnaissait de façon implicite la possibilité d'une telle communication. Bien avant les sœurs Fox qui lancèrent la vogue des tables tournantes à Hydesville en 1847, cylindres et roues ne cessaient de tourner chez les Égyptiens, les Hébreux et les Grecs, et au Moyen Age. Deux siècles avant Jésus-Christ, le phénomène était si répandu que Tertullien écrivait déjà : « Des démons par la puissance desquels les chèvres et les tables prophétisent sont un fait vulgaire. » Sachant très bien qu'il ne serait pas écouté, Sirkanian s'était fait un malin plaisir d'interdire à Hélène ce genre d'expériences : il pensait ainsi échapper à l'examen des prétendus messages qu'elle n'aurait pas manqué de recevoir comme n'importe qui s'exerçant à la technique de la table tournante, du verre parleur, du oui-ja ou de l'écriture qualifiée, selon les écoles, d'automatique, d'intuitive ou de médiumnique. A de très rares exceptions près, de tels textes sont d'une monotonie et d'une indigence de pensée affligeantes qui semblent totalement échapper à leurs auteurs. Sirkanian avait suffisamment étudié cette littérature dont il encourageait parfois la production pour savoir que les spécimens pouvant retenir sa curiosité provenaient bien plus sûrement de l'inconscient que des esprits de désincarnés en l'existence desquels il ne croyait pas aussi fermement qu'il le laissait penser. Les fulgurances poétiques abondent dans les écrits automatiques des surréalistes ou des membres du Grand Jeu alors que le désir d'entrer en contact avec un « cher disparu » rogne impitoyablement les ailes de l'inspiration, ne suscitant que des textes terre à terre et bien souvent incohérents ou contradictoires. Les considérations sur l'au-delà qui y prolifèrent s'y révèlent aussi vagues, sentimentales et moralisatrices que celles enseignées par les religions courantes et il avait mieux à faire avec Hélène que de l'observer se délectant dans les platitudes du nouvel évangile qu'elle avait reçu. Sa vivacité, son goût du saugrenu, du bizarre, de la pensée clownesque, sa sensibilité exacerbée et surtout cette pudeur qui lui faisait toujours taire l'essentiel pour se réfugier dans l'anecdote tant elle avait peur de se laisser atteindre lui permettraient sans doute de laisser s'épancher une surprenante facette d'elle-même quand elle serait débarrassée de son chagrin. « Quand elle aura accepté l'idée que le subconscient est capable de créer des esprits imaginaires qu'il fait passer pour des esprits de défunts, cessera-t-elle ses expériences ou essayera-t-elle de se poser les questions importantes sur la notion de survie, sur la nature de l'âme et de l'esprit ? » Peut-être au contraire, s'adonnant à cette écriture comme d'autres à la composition musicale ou picturale, voudrait-elle pousser le jeu beaucoup plus loin dans le seul espoir de s'étonner et de l'étonner ? La petite histoire des prétendus contacts avec les défunts regorge de faits pittoresques, de livres écrits « sous la dictée de l'au-delà ». Ainsi David Duguid, ébéniste anglais, écrivit en état de transe tout un ouvrage, *Hafed, prince des Perses,* où d'innombrables détails témoignent d'une connaissance de l'Antiquité bien étonnante pour un simple artisan et qui stupéfia les historiens. Un ouvrier américain, T. P. James, reçut, « dictée » par Charles Dickens mort deux ans auparavant, la suite de son roman inachevé, *The mystery of Edwin Drood* : ce manuscrit, étudié par des spécialistes, fait état du même style, de la même démarche de pensée et des mêmes fautes d'orthographe que feu Dickens. Hélène Smith, sous la protection de différents « contrôles » dont l'un aurait été Cagliostro, se prit pour l'incarnation de personnages aussi bien historiques qu'imaginaires et écrivit en arabe et en sanscrit avant de faire des « révélations » sur les planètes Mars et Uranus en langue martienne et uranienne. Sans doute serait-il amusant de faire connaître à Hélène ces curiosités pour l'inciter à pousser plus loin ses expériences. Accepterait-elle alors de gambader pour lui dans les fantasmagories psychiques les plus échevelées ou, forte de ses toutes nouvelles possibilités et se prenant très au sérieux, s'égarerait-elle dans des spéculations métaphysico-théologiques ?

Tout en feignant de lire, Sirkanian essayait d'imaginer les futures réactions d'Hélène. Il aimait la sentir à ses côtés, paisible et confiante, respectant le silence qu'il lui imposait. Les jambes croisées haut, de son pied déchaussé elle balançait dans le vide un escarpin ivoire précairement accroché à son gros orteil. Joli pied cambré de danseuse. Attache fine. Jambe longue. Un corps fait pour le plaisir et brimé par cette femme de glace. Quand allait-elle se réveiller ? Quand allait-il la réveiller ? Il referma son livre.

— Alors, Hélène, qu'aviez-vous d'important à me dire, ou plutôt à me montrer ?

Un peu timidement, Hélène évoqua la réunion de spirites de la rue Manin. Sans oser le regarder, elle finit par avouer qu'elle avait voulu « faire comme Mme David »...

« Quand rencontrerai-je quelqu'un qui me surprendra ? » songeait Sirkanian.

Assise de biais sur le banc, Hélène paraissait mal à l'aise. Pour lui donner plus d'assurance, il commença par jouer l'étonnement avant d'accueillir avec son indifférence habituelle le même récit émerveillé que faisaient toujours les néophytes. Il observait la modification des traits d'Hélène dont la gêne, très vite, se dissipa. Il prenait plaisir à l'entendre parler de façon si animée. Trop animée peut-être... Il sentait la vie bouillonner en elle au rythme de ce printemps qui crevait de pousses tendres le mince tapis des dernières feuilles oubliées par le vent d'hiver. Tout lui était prétexte à s'émerveiller et la spontanéité, souvent naïve, de ses expressions ne parvenait pas à irriter Sirkanian.

« Qu'est-ce qui la rend si irrésistible ? » se demandait-il. Des visages féminins défilaient sur son écran mental : les superbes créatures qu'il avait pliées à ses caprices. Il les avait toujours prises puis délaissées au gré de ses envies. Posséder une très jolie femme lui avait longtemps paru être la plus éclatante des revanches sur son physique ingrat. Comme si leur beauté éliminait les autres atouts, il se remémorait ces femmes, pas forcément intelligentes ou originales mais toutes plus belles que cette petite blonde aux yeux d'ardoise, au regard souvent tragique qui le hantait, et qui possédait cet élément rarissime : le grand charme. Un charme indéfinissable mais tellement opérant qu'il le subissait de façon passive. Jamais il ne l'avait brusquée, ni vraiment manipulée, lui qu'on avait osé surnommer le manipulateur. Charme, quel beau mot ! Quelles références aussi ! Si elle était un peu plus folle, comme il le souhaitait parfois, elle revendiquerait son pouvoir et ferait imprimer sur sa carte de visite sa véritable spécialité : « charmes et sortilèges ». Cela ouvrirait peut-être les yeux à tous ces imbéciles qui croyaient sans doute l'aimer parce qu'ils ne la possédaient pas : Mertal le fanfaron, Vlado l'asexué, Schoenwald le bourré aux as. Tiens, elle ne lui parlait plus de celui-là ! Mauvais signe ? Lui cachait-elle quelque chose ? L'idée que l'Autrichien pût enfouir son visage au creux de ce cou, la cambrer sous lui et l'entendre gémir, l'emplit d'une fureur qui le ravit dès qu'il en prit conscience. La pudeur et la réserve d'Hélène lui avaient inspiré un phantasme : il aurait voulu que cette femme le violât, que ce fût elle qui prît les devants sans qu'il fît quoi que ce soit pour l'encourager. Grossière erreur : il était évident qu'elle formait le même souhait et qu'elle ne lui pardonnerait ni de le comprendre ni de l'ignorer.

— M'écoutez-vous, Gricha, ou bien est-ce que je vous ennuie ?

— Pas le moins du monde ! Seulement je suis un peu surpris que vous ne m'ayez jamais parlé auparavant de ces déplacements d'objets, et je me demandais si vous aviez compris pourquoi cela s'était arrêté.

— Non ! Pas plus que je n'ai compris ce qui a déclenché ces phénomènes. Je n'ai pas osé vous en parler à l'époque parce que je craignais que vous ne me croyiez pas. Et aujourd'hui je me demande si je n'ai pas tout inventé.

— C'est du passé maintenant. Depuis que vous vous livrez à l'écriture médiumnique, vous avez offert un exutoire à cette énergie psychique qui s'accumule en vous. Vous avez, toute seule, trouvé le moyen de la canaliser. Je n'aurais pas pu vous donner un meilleur conseil.

Hélène n'avait pas songé à établir ce lien de cause à effet. La découverte de cette victoire, sans doute involontaire mais remportée seule, renforçait son impression de renaître à une vie nouvelle. Elle ne croyait pas à cette explication par l'énergie « psychique » et en avait trouvé une autre : maladroitement, Charles avait essayé de se manifester et, par l'écriture, elle lui avait permis de s'exprimer. Les communications qu'elle recevait prouvaient la justesse d'un raisonnement que Gricha serait bien forcé d'admettre. Elle entreprit de le lui démontrer.

Soudain, Sirkanian se baissa vers sa sacoche, y prit quelques livres qu'il jeta, par-dessus les genoux d'Hélène, à l'extrémité libre du banc, comme pour marquer son territoire. Dans l'allée, un étudiant se dirigeait vers eux en lisant : sans doute voulait-il s'asseoir à côté d'eux. Le bruit de la chute des livres effaroucha des moineaux qui s'envolèrent en piaillant. L'étudiant leva le nez de son livre et regarda alternativement Sirkanian et Hélène.

— Merci de votre hospitalité !

Hélène s'était tue. Sirkanian soutint le regard de

l'intrus qui finit par rire et lui décocha, avant de s'éloigner :

— T'as raison de t'accrocher, mon vieux ! Elle est vraiment chouette, ta nana !

Le ton sincèrement admiratif du « vraiment chouette » piqua Sirkanian bien davantage que le désinvolte « mon vieux » dont il n'avait cure. Hélène rayonnait. Elle reprit son récit et, cette fois, parla sans le quitter des yeux. Ce n'était plus l'Hélène fuyante de cet hiver, l'Hélène tragique au visage chiffonné mais une Hélène épanouie comme une fleur attendant d'être cueillie. Sirkanian la sentait prête à le quitter pour s'en retourner à l'agitation banale de ce quotidien futile auquel il avait tenté de l'arracher : maintenant, elle lui appartenait. Il l'avait en quelque sorte achetée, payant un caprice imprécis de la seule monnaie dont il eût aimé être plus économe, le temps, et il ne la laisserait pas s'échapper. Il l'avait attendue avec une patience telle qu'il aurait aussi bien pu décider n'avoir plus rien à attendre : son désir avait fini par s'endormir mais la liberté reconquise par Hélène modifiait la situation, lui redonnant un piquant inattendu. Il résolut d'agir sans plus tarder et quand Hélène lui assura que, depuis un mois, elle avait « réussi à capter Charles » avec qui elle s'entretenait presque chaque nuit, il sut que le moment était venu. Tout en parlant, elle jouait avec la fumée de sa cigarette et le plus perspicace des observateurs n'aurait pu soupçonner qu'elle narrait ainsi avec des gestes allègres, sur ce banc au soleil parmi les cris des enfants et les chants des oiseaux, son exploration au royaume des morts.

Soucieux de voir si elle ne se forçait pas à paraître enjouée, Sirkanian la scrutait sans ciller. Hélène en déduisait qu'elle intéressait passionnément l'astrologue : cette conviction la rassérénait, elle oubliait que, quelques instants auparavant, elle répugnait à lui parler.

Enfin venait le moment tant attendu où elle allait l'étonner. Elle fit jouer les élastiques de son classeur et le lui tendit ouvert. Intentionnellement, elle n'avait pas fait la moindre allusion à ce qui l'intriguait le plus, les vingt-trois dessins mystérieusement jaillis de son crayon : des portraits, des intérieurs néo-gothiques, des paysages, des scènes de bataille. Tous signés William malgré la diversité des styles. Bien construits et étonnamment fouillés. Il n'y manquait ni un bouton de col, ni une embrasure, ni un pétale tombé d'un bouquet, ni une lointaine perspective. Elle ne savait pas à l'avance si sa main écrirait ou dessinerait et cette délicieuse attente de la surprise noyait dans le lac de l'oubli ses premières tentatives infructueuses. Gricha serait fier d'elle, elle le savait, et ne pourrait plus lui reprocher son abandon de la radiesthésie : n'avait-elle pas trouvé la plus élégante façon de se racheter ?

Mais Sirkanian ignorait son geste et Hélène demeurait, la main tendue dans le vide, fidèle à sa résolution de ne pas lui parler des dessins tant elle tenait à le surprendre. Comment l'obliger à feuilleter de lui-même le dossier ? Elle poursuivit :

— ... Hier, ça a marché formidablement et très vite : j'ai dû me concentrer à peu près dix minutes et ma main s'est tout de suite mise à écrire. Je suis de plus en plus réceptive et parviens à ne plus intervenir dans les messages. Ce que ma main écrit, c'est bien ce que Charles me dicte et non pas ce que j'imagine ou veux entendre. D'ailleurs, ce n'est même plus mon écriture...

— Est-ce la sienne ?

Elle prit dans son sac une enveloppe et la lui tendit :

— Voici une de ses lettres. Comparez...

Il repoussa sa main :

— Non, contrairement à ce que vous pensez, ces histoires d'écriture n'ont aucune valeur de preuve. Dites-moi plutôt si vous observez un protocole particulier.

— Un protocole ? Mon Dieu, non... J'éteins la lumière, j'allume une bougie et je m'installe à ma table.

— A une heure particulière ?

— Oui. Avant que je n'aie réussi à joindre Charles, j'avais remarqué que le contact s'établissait toujours vers une heure du matin. Alors je me suis imposé, comme une discipline, de ne commencer qu'à une heure.

— C'est le meilleur système. Les médiums affirment que les messagers aiment s'entretenir à une heure fixe et de préférence la nuit.

— Je l'ignorais, comme j'ignorais tout en ce domaine c'est pourquoi j'ai perdu beaucoup de temps en fausses manœuvres. Au début, j'essayais n'importe quand et je n'obtenais rien ou alors on me disait des choses totalement décourageantes comme : « Tu me déranges, je suis occupé ailleurs ! » Qui me parlait ainsi ? Je n'en sais rien et une telle réponse est bien plus frustrante que le silence : j'avais l'impression que le contact était seulement permis pour m'avertir qu'il m'était refusé ! Je me sentais alors complètement rejetée et laissais passer quelque temps avant de recommencer ce qui me coûtait car, à côté de cette expérience, tout le reste me paraît dérisoire et plus rien ne m'intéresse.

— Justement, votre ami vous dit-il des choses intéressantes ?

— Voyez vous-même...

— Non ! Vous n'êtes pas assez dégagée de votre problème personnel. Je veux bien être votre guide, pas votre voyeur.

— Mon guide...

Elle étouffa un petit rire nostalgique et il y avait un léger reproche dans sa voix tandis qu'elle poursuivait d'un ton plus sourd :

— Vers quoi me guidez-vous ?

Elle s'était détournée pour regarder deux moineaux s'ébrouant dans le sable. La violence des questions qu'il sentait se bousculer en elle n'altérait pas son visage lisse et subitement distant que Sirkanian, tout aussi soudainement, désira caresser. Il lui prit la main sans la serrer, lui infusant une rassurante chaleur.

— Avez-vous envie de faire un voyage ?

— Bien sûr !

— D'accord. Fermez les yeux.

Elle eut un haut-le-corps.

— Ici ? demanda-t-elle incrédule, presque choquée.

— Mais pourquoi pas ? Ne me regardez pas comme si je vous proposais quelque chose d'indécent. Nous sommes bien, au soleil, dans ce jardin un petit peu provincial, sous la protection du plus vieil arbre de Paris... Savez-vous que cet arbre, là-bas, étayé et pansé de ciment, est un robinier planté au tout début du XVIIe siècle ?

Il sentit Hélène se détendre à nouveau. Malgré ses silences et ses pudeurs, c'était la plus transparente des femmes ! En une phrase, il l'avait amadouée : il ne lui laissa pas le temps de se reprendre.

— Que craignez-vous, personne ne pourra se douter de ce que vous allez faire. Allons, préparez-vous. Fermez les yeux...

Elle ne résista pas davantage, s'adossa plus confortablement, allongea les jambes et baissa les paupières, offrant au soleil un visage impudique par la transparence de son abandon.

— ... Respirez profondément... Détendez-vous... La nuit va tomber... Il commence à faire sombre... De plus en plus sombre... Vous marchez dans une rue... Avancez... Lentement...

Les exercices de visualisation auxquels Sirkanian l'avait entraînée permettaient à Hélène de décrocher du réel avec une grande facilité. Il ne lui fallut pas longtemps pour glisser dans un autre univers. Les bruits du square et de la circulation s'absorbèrent dans un flou cotonneux, s'atténuèrent et disparurent. Obéissant aux suggestions que Sirkanian répétait d'une voix monocorde, elle se retrouva, de nuit, dans une rue piétonnière étroite et sombre.

Une rue au pavage irrégulier.

Autour d'Hélène, des formes imprécises se meuvent, s'étirent et se dissolvent quand elle veut les examiner.

Une clarté laiteuse emplit graduellement la ruelle peuplée de personnages aux gestes ralentis, vêtus de costumes désuets : des hommes en complets étriqués, chapeaux mous et lunettes rondes à fines montures croisent sans les voir des femmes à grands chapeaux et robes entravées, aux prunelles vides. Hélène ne sent pas ses pieds se poser sur les pierres ni ses jambes se déplacer, elle glisse au-dessus du sol et une angoisse l'étreint : elle a perdu la conscience de son corps. Elle a beau chercher, elle ne voit ni ses membres, ni ses vêtements, elle n'est plus qu'un regard flottant, incertain, dans une rue hors du temps. De ses mains invisibles, elle essaye de vérifier l'existence de son corps disparu. Il est là, elle peut le palper et ses doigts rencontrent sur sa gorge le petit galet cerclé d'or. Rassurant. Elle continue de glisser, fantôme transparent parmi les ombres déguisées en personnages. Sourd, dans le silence déraisonnable de cette nuit blanche, une lointaine musique d'orgue. La Passacaille. Serrant toujours le galet, Hélène se dirige vers un immeuble à encorbellement d'où semble provenir la musique. La porte, une belle porte ancienne de bois sculpté en draperie, s'ouvre elle-même. La Passacaille retentit comme une invite et Hélène se retrouve dans une entrée de marbre blanc. Gaston vient se poser sur son épaule, lui coasse d'incompréhensibles mots à l'oreille et crie un perçant « Hélène ! » avant de s'envoler dans l'escalier. Elle le suit.

L'escalier débouche sur un long corridor rectiligne crevé de portes irrégulières. Hélène sait qu'il lui faut trouver d'où vient la Passacaille et déjà elle s'affole en comptant les portes : sept de chaque côté. Quelque chose lui dit qu'elle n'a pas le droit de se tromper, qu'on la guette... La musique vient de la droite. Elle entrouvre la première porte — c'est le studio de danse de Leïla —, puis la seconde qui donne sur une pièce décorée de gerbes de fleurs blanches : Hélène s'y découvre posant avec Nicolas en costume de mariés pour les traditionnelles photos. La troisième pièce est une boîte de nuit où des vieillards en guenilles se déchaînent sur une musique de rock endiablée. Dans la quatrième pièce, entièrement laquée de blanc, trône une chaise rouge sur laquelle est posée la cage de Gaston. Le mainate sautille inlassablement d'un barreau à l'autre. Hélène s'agenouille près de la chaise pour libérer l'oiseau mais la chaise s'aplatit sur le sol, se résorbe en une flaque beige et se métamorphose en cahier. Hélène le feuillette : toutes les pages sont blanches. La musique décroît d'intensité. Emportant le cahier, Hélène se met à courir. Le couloir n'en finit pas, s'étire, s'allonge. Hélène a beau courir, courir, la porte vers laquelle elle se dirige s'éloigne de plus en plus. Hélène est hors d'haleine, elle comprend qu'elle a perdu, qu'elle ne pourra jamais atteindre la porte derrière laquelle Charles écoute la Passacaille. Le sol se dérobe sous elle. Elle tombe en chute libre et se retrouve dans sa chambre. Charles se tient près de la cheminée. Il se tourne vers elle et lui dit, sévèrement : « Tu es en retard. Il faut savoir aller aux rendez-vous qu'on ne vous donne pas ! » avant de reculer vers le mur dans lequel il disparaît.

Hélène va à la fenêtre qui surplombe la rue piétonnière où elle reconnaît les mêmes personnages qu'auparavant mais immobiles, figés comme des mannequins de cire. Elle est juste en face de l'immeuble à encorbellement dont elle voit la porte en draperie se refermer sur Charles.

« Charles, Charles ! » hurle-t-elle, mais ses cris se noient sous les flots de la Passacaille, n'animant pas du moindre mouvement les personnages statufiés. De ses poings nus, toujours hurlant, elle martèle de coups désespérés la vitre.

— Revenez, Hélène, revenez...

Sirkanian s'était un peu éloigné d'Hélène pendant l'expérience. Assis à l'extrême bout du banc, il guettait ses expressions, cherchant à lire sur ses traits le voyage imaginaire qu'elle effectuait. De rapides mouvements oculaires, bien visibles à travers les paupières closes, l'assuraient qu'Hélène n'avait pas résisté à son injonction. Très vite, elle était partie, mais son visage s'était rapidement crispé. Les yeux toujours fermés, elle s'était redressée et maintenant, sourcils froncés, elle se débattait violemment, luttant de ses poings serrés contre un invisible adversaire. Ses gémissements avaient fait place à des plaintes de plus en plus violentes.

Il lui posa les deux mains sur les épaules. Elle continua à crier. Délaissant leurs jeux, des enfants accoururent des quatre coins du square et vinrent s'attrouper autour d'eux. Il la secoua doucement.

— Revenez, Hélène, revenez...

Enfin, elle ouvrit les yeux et demeura, pathétique.

— Allons, calmez-vous...

Lui caressant le front, il se rassit tout près d'elle. Hélène se taisait toujours. Les mères de famille, lui jetant des regards méprisants, venaient rechercher leur progéniture agglutinée en demi-cercle autour du banc. Attendant la suite du spectacle, les gamins ne voulaient pas se laisser emmener. Trépignements, menaces, gifles et hurlements s'érigeaient en une barrière sonore qu'Hélène ne semblait pas remarquer. Sirkanian lui passa un bras autour des épaules, retrouvant l'émotion qui l'étreignait toujours au contact de cette frêle ossature.

— Vous avez eu peur tout à l'heure ?

Hélène secoua négativement la tête. Flottait, sur son visage rêveur, un incompréhensible sourire de satisfaction. A l'autre bout de l'allée, deux femmes essayaient d'entraîner le gardien du square vers Hélène qu'elles désignaient d'un index accusateur.

— Partons, chuchota Sirkanian. Vous avez semé la panique chez les mémés.

Ils quittèrent le jardin sans mot dire. Sur le quai, Hélène prit le bras de Sirkanian et frotta sa joue contre son épaule.

— Charles m'a donné un rendez-vous précis.

Elle ne voulut rien lui expliquer mais insista pour l'accompagner avenue Niel avant de se rendre à son bureau.

— J'ai quelque chose à vérifier chez vous, fit-elle, énigmatique.

A peine entrée, elle traversa sans hésiter le salon et se planta devant un miroir dans l'encadrement duquel étaient glissées quelques photos. Sirkanian s'accroupit pour jouer avec un chat, se désintéressant ostensiblement de la situation : il savait que l'expérience avait réussi. Hélène ne tarda pas à venir le rejoindre pour lui montrer un cliché, celui d'une porte sculptée en draperie.

— Où a été prise cette photo ?

Il ne résista pas au plaisir de la décevoir.

— Je n'en ai pas la moindre idée... Dans une brocante quelconque sans doute, pourquoi ?

Soudain embués de larmes, les yeux d'Hélène foncèrent et se rétrécirent.

— Gricha, essayez de vous souvenir. Je voudrais voir cette porte, je crois que c'est important.

— N'exagérons pas : c'est un joli travail du bois mais ce n'est pas un chef-d'œuvre ! De toute façon, si vous la voulez pour votre Autrichien, c'est trop tard. Une de mes élèves l'a achetée.

— Alors, vous pourriez savoir où elle se trouve ?

Il fit mine de réfléchir :

— Attendez... Mais oui, chez Dolorès, une cover-girl d'origine cubaine. Elle l'a prise pour la petite maison qu'elle vient d'installer dans l'Orne.

— Gricha, ne me posez pas de questions. Je crois que j'ai quelque chose à trouver avec cette porte. Peut-être est-ce que je délire, mais peut-être pas. Il faut que je sache, donc que je la voie. Pourriez-vous m'arranger ça ?

Sirkanian cessa de caresser le chat. Il faisait trop d'heureux à la fois, c'en était indécent ! Comme tout lui était facile ! Dolorès serait, il le savait bien, enchantée de lui prêter cette maison qu'elle avait en partie aménagée pour lui. Il amènerait Hélène dans ce décor inutilement agencé par une femme trop offerte pour être tentante, et lui ferait l'amour, dans le lit même où une autre avait vainement essayé de l'attirer. Pas un recoin, pas un tapis, pas un coussin n'échapperait à leurs noces si longtemps différées qu'il célébrerait dans la fougue du printemps.

— Certainement. Il suffit que je demande à Dolorès les clés de sa maison. Nous pourrions y passer le week-end prochain. Je tiens à vous y accompagner car je ne sais pas si j'aime ce que vous mijotez : je vous trouve bien nerveuse.

— Je ne suis pas nerveuse, je suis heureuse !

Comme une petite fille qui viendrait de recevoir le cadeau dont elle rêvait et ne trouverait pas les mots pour exprimer sa gratitude, elle vint se blottir contre lui, nouant ses bras autour de sa taille, et murmura au creux de son épaule :

— C'est si bon de vous avoir, Gricha. On pourrait peut-être se tutoyer maintenant ?

Ses yeux brillaient d'un éclat inhabituel.

« Toi, ma petite, songeait-il, il serait temps que tu saches à qui tu donnes rendez-vous là-bas. Mais de toute façon, tu ne seras pas déçue, fais-moi confiance... »

— Je meurs de faim, enchaîna-t-elle. Il faut que je grignote quelque chose avant de retourner au bureau. Tu m'accompagnes ?

Elle engloutit un tartare et deux portions de frites sans cesser de bavarder, lui prenant souvent la main pour s'y décharger de cette exaltation qu'elle ne cherchait pas à dissimuler. « C'est bien la première fois qu'elle dévoile son impétuosité de femelle, se disait Sirkanian ; se décidera-t-elle à faire les premiers pas ? »

Demeuré seul, il tira à pile ou face la stratégie du week-end à venir. Pile, il se cantonnerait dans son attitude d'attente passive. Face, il accélérerait le cours des événements.

Le sort lui intima l'ordre de jouer aux activistes : Sirkanian ne souhaitait pas d'autre commandement.

15.

La météo avait annoncé une vague de chaleur sur l'Ile-de-France : le périphérique était saturé. Affronter, parmi un raz de marée de Parisiens en quête de chlorophylle, une autoroute bondée paraissait à Hélène de mauvais augure. Depuis qu'elle était passée prendre Sirkanian avenue Niel, elle n'avait cessé de maudire son impulsivité. Qu'espérait-elle découvrir dans cette maison inconnue qu'elle ne trouverait pas n'importe où ailleurs ? Avait-elle besoin, maintenant qu'elle avait accepté la mort de Charles et surtout l'idée qu'elle n'aurait pu l'aimer longtemps, de faire deux cents kilomètres pour penser à lui ? Vingt fois elle eut envie de s'expliquer et de rebrousser chemin, mais Sirkanian, comme s'il lisait en elle, s'était alors lancé dans de si brillantes digressions qu'elle n'avait pas osé l'interrompre. Retrouvant l'étourdissante verve de son long monologue du « Petit Vin Blanc », il dessinait pour elle les perspectives baroques d'une érudition et d'une pensée toujours à contre-courant de l'ordre établi. Ainsi déployée, l'intelligence s'avère une arme de séduction bien plus redoutable que la beauté. Hélène en subissait délicieusement les effets. Disparaissaient par magie les lenteurs d'une route encombrée : la petite Austin se transformait en cube d'irréalité heureuse.

Sirkanian posa la main sur la cuisse d'Hélène et l'y laissa. Elle qui, d'habitude, détestait les gestes familiers aima cette chaleur amicale. Au moment où ce contact commença à l'importuner, il retira sa main. Avait-il jamais commis un seul impair dans toute son existence ? Hélène ne pouvait l'imaginer. Elle avait beau chercher, elle ne lui connaissait que des qualités, la moindre n'étant pas cette prodigieuse générosité de son temps qui lui avait fait annuler, sans qu'elle eût rien demandé, ses rendez-vous du week-end pour satisfaire ce qu'il devait considérer comme un caprice. Que pouvait-il penser d'autre ? Elle ne lui avait pas parlé de cette espérance qui, au fil des kilomètres, devenait de plus en plus floue et chimérique : elle redoutait trop son rire clair, métallique, si coupant qu'il claquait comme un éclat de mépris. Même s'il n'avait pas ri, qu'aurait-elle pu lui dire qu'il ne connût déjà tant il lisait en elle ?

Plus elle y songeait, plus il lui apparaissait que Sirkanian savait ce qu'elle attendait de la porte sculptée. Habitué à ces expériences aux frontières du rêve et de la réalité, il ne l'aurait jamais laissée prendre la route s'il avait jugé son projet insensé. Sa loquacité allègre n'était-elle pas le signe de son approbation ? Sans remarquer la rapidité avec laquelle elle était passée du doute à la certitude, Hélène refusa de songer davantage à ce qu'elle allait tenter, elle voulait profiter pleinement, sans arrière-pensée, de son compagnon.

Sur son lecteur de cassettes, Mirella Freni chantait *la Traviata.* « Gricha et Verdi, que pourrait-on souhaiter d'autre sur une île déserte ? » Verdi, elle ne se déplaçait jamais sans un de ses opéras, et Gricha, elle allait l'avoir pour elle seule pendant deux jours. Deux jours volés à la banale répétition du temps. Cette escapade, loin du décor étouffant de l'avenue Niel, des vierges byzantines, des cierges et surtout loin de l'inquiétante présence des masques africains, ne valait-elle pas mieux que toutes les valses-hésitation au pays des ombres ? La route noire devenait tapis volant et les feux des voitures n'étaient que danse de lucioles, ballet de comètes croisées dans leur navigation vers Sirius tandis que Germont suppliait Violetta de renoncer à Alfredo. Pauvre et stupide Germont qui ne connaissait rien à la passion mais pour qui Verdi avait composé le rôle de baryton qu'elle préférait...

Sur l'air *« pura sicomme un angelo »,* Sirkanian parlait des Senoï de Malaisie, de la façon dont ce peuple utilise les rêves comme thérapie et source d'inspiration créatrice.

— ... Dire qu'il nous a fallu attendre Freud pour prendre en considération les rêves ! Les primitifs, eux, en ont toujours fait grand cas. Ils savent que le rêve veut dire quelque chose. Tu devrais essayer de travailler sur tes rêves. C'est un matériau fantastique pour comprendre et évoluer.

— A condition de s'en souvenir, ce qui n'est pas mon cas.

— Ça aussi, ça s'apprend.

— Comment ?

— La première des choses à faire quand on s'éveille est de ne pas bouger. D'essayer, les yeux fermés, de se remémorer les songes de la nuit. Si cela ne vient pas, très doucement, sans à-coups, il faut se retourner dans son lit pour essayer de reprendre la position dans laquelle on dormait, celle qui était la nôtre au moment où nous rêvions. Le corps a une mémoire qu'il faut utiliser au lieu de vouloir tout faire passer par le mental.

— Pourquoi ne m'as-tu jamais parlé de cela il y a quelques mois, à l'époque où je rêvais de Cordélia ? Je t'aurais certainement suggéré toute une série de développements possibles !

— Cesse de penser au conditionnel. Ce qui est, est. Et ce qui n'a pas été ne devait pas être. Maintenant tu connais la technique, n'est-ce pas le plus important ? Demain matin, tu me diras comment ça aura marché. Qui sait ? Tu auras peut-être une surprise... Oui, une très bonne surprise...

Il eut un rire joyeux. Pas le rire cruel qu'Hélène lui connaissait et ne comprenait pas mais celui, espiègle, d'un enfant qui vient de faire une farce.

— Qu'est-ce qui te réjouit tellement ?

Il ne répondit pas et augmenta le volume de la musique pour signifier qu'il ne désirait plus parler. Était-ce le mutisme de Gricha ou l'écho de son rire que Verdi ne parvenait pas à lui faire oublier ? Seule avec ses pensées, Hélène se sentit à nouveau submergée de doute. Lorsqu'ils furent arrivés et qu'elle gara sa voiture devant un portail fraîchement peint de blanc, Hélène essaya de se libérer de tant de questions informulées. Elle avait besoin d'être rassurée.

— Et si j'avais interprété comme un rendez-vous la banale réminiscence d'une photo que j'ai longuement regardée chez toi quand j'essayais de ne pas pleurer ?

Il lui effleura affectueusement le bout du nez :

— Eh bien, nous rentrerons comme prévu dimanche soir à Paris après deux journées à la campagne ! Pourquoi essayes-tu toujours de te projeter dans le futur ? Si je réussissais à t'apprendre cette seule chose, à vivre ici et maintenant, je m'estimerais comblé.

Il sortit le premier, emportant le carton à chaussures empli de cassettes :

— Je prends une provision de musique : Dolorès n'a pas les mêmes goûts que nous.

La clarté lunaire éclaboussait son épaisse chevelure, la sculptait en casque de plumes : il paraissait coiffé d'ailes de corbeau.

La maison ne ressemblait en rien à celle du rêve d'Hélène. Longue et basse sous un haut toit de tuiles. Banale. La classique fermette aménagée.

Sans plus la regarder, Hélène fit quelques pas sur la pelouse, laissant l'astrologue s'occuper des détails matériels. Haute dans le ciel, la lune inondait un jardin de curé où se détachait, insolite, le tronc argenté d'un bouleau pleureur. L'air embaumait les senteurs humides des feuilles. Les petits talons d'Hélène s'enfonçaient dans le gazon trempé. Elle vint s'adosser au bouleau. Le vol lourd d'un oiseau de nuit déchira le silence. A travers les branches embourgeonnées, Hélène suivait des yeux la lente chevauchée des nuages. Onze coups grêles retentirent au clocher tout proche. Que pouvait faire Schoenwald à cette heure ? Après tant de soirées passées en sa compagnie, que savait-elle de lui ? Rien. Ou si peu. Sa passion pour la mer, la pêche au gros, les îles tropicales, son amour de la peinture, de la musique baroque. Son art de ne retenir que la face heureuse des événements. Elle finissait peut-être par connaître ses goûts, c'est-à-dire l'extérieur, l'écorce du fruit. Mais la pulpe ? L'être profond ? Qui était-il sous la dorure des apparences ? Non ! Savoir être ici et maintenant, disait Gricha. Adieu, Hugo ! Hélène avait froid. Elle rentra.

La surprise de découvrir, dans cette petite bicoque extérieurement sans prétention, une entrée de marbre blanc lui donna, l'espace d'un instant, la curieuse impression de s'être trompée de rêve. Ignorant le salon où elle entendait crépiter un feu de cheminée, elle grimpa quatre à quatre l'escalier qui donnait sur un corridor mansardé, moquetté et tapissé de noir. Trois portes, toutes du côté droit.

— Attends, Hélène ! cria d'en bas Sirkanian. Je viens seulement d'allumer la chaudière. Viens te réchauffer au salon où il y a du feu.

Elle redescendit. N'eût été l'honnête cheminée campagnarde, la vaste pièce qui occupait tout le rez-de-chaussée eût pu servir de décor pour une soirée à la Fellini. Contre des murs tendus de satin noir se dressait, tels des fétiches usés par des pluies diluviennes, la grise blancheur de hauts bois d'épave gâchés par l'adjonction d'yeux peints de toutes les couleurs. Bar et tabourets recouverts d'une mosaïque de miroirs. Fauteuils de bronze garnis de panthère. Profusion de coussins de velours noir et de lamé d'argent jetés au hasard d'une moquette imitant le zèbre. Lampes en pâte de verre rose. Sur une grande photo noir et blanc, une paire d'yeux clairs surveillaient la table de salle à manger de laque noire. N'apparaissaient, du visage surexposé, qu'une mèche blonde dégringolant sur une pommette et l'ombre portée de la lèvre inférieure.

— C'est ton amie Dolorès ?

— Oui. Ne la juge pas d'après ce décor de catafalque dont elle n'est pas responsable. Les chambres, en haut, ont le charme désuet des vieilles demeures anglaises. Nous y serons très bien. Il y fera bon en moins d'une demi-heure et tu y trouveras la porte que tu as la discrétion de ne pas réclamer tout de suite. Cela mérite une récompense : tiens ! Réchauffe-toi avec ça.

Il lui tendit un punch à la noix de coco.

Le « nous y serons très bien » parut à Hélène lourd de sous-entendus. Une déchirure dans l'immaculée longueur de soie blanche qui tenait lieu de voile à leur nef clandestine. La magie de leur fugue se muait en échappée triviale : la phrase malheureuse les assimilait à ce flot d'automobilistes pressés de quitter la capitale. Il avait suffi de quelques mots. Pourquoi les avait-il prononcés ?

Occupé à doser différents alcools dans un shaker, Sirkanian semblait ignorer le subit malaise d'Hélène. L'ignorait-il vraiment, lui qui percevait tout ? Et si elle était en train d'extravaguer ? Cependant, elle avait déjà ressenti cette gêne auprès de lui. Quand ?

Assise en tailleur devant la cheminée, les yeux fixés sur les flammes, Hélène déroulait le fil de ses souvenirs en dégustant son cocktail à toutes petites gorgées. Le kaléidoscope s'emballait. Éclataient en morceaux chatoyants les moments intenses, enrichissants, tous réussis autour de l'axe central : Gricha, l'astrologue aux yeux de velours qu'elle avait d'abord pris pour un dragueur. Lui, un dragueur ? Cet érudit iconoclaste sanglé de noir, encombré de livres, prodiguant une pensée originale que d'autres conserveraient jalousement ou monnayeraient sans scrupules ? Elle sourit. Il était là, silencieux à ses côtés, absorbé par la danse des flammes. Respectant son besoin de silence. L'ami rêvé dont on ne peut rencontrer qu'une image au cours de toute une vie, avec qui l'on peut parler ou se taire, rire ou pleurer, réfléchir ou batifoler, celui qui voit derrière les apparences et comprend au-delà des mots. Pourquoi ce pincement au cœur tout à l'heure ? Elle n'avait aucune psychologie, Leïla le lui reprochait souvent. Ah non ! Pas de Leïla ! Je suis ici et maintenant, ici et maintenant, se répétait-elle.

Était-ce le feu chantant dans l'âtre ou les vapeurs du punch charriant dans ses veines l'euphorie de l'alcool ? Hélène sentait une nonchalante torpeur l'envahir. « Je crois surtout que je suis un peu ivre ! » Elle vida son verre. Le kaléidoscope reprit sa course. Doux instants hors du temps. Soudain le cylindre se coinça. Les éclats lumineux se brisaient contre une tache brune. Sur l'écran fantastique se développait une moisissure. Envahissante. Hélène se frotta les yeux en secouant la tête. En un éclair de lucidité, elle revit la scène qu'elle cherchait. Le soir où elle avait eu cette incompréhensible douleur à la cheville, Gricha l'avait massée. La délicatesse de ses effleurements, plus proches de la caresse que du massage, lui avait malgré la souffrance irradié la colonne vertébrale de frissons de volupté. Les mains de Gricha recelaient une telle sensualité qu'elle avait eu peur qu'il l'embrassât. Peur. Oui, peur comme une collégienne. Un lièvre effarouché par l'ombre de ses oreilles. Par délicatesse, Gricha s'était abstenu de commenter son affolement mais il l'avait perçu, elle en était sûre. Comme elle avait été ridicule ! Aussi ridicule que tout à l'heure quand l'innocent « nous y serons très bien » lui avait écorché les oreilles. Pourquoi voyait-elle le mal partout ?

Enfin rassurée, elle se leva :

— Il va bientôt être l'heure pour moi... Je vais monter...

Une fois franchi le noir tunnel du corridor, le premier étage offrait une succession de chambres mansardées, gaies et fleuries. Un havre de fraîcheur après l'agressivité prétentieuse du rez-de-chaussée. Dans la chambre de Dolorès, fermant une penderie, la porte sculptée. Étroite. Sombre. Austère. Étonnamment mise en valeur par une profusion de fleurs courant sur les murs et les meubles peints. Hélène sentit le regard de Sirkanian lui peser sur la nuque. Elle se tourna vers lui. Sous l'épaisse barre des sourcils, ses yeux fixes la traversaient sans la voir. Des yeux vides de toute expression, des yeux d'émail noir enfoncés dans un visage de cire.

— Hé, Gricha, à quoi penses-tu ?

Il ne cilla même pas. Son immobilité était telle qu'un instant Hélène le crut mort. Ou si totalement ailleurs que seul son corps demeurait comme un leurre, abandonné dans cette pièce. Elle hésitait à le secouer et, craintive, s'approcha de lui sans faire de bruit. Il leva les deux bras, lui tendant les mains qu'elle saisit sans comprendre. Des mains exsangues, glacées. Une minute de plomb traîna ainsi et, sans transition, la vie réanima Gricha. Il cligna des yeux à plusieurs reprises et parut la découvrir ; sa bouche esquissa une grimace en guise de sourire.

— Ah ! Tu étais là ? Pardon... Il est temps que je te laisse.

Il lui baisa les mains et sortit, laissant Hélène balbutier dans le vide un « bonsoir » embarrassé. Elle l'entendit redescendre au salon. Quel subit accès de tristesse l'avait envahi ?

Hélène, mortifiée, se sentait impuissante. Que pouvait-elle pour cet homme habituellement si maître de lui et des autres ? Elle n'avait à lui offrir qu'un peu de chaleur et de gentillesse, c'est-à-dire rien.

Elle refusa de penser davantage à lui. Il lui fallait vider son esprit de toute préoccupation pour accueillir son visiteur de la nuit.

Le chant des oiseaux la réveilla.

A travers les rideaux mal tirés, un rai de soleil, coupant en biais le bout de la chambre, venait mourir sur le lit. La bouche pâteuse et la tête lourde, Hélène se redressa un peu sur ses oreillers.

Soif... Pas d'eau sur la table de nuit... Pourtant elle ne se couchait jamais sans préparer un grand verre... Elle s'assit tout à fait et, reconnaissant le tissu fleuri de la chambre de Dolorès, essaya de se rappeler. Non, elle ne se souvenait pas d'avoir empli un verre la veille au soir ni même de s'être couchée...

En allant boire à la salle de bains, un léger étourdissement la força à s'asseoir sur le rebord de la baignoire. « Ma parole, j'ai la gueule de bois ! » Elle but à même le robinet, s'aspergea d'eau le visage et sa nuit lui revint...

Malgré la migraine qui lui taraudait la tempe gauche, elle se sentait légère, légère. Elle tournoya sur elle-même en chantonnant ; le vertige la reprit et, soudain, elle se rappela le conseil de Gricha. Que faisait-elle debout ? Elle aurait dû rester au lit et essayer de retrouver la position qu'elle avait en dormant ! Était-ce bien la peine : un tel rêve ne s'oublie pas !

Étendue sur le dos, les yeux grands ouverts sur le plafond incliné couvert d'odorantes lattes de cèdre, elle se sentit rougir. Elle tâta ses joues : brûlantes ! Le cœur lui battait. Elle était la proie d'émotions si violentes, si contradictoires qu'elle n'aurait su dire si elle avait rougi de plaisir ou de confusion. Cette nuit, en rêve, elle avait fait l'amour avec Charles. Quelle vilaine expression, faire l'amour, se reprit-elle, elle avait été l'amour avec Charles. Dans la passion et le plaisir. Dans la tendresse et la fête des corps. Elle s'était d'abord trouvée dans l'atelier de Kaatz, une vaste pièce au sol de terre battue, encombrée de statues dissimulées sous des bâches noires, et puis, elle ne savait plus comment, blottie au creux des bras de Charles dans une clairière ensoleillée. Ils s'étaient aimés avec une telle violence qu'elle en était presque courbatue ; ils s'étaient embrassés désespérément, comme deux amoureux se noyant ensemble qui voudraient échanger dans un dernier bouche-à-bouche le dernier air de leurs poumons déjà emplis d'eau. Non, elle seule était désespérée ; elle savait que ce n'était qu'un rêve, qu'elle ne pourrait pas le retenir et qu'elle se réveillerait seule. Charles, lui, riait, lui mordillait la nuque en l'appelant « ma folle »...

Au cours de nombreux songes, quand elle dérivait

dans ces paysages diaprés où elle vivait d'étonnantes rencontres, elle se surprenait à penser « cette fois-ci, je ne rêve pas ! » : alors pourquoi, lors de la plus belle de ses nuits, cette conscience aiguë de rêver lui avait-elle à ce point poignardé l'âme ? L'indifférence de son amant à cette déchirure l'avait révoltée : elle était près de le haïr de ne pas comprendre qu'ils s'aimaient dans l'illusion. Mais non, Charles l'assurait que tout était réel. Elle ne le croyait pas et le suppliait de ne pas disparaître avec la fin de la nuit.

— Tu verras bien...

— Non, donne-moi une preuve que je ne rêve pas !

— Il n'y a pas de preuve. Il suffit que tu veuilles et tu vivras la réalité.

C'est alors qu'elle avait retiré sa chaîne pour la lui passer autour du cou :

— Si tu la gardes, c'est bien la preuve que je ne rêve pas...

Machinalement, Hélène porta la main à son décolleté. Rien. Son cœur s'affola. Elle regarda sous les oreillers, défit le lit. Toujours rien. Une épaisse angoisse l'enveloppa toute et l'emporta. Elle arracha les draps, secoua les tapis, fouilla les tiroirs de la commode qu'elle n'avait jamais ouverts auparavant. Le cœur lui battait à grands coups. La migraine, qu'elle avait oubliée, devint à peine supportable et resserra sur elle son étau. « Ce doit être le punch à la noix de coco », se disait-elle, niant sa panique.

En fouillant la chambre dans ses moindres recoins, elle essaya de se rappeler. Elle était sûre, en tout cas, qu'elle portait le bijou à son cou en s'installant à sa table, elle se souvenait de l'avoir fait jouer autour de la chaîne en regardant la porte. D'ailleurs, elle ne le quittait jamais, même pour dormir. L'aurait-elle, exceptionnellement, ôté la veille ? Elle ne savait même plus à quel moment elle s'était couchée... Elle essaya de remonter dans le temps. Ayant allumé une bougie sur la coiffeuse orientée face à la penderie, elle avait longuement attendu, en déshabillé, assise à sa table, un crayon à la main. Pour favoriser un état de réceptivité et oublier l'incompréhensible visage de Gricha qui l'obsédait (en se démaquillant, elle avait cru voir dans le miroir les deux lacs sombres de ses yeux), elle s'était imaginée, fourmi minuscule, explorant minutieusement ces vallées profondes et sombres que constituaient les plis des draperies. Il avait frappé à la porte.

— Je peux entrer ?

— Oui.

Elle avait pris une voix neutre et ne s'était pas retournée, lui jouant la comédie de la méditation. Elle ne devait pas relâcher sa concentration, sinon l'heure magique où son crayon s'animait passerait sans retour, mais elle était secrètement heureuse de la venue de Gricha.

— Oh pardon ! Tu es déjà prête ! Je te dérange ?

Il ne la dérangeait pas : l'invisible coque qui d'habitude servait de sas à la communication avec l'ailleurs ne voulait pas cette fois se refermer sur elle. Elle sentait qu'elle n'obtiendrait rien ce soir. Les fleurs multicolores, jetées comme des arpèges sur les murs et les meubles, s'opposaient de toute leur grâce un peu mièvre au voyage peut-être imaginaire dont elle s'efforçait d'ouvrir la piste. Guirlandes et rubans l'invitaient à demeurer sur une terre pleine de chants d'oiseaux, de senteurs d'herbe coupée, de rires insouciants, de vols de libellules. Elle avait envie de descendre dans le petit jardin écouter le silence de la nuit sous la clarté des étoiles ou de terminer au lit *L'Ange de feu,* ce curieux roman russe du début du siècle présenté comme l'exhumation d'un manuscrit du XVIe et qui se déroulait dans les milieux de la sorcellerie et de l'Inquisition en Allemagne à l'époque de Faust.

Pourquoi n'avait-elle pas avoué à Gricha que son exaltation du square Saint-Julien-le-Pauvre était désormais retombée ? Son désir de lui parler de ses expériences, de lui montrer ses pages secrètes était le signe que tout ceci appartenait à un passé révolu. L'excitante période où elle s'émerveillait de voir sa main lui échapper et courir sur une feuille était bien passée. Les dessins l'intriguaient toujours mais ils apparaissaient plus rarement que les textes dont elle s'était lassée. Après avoir passionnément souhaité établir un contact avec Charles, Hélène avait pris ses distances vis-à-vis de l'écriture médiumnique dès que son ami s'y était manifesté. Était-ce les séquelles d'une éducation catholique dont elle se croyait affranchie et le lointain écho de l'avertissement de saint Paul, « laissez les morts enterrer les morts », ou un souci païen de vivre naturellement ? Elle n'aurait su le déterminer. Depuis qu'elle comprenait que si Charles vivait encore elle l'aurait quitté, n'ayant plus rien à lui dire, l'idée de pouvoir convoquer si facilement un disparu, de l'astreindre à lui parler, la choquait.

Gricha, donc, avait frappé, était entré et, refermant la porte, était resté là, debout, mais Hélène s'en souvenait encore fort bien, elle n'avait pas voulu qu'il soupçonnât sa soif de frivolité. Prise au piège de son propre rôle, elle s'était composé un masque, avait prétendu être « sur le point de commencer » et ressentir un « trac terrible ». Avec sa discrétion coutumière, Gricha s'était rapidement retiré. Que s'était-il donc passé après son départ ? Les pages étaient demeurées vierges. La bougie, presque consumée, attestait qu'Hélène avait dû attendre longtemps avant de se coucher mais *elle ne se souvenait pas de s'être couchée...* Et là, brusquement, le présent revint : *le galet, son bijou fétiche, avait disparu !*

— Non ! cria Hélène.

Le son de sa voix ne parvint pas à la rassurer. Elle avait inspecté en vain la chambre et la salle de bains, fouillé les meubles auxquels elle n'avait pas touché la veille, mis sens dessus dessous les impeccables piles de chandails de Dolorès. Elle eût accepté de retrouver le bijou dans n'importe quel endroit absurde plutôt que d'admettre qu'elle tenait la preuve réclamée : Charles avait emporté son caillou. Cette nuit, elle n'avait pas rêvé (comment un si intense plaisir pourrait-il n'être qu'imaginaire ?) et elle devait admettre l'inadmissible. Charles était revenu lui faire l'amour. Et elle ne s'y était pas opposée...

Était-ce là la surprise annoncée par Gricha dans la voiture ?

— Non, non ! répéta Hélène plus faiblement.

C'était tout ce qu'elle trouvait à se dire : deux petits mots de dénégation alors que tout son être se cabrait. Cette fois elle avait été trop loin. Ce n'était pas sa faute, elle ne l'avait pas voulu, elle n'aurait jamais cru cela possible...

Quand une situation devient trop embarrassante, il arrive que l'esprit la rejette, laissant au temps le soin de la dénouer. Hélène se pelotonna au pied du lit, la tête sur les genoux. Elle s'empaquetait elle-même dans cette posture de détresse qu'elle adoptait quand elle se sentait lâcher prise. « Vous verrez votre ami jusqu'à ce que vous acceptiez qu'il soit parti », lui avait dit Gricha la première fois qu'elle était allée chez lui. Et là, intérieurement, elle protestait : « Mais justement, j'accepte qu'il soit parti et je ne veux pas qu'il revienne ! »

Le son grêle d'une mandoline (Gricha, en bas, avait mis une de ses cassettes, un concerto de Pergolèse) la sortit de sa torpeur. A nouveau, l'image de Gricha. Elle s'interrogea : serait-il choqué ou seulement attristé qu'elle eût transformé une expérience mystique ou tout au moins métaphysique, c'est-à-dire au-delà du physique, en expérience sexuelle ? Et là, non moins soudain, en pensant à leur soirée dans le salon, elle se dit qu'après tout ses souvenirs pouvaient la tromper : c'était devant la cheminée, et non dans sa chambre, qu'elle avait dû, la veille au soir, jouer avec le bijou, et c'était là que la chaîne avait dû se détacher. Elle le retrouverait en bas. Oui, c'était cela, sûrement. Et elle ne le porterait plus, elle avait eu trop peur. Elle le jetterait dans la Seine. Non. Elle l'accrocherait sous une icône de Saint-Alexandre Nevski. Et jamais, au grand jamais, elle ne provoquerait Charles.

Machinalement, elle se fit couler un bain, termina rapidement sa toilette et s'habilla. Son obsession restait latente mais ne la tourmentait plus. Après son bain, déjà, elle n'éprouvait plus que cette grâce d'exister qu'on ressent au lendemain des nuits d'amour. Sa migraine avait passé. Elle avait faim et surtout elle avait envie d'un bon café. Elle descendit.

Dans la cuisine, un homme préparait en chantonnant un plateau de petit déjeuner. Entendant Hélène, il leva la tête : c'était Gricha, mais un Gricha presque méconnaissable. Il avait abandonné son costume de clergyman Mao pour un pantalon de velours côtelé miel et une chemise à carreaux. Ses cheveux mouillés, plaqués en arrière sur son crâne, émaciaient son visage, accentuaient l'arête du nez, découvraient un front plus bas qu'Hélène ne l'aurait imaginé. Sans l'épais volume de la chevelure, ce n'était plus l'ours débonnaire mais un faucon noir dont les yeux perçants brillaient d'un éclat si métallique qu'Hélène bloqua son élan pour venir l'embrasser. Il la détailla sans ciller. Puis une onde parcourut son visage. Gricha réapparut sous le masque glacial d'Hantar Sirkanian.

— Bonjour Hélène. J'allais te monter ton petit déjeuner.

— Mais... Quelle heure est-il ?

— Presque une heure de l'après-midi !

Elle emplit sa tasse de café et s'installa dans le rectangle de lumière que le soleil dessinait sur la table. Elle n'osait pas se retourner vers la cheminée, elle avait peur, en cherchant le bijou perdu, de retrouver d'abord son angoisse. En trichant avec elle-même, elle était parvenue à se rasséréner provisoirement, mais la splendeur de ce matin lumineux éclairait impitoyablement le souvenir qu'elle voulait oblitérer : elle avait bel et bien joué avec son galet hier au soir dans la chambre et préférait ne pas imaginer la panique qui s'emparerait à nouveau d'elle tout à l'heure lorsqu'elle fouillerait en vain le salon.

Parmi les volumes géométriques, blancs et nets, de cette cuisine ultra-moderne, l'impossible geste d'Hélène (« j'avais ma chaîne hier et je ne l'ai plus : je *sais* que je l'ai enlevée pour la lui passer autour du cou ») devenait plus impossible encore. Au défi rassurant des casseroles émaillées et de la profusion des petits pots à épices, elle opposait la réalité d'une expérience indicible, incommunicable mais réelle. Elle regardait Gricha lui beurrer un toast. « Il ne saura jamais, songea-t-elle, à quel point il avait raison, quand il évoquait mes capacités exceptionnelles. »

— Comme cela a-t-il marché cette nuit ?

Gricha n'avait pas l'habitude d'aborder de cette manière directe les sujets brûlants. Maître de l'esquive, il laissait le plus souvent de côté ce dont il désirait entendre parler, abandonnant à son interlocuteur le soin de s'aventurer seul dans les sables mouvants où il le poussait. Son intonation, pas véritablement interrogative, avait l'air de signifier qu'il soupçonnait quelque chose. Quelle attitude illogique, pensa Hélène : il avait refusé, sous prétexte de n'être pas voyeur, de lire les pages qu'elle lui offrait, et aujourd'hui il voulait connaître la plus intime des expériences qu'elle eût jamais vécues ! Sa décision fut prise aussitôt : que sa nuit fût ou non la réponse qu'il attendait, elle ne lui en parlerait pas. « Je veux qu'il cesse de me guider vers ces zones d'ombre ! » pensa-t-elle encore.

— Non. Je n'ai rien écrit. J'ai dû m'endormir très vite.

— Ne sois pas déçue, ça peut arriver !

— Je ne suis pas déçue. C'était autre chose. J'ai fait un rêve, un rêve très agréable...

Sa phrase resta volontairement en suspens, mais elle espérait que, par-delà son silence, son ton le mît sur la voie, qu'il devinât ce qu'elle avait vécu et lui en parlât. Elle nierait tout, farouchement.

Hélène guettait une expression d'intelligence chez Sirkanian. Ses yeux parcoururent le visage impassible de l'Arménien, descendirent le long du cou qui émergeait d'une chemise ouverte, s'y arrêtèrent, incrédules, puis horrifiés. Elle se sentit envahie d'une pâleur mortelle. Avec un hurlement sauvage, elle bondit sur Gricha dont elle écarta à deux mains le haut de la chemise, la déchirant.

Sur la poitrine velue, son caillou et sa chaîne.

Elle lui martela les épaules de coups de poing en criant : « Salaud, salaud ! »

Gricha, souriant, la repoussa et lui dit :

— Allons, c'est maintenant qu'il faut faire la preuve de ta force...

Mais elle se jeta à nouveau sur lui, et, cette fois, les bras ballants, il la laissa faire, à peine secoué par les coups rageurs mais sans force de la jeune femme.

— Tu me déçois beaucoup, ajouta-t-il.

Son sourire s'accentua et, imprévisible, son rire, le rire tant détesté, cruel, éclata.

Ce rire balayait chez Hélène toute incertitude, le fol espoir qu'elle se trompait, que Gricha avait seulement ramassé la chaîne près de la cheminée...

C'était au cou de Gricha qu'elle l'avait passée, c'était dans ses bras qu'elle s'était perdue, c'était lui qu'elle avait aimé cette nuit...

Elle se sentit salie, souillée, avilie et n'eut plus qu'une obsession : fuir. Fuir au plus vite.

Ruisselante de larmes, elle monta les escaliers quatre à quatre avec, lui vrillant les oreilles, le rire de Sirkanian, monstrueusement allègre.

Minuscule insecte affolé et vrombissant dans l'indifférence des plaines vallonnées, la petite Austin rouge zigzaguait parmi la nature géométrisée où alternaient les rectangles bruns, verts et jaunes de la terre, de l'herbe et du colza. Sans savoir où elle était, sans savoir où elle allait, Hélène écrasait son accélérateur. Une seule urgence : s'éloigner au plus vite du rire horrible qui retentissait encore dans sa tête.

Les champs succédaient aux champs et les fermes aux fermes, dans une répétition si identique qu'Hélène pensait tourner en rond. La torpeur ensoleillée de la campagne recelait le plus perfide des cauchemars : un labyrinthe de chemins creux s'enroulant sur eux-mêmes. Les panneaux n'indiquaient que des petits villages dont elle n'avait jamais entendu parler et elle n'avait pas de carte. La panique commençait à la gagner et une mauvaise sueur froide lui coulait sur le front. Elle ne voulait pas ralentir et continuait de rouler, agrippée à son volant comme à une bouée, s'attendant à tout instant, et contre toute vraisemblance, à être rattrapée par Sirkanian.

Enfin une borne Michelin : Alençon, vingt et un kilomètres. Sauvée ! Hélène relâcha l'accélérateur. Elle s'était crue engluée dans un maléfice, condamnée à errer dans une contrée inconnue et abandonnée — elle n'avait pas croisé de voiture ni aperçu le moindre paysan — sans pouvoir en sortir. Garée sur le bas-côté de la route, elle essaya de recouvrer ses esprits. Une violente crise de tremblement la saisit. Elle se coucha sur le volant, attendant les larmes. Ses yeux restèrent secs. Ils refusaient de pleurer de honte ou de rage, et Hélène se sentait seulement lasse. Si lasse. Incapable de conduire jusqu'à Paris. Poisseuse de transpiration. Il lui fallait un bain et une bouteille de champagne. Ou deux. Ou trois. Dans le premier hôtel venu.

Elle se mit un peu de rouge aux joues. Son petit miroir confirmait ses craintes : creusé de cernes, son visage portait tous les stigmates de la peur mais elle n'eut pas la force de se maquiller. Avait-elle seulement emporté sa trousse de maquillage ? Elle était partie si précipitamment qu'elle ne savait même pas ce qu'elle avait pris chez Dolorès. Elle vérifia : elle avait laissé son déshabillé, son livre et toutes ses cassettes. Et le galet, bien sûr...

Très lentement, elle conduisit jusqu'à Alençon, la jambe gauche agitée périodiquement, comme prise de convulsions.

« Comment peut-on dire que l'alcool embrume le cerveau ? » se demandait Hélène dans son bain en entamant sa deuxième bouteille de champagne. Plus elle buvait, plus elle se sentait lucide. Au fil des coupes, sa situation s'allégeait, perdait ses allures de drame pour se réduire aux dimensions plus justes d'un épisode très déplaisant. Salissant. Tel était le terme qui l'avait obsédée tandis qu'elle attendait en pianotant d'impatience sur l'émail que son bain fût prêt.

A peine arrivée dans cette chambre impersonnelle de voyageur de commerce, elle n'avait eu qu'une idée : se plonger dans la baignoire et s'y frotter le corps à s'en déchirer la peau pour arracher d'elle toute trace de souillure et mettre au jour un épiderme neuf dont aucune cellule n'aurait pu être en contact avec le corps velu, révulsant qu'elle prêtait à Sirkanian.

Deux fois changée, l'eau du bain lui avait enfin apporté un sentiment de sécurité. Après s'être laissée couler au fond de la baignoire, Hélène se redressa pour se forcer à considérer son histoire comme si elle était arrivée à une autre. Sa fureur s'était calmée : la colère et le dégoût cédaient le pas à la tristesse. Une tristesse que le champagne commençait même à noyer. Six mois d'amitié émerveillée — et qu'elle avait crue partagée — venaient de disparaître dans le siphon avec un gargouillis grotesque proche du ricanement.

— Vers quoi me guidez-vous ?

— Mais vers un lit ! N'est-ce pas pour cela que les femmes sont faites ? Qu'est-ce que vous attendiez ? Votre absence de désir pouvait-elle m'inspirer une autre idée que d'en venir à bout ? En avez-vous entendu chez moi des femmes m'implorer au téléphone : quel ennui, les femmes faciles ! Avec vous, je savais que ça serait différent. Je ne vous ai pas prise en traître : ma petite démonstration à l'hôtel Drouot n'était-elle pas le plus clair des avertissements ?

Hélène se sentit rougir. C'était vrai : il lui avait montré qu'il était capable d'obtenir n'importe quoi de n'importe qui. De quoi pouvait-elle se plaindre ? Elle était prévenue. A mon âge, songeait-elle, peut-on faire un drame d'avoir été violée ? Du reste, l'avait-elle été ? Dans son rêve — qui n'en était pas un — elle avait été la plus consentante des femmes. Par ailleurs, à force de se poser des questions sur la sexualité de Gricha, ne l'avait-elle pas inconsciemment provoqué ? Non, à trop vouloir être honnête, elle inversait les rôles... Déjà, elle chassait d'elle toute humiliation.

Hélène emplit à nouveau sa coupe et déversa doucement la fin de la bouteille de champagne sur son visage. Aucune main amie n'aurait pu apaiser son front comme cette cascade de petites bulles fraîches. Elle se rappela l'image de l'âme pécheresse, telle que se la représentait sa mère enfant, et visualisa une cervelle tout empoussiérée. Grain après grain, elle en ôta chaque impureté. A la fin de son exercice, une boule d'ivoire éclatant emplissait son écran mental. Elle la fit tournoyer sur elle-même, décrire des cercles, s'éloigner dans un ciel pur et disparaître. Quelque pitoyable que fût la fin de son histoire avec Gricha, elle en sortait victorieuse, forte de techniques qu'elle n'eût jamais connues sans lui.

« Si la peste vient à toi et te réclame un denier, donne-lui en deux et qu'elle s'éloigne », dit un proverbe des anciens Carthaginois. Elle avait croisé la peste, l'hypocrisie faite homme et lui avait payé plus que le tribut demandé. Elle en était débarrassée, elle ne la reverrait jamais.

Les vertus du champagne opérant, Hélène, toujours dans son bain, commença à chantonner en se balançant. Elle inventa une petite ritournelle qu'elle modula en mineur, en accentuant son déhanchement. De variations en variations, la ritournelle se mua en samba. Monta la voix traînante, un peu rauque d'Otália. Passa le visage rieur de Schoenwald. Après le départ de Philippe, ils avaient dansé longuement. Elle n'avait plus éprouvé le besoin de parler, elle était bien dans ses bras. Maintenant, elle aimait cette stature puissante, ce soupçon d'embonpoint qui lui conférait un corps accueillant, rassurant. Les larges épaules s'érigeaient en muraille la protégeant des autres. Protéger ? Elle n'avait pas besoin d'être protégée si ce n'est d'elle-même, de son imagination galopante. Rirait-il ou la regarderait-il comme une pestiférée si elle lui racontait sa nuit ? La sérénité avec laquelle il accueillait tout ce qui se présentait (sa tranquillité, à l'Anti-Bach, face à la colère de Mertal) lui donnait parfois envie de le provoquer, de le scandaliser. Mais non, jamais elle ne lui parlerait de l'épisode qu'elle venait de vivre. Une autre pensée lui vint. Très spontanément, elle avait tutoyé Hugo alors qu'elle avait dû forcer sa nature pour cesser de vouvoyer Sirkanian. (Là encore, ce dernier l'y avait-il conduite ? C'était, curieuse coïncidence, le jour même où il lui tendait son piège en l'obligeant à aller chez Dolorès.) Contrairement à Leïla qui tutoyait d'emblée presque tout le monde, Hélène était très lente à glisser du « vous » au « tu » et attachait beaucoup d'importance à ce changement de personne. « Je ne tutoie que les gens que j'adopte », aimait-elle à répéter. Avec Hugo, cela avait été si simple. « S'il me voyait dans cet hôtel minable ! » pensa-t-elle gaiement. Un instant, l'Autrichien flotta au-dessus de la baignoire. Il portait la tunique indienne de Leïla et son corps s'arrêtait là, à mi-cuisse. Il n'avait pas l'air surpris de voir Hélène dans son bain et, après un geste incompréhensible, se dissipa. Hélène éclaboussa dans cette direction. Au début de la semaine prochaine, elle devait voir avec lui au café-théâtre un spectacle Valéry : une adaptation de *Monsieur Teste,* un des livres qu'elle admirait le plus quand elle avait dix-huit ans...

Par la fenêtre ouverte de la chambre montaient, assourdis, d'insolites bruits qu'elle cherchait à identifier : des raclements, des tubes métalliques s'entrechoquant, des tôles agitées, des coups de maillet ou de pioche. Elle n'avait pas regardé sur quoi donnait la chambre mais ici, dans cette salle de bains vieillotte, elle se sentait au bout du monde, au bout du temps. « C'est la tour de Babel que l'on construit, ou bien le pont sur la rivière Kwaï », décréta-t-elle à voix haute. Quand les ouvriers auront fini, j'irai voir *Monsieur Teste*. Pas avant. » Elle ferma les yeux.

La chaleur de l'eau enrobait son corps d'une douceur tranquille. Hélène essaya de se remémorer un passage de Valéry qu'elle avait relu récemment : « Le nu libre et léger se dispose et s'apaise... Ses forces flottantes rêvent de... » Rêvent de quoi, elle ne pouvait plus s'en souvenir.

« La tête pensante s'amuse de quelque pied ! » Elle sortit sa jambe tendue hors de l'eau et regarda son pied : il avait un petit air d'indépendance et semblait appartenir à quelqu'un d'autre. Amusant ! Comme elle était bien... Elle appuya sa nuque sur le rebord de la baignoire et se laissa flotter les yeux fermés.

Le robinet gouttait. Tap, tap, tap. Elle se sentait protégée par cette pellicule d'eau qui adhérait à sa peau. Elle flottait dans la vie et la vie était chaude et douce, humide et parfumée. L'odeur du savon attira son attention... Il y avait quelque chose d'autre... Elle se murmura à elle-même : « Le parfum... » Oui ! « Le parfum dont la fleur complexe interroge les souvenirs, caresse ou colore les désirs indistincts de l'être nu. »

Elle réchauffa son bain. Quand la température fut à peine supportable, elle plongea dans la baignoire la douche à main et ouvrit le robinet d'eau froide. Elle promena lentement la pomme contre son corps, remontant le long de ses jambes, de son ventre, lui fit décrire des cercles autour de sa poitrine. Elle frissonnait de plaisir et de froid dans ce bain trop chaud. Calant l'appareil contre son épaule, elle laissa ruisseler sur elle un petit filet glacé et ses pensées, peu à peu, acquirent la transparence de l'eau.

En six mois, elle avait connu deux des épreuves les plus difficiles d'une existence : la mort de l'être qu'elle aimait, et la trahison de celui qu'elle considérait comme son meilleur ami. Après avoir bien franchi le cap de la première — la plus douloureuse —, elle n'allait pas faire de grimaces pour la seconde. Chaque fois qu'un homme décevait Leïla (ils finissaient toujours par la décevoir), celle-ci affichait une désinvolture qui n'avait rien de fabriqué.

— La vie, disait-elle, est trop courte pour qu'on l'encombre de mauvais souvenirs. Quand je découvre qu'un mec est nul, que c'est un mauvais coup ou qu'il ne me va pas, je l'oublie avant même de rencontrer son successeur, et je n'y repense jamais.

— Tu es trop cynique ! répondait Hélène.

— Et si le cynisme était une attitude intelligente et positive ?

Vingt fois, elles avaient eu ce genre d'échange et toujours Hélène déplorait l'attitude de son amie. Elle préférait une voie plus romantique, plus proche de celle de Nietzsche qui affirmait : « Entre rien et la souffrance, je choisirais la souffrance ! » et ne manquait pas de le citer. Leïla soupirait alors comiquement :

— Eh bien, je n'ai pas fini de te passer des kleenex !

Eh bien si, justement, c'était fini.

L'eau était devenue trop froide. Hélène sortit de son bain. Elle avait faim, elle s'habilla. Au moment de quitter la chambre, comme elle ramassait son trousseau de clés, la lourde médaille d'or lui rappela le proverbe de la porte fermée et de la bonne fenêtre à enjamber. Elle haussa les épaules et sortit dans le corridor.

L'air brésilien lui revint encore en tête. Souvent, ces derniers mois, elle avait eu envie de se réfugier dans les bras d'Hugo et, chaque fois, elle avait chassé cette pensée. Maintenant, elle s'interrogeait sur son comportement : pourquoi se refusait-elle toujours ce qui pouvait lui adoucir la vie ?

Arrivée dans le hall, elle fit demi-tour et remonta dans sa chambre. Assise sur le lit, elle fixait le téléphone, hésitant à se décider. A sa place, se dit-elle, Leïla, toujours à l'écoute de ses impulsions, aurait foncé.

Hélène avait-elle donc changé ? Elle ne voulait plus laisser la ronde des Hélène l'assaillir d'arguments contradictoires. Cette fois, elle trancha rapidement mais, comme il advient parfois quand on revêt un nouveau personnage sans avoir tout à fait dépouillé l'ancien, elle se fia au sort. Un samedi après-midi, elle n'avait pratiquement aucune chance de trouver Schoenwald chez lui. S'il était absent, elle ne laisserait pas de message et continuerait à le voir comme par le passé ; s'il était là, ce serait le signe que le temps était venu de modifier leur relation.

Il était chez lui.

— Sais-tu que c'est la première fois que tu m'appelles ? Ça me fait bien plaisir...

— Écoute, Hugo, je suis chez des amis à la campagne où je m'ennuie mortellement. Je n'ai pas envie de rester ici, ni de rentrer à l'Anti-Bach. Si tu m'invitais à finir le week-end chez toi ?

— Où veux-tu que je passe te prendre ?

— Ce n'est pas la peine, j'ai ma voiture.

Elle réussit à ne pas s'embrouiller dans son récit. Hugo insistait pour venir la chercher : il s'inquiétait de la voir prendre la route un samedi. Hélène haussa le ton, comme chaque fois qu'elle se sentait en faute. A l'autre bout du fil, Hugo paraissait si soucieux d'elle qu'elle fondit.

— Je t'assure que je me sens très bien, seulement ces gens ici sont assommants et j'ai l'impression d'être piégée. Je vais inventer une excuse quelconque et je serai chez toi dans deux ou trois heures. Mais j'ai peur de ne pas être une compagne agréable, je suis d'une humeur massacrante, fit-elle, tout à fait réconciliée avec lui.

— Si tu préfères être seule, ton appartement t'attend, tu le sais bien...

— Ne faisons pas de projet. Nous verrons bien comment ça se passera...

Rien ne pouvait mieux la rassurer que de le savoir si attentif à lui plaire.

Elle raccrocha rapidement, stupéfaite de sa propre audace, et son cœur se mit à battre, bien différemment cette fois. Elle était émue d'avoir franchi ce pas : sa vie risquerait d'en être bouleversée. Peut-être totalement, peut-être provisoirement, elle ne voulait pas le savoir. Elle allait rejoindre un homme parce qu'elle, et elle seule, l'avait décidé. Pourquoi l'avait-elle fait attendre si longtemps, au risque de le perdre ? Tout était si simple. Que lui reprochait-elle ? D'avoir trop d'argent ?

« Ce n'est quand même pas le plus rédhibitoire des défauts ! » songea-t-elle en quittant la chambre.

Elle avait envie de gâteaux au chocolat et partit à la recherche d'un salon de thé.

« Quelle conne, mais quelle conne ! » se répétait, réjoui, Sirkanian en arpentant le quai de la gare d'Argentan.

Passé son étonnement, lorsqu'il avait entendu la voiture d'Hélène démarrer en trombe, l'humour de la situation, de sa situation, l'enchantait. Lui, Hantar Sirkanian, abandonné comme un chien galeux. Laissé seul, sans un sou (ou presque), sans moyen de transport, dans une maison perdue au milieu des champs. Il se plaignait de n'être jamais surpris ? Cette fois il l'avait été, et de belle manière, par cette petite blonde à la nuque odorante qu'il considérait comme la plus prévisible des femmes ! Pas une seconde il ne lui en avait voulu. Elle n'avait pas fait le moindre bruit en s'en allant. Il la croyait en train de se reprendre quand, soudain, un ronflement de moteur. Il avait couru vers le portail : disparue l'Austin ! Seul au milieu du salon, cerné par les yeux vides des bois d'épave déguisés en totems esquimaux de comédie musicale, il avait ri à en pleurer de son propre étonnement. Logiquement, après sa petite crise de larmes (même les pleurs ne parvenaient pas à l'enlaidir), Hélène aurait dû claquer des portes, descendre l'escalier avec tapage pour provoquer une scène d'explication ou, parce que sous ses dehors naïfs elle était assez fine mouche, lui laisser le temps de lui administrer une autre petite séance d'hypnose. Elle avait préféré interrompre, à peine commencée, cette jolie variation sur un air de colin-maillard. Comme prévu, elle avait tout compris en voyant le galet, mais quelle honte subite l'avait ainsi révulsée ? Elle n'était pas belle joueuse car elle avait autant envie de lui que lui d'elle. La main « innocemment » posée sur une cuisse de femme constitue un test probant : la veille, Hélène ronronnait de contentement en voiture ! Et son œillade assassine quand elle était montée pour son pseudo-rendez-vous ! A ce moment-là, elle savait déjà comment lui était venu le besoin de voir la porte sculptée et elle se prêtait au jeu, ce qui la dispensait de toute initiative... Le savait-elle vraiment ? Qu'importe : elle lui avait inspiré un moment de folie bien agréable ! En quittant Paris, il n'avait aucun plan en tête. C'est en trouvant, par hasard, cette cassette d'orgue dans la boîte que l'idée avait surgi. A force de répéter : « Chaque fois que j'entends la Passacaille, je sais que je vais revoir Charles », elle lui avait tendu les verges pour se faire battre. Non, elle avait préparé le piège où ils s'étaient pris tous les deux. Sans rien bousculer, sans même la forcer, il s'était contenté de se glisser dans ses phantasmes. Un petit coup de conditionnement en bas (« quand tu entendras la Passacaille, tu retrouveras Charles »), un petit coup de conditionnement en haut (celui-là, elle l'avait vu venir), un petit air de Bach sur la stéréo de Dolorès, et le tour était joué ! Elle aurait pu avoir la reconnaissance du corps : ne lui avait-il pas, en une seule nuit, donné un plaisir que son minet ne lui avait sans doute jamais laissé soupçonner en deux ans ? Il aurait volontiers recommencé ce matin et, pourquoi pas, en toute clarté ? Il aimait sa bouche de framboise salée, la souplesse de ses reins, l'odeur de sa nuque...

L'arrivée du train interrompit la rêverie de Sirkanian. Si le costume de clergyman réendossé n'avait pas écourté son attente d'auto-stoppeur (il lui avait fallu marcher plus d'une heure avant qu'un automobiliste le déposât à cette gare), il lui valut comme toujours quelques regards intrigués.

Dans le compartiment, sa joyeuse humeur le quitta. Il revoyait la chambre à fleurs s'animer sous la lueur dansante de la bougie et Hélène après l'amour, étendue à ses côtés. Elle avait été comme il voulait qu'elle fût : délirante, éperdue, passionnée et enfin paisible. Mais il aimait dormir seul. Avait-il eu tort de la quitter ?

En face de lui, une femme lui jetait de rapides coups d'œil en peinant sur les mots croisés du *Figaro-Magazine.* Elle avait une bouche triste, de jolies mains, un tailleur prune et des chaussures éculées. Gricha la sentait prête à engager la conversation mais elle paraissait trop lasse, trop neutre, pour lui inspirer un de ces numéros qui le réconciliaient provisoirement avec l'existence. Il n'avait pas envie de parler. Les yeux d'ardoise emplis de larmes venaient se plaquer sur la vitre, il ne voulait plus y penser. Il fouilla dans sa sacoche pour prendre son comboloï et ses doigts tombèrent sur le galet d'Hélène. Tenait-elle suffisamment à ce bijou pour passer par-dessus son orgueil et le lui réclamer ?

Le balancement du train, loin de calmer le malaise naissant de Gricha, l'avivait. Il reconnaissait les approches de cette mélancolie qui parfois gâchait son oisiveté. Le regard tragique d'Hélène l'obsédait. Il ne parvenait pas à chasser le visage de cette petite sotte qui prenait la vie au sérieux sans comprendre que tout n'était qu'illusion. En avait-il perdu du temps avec elle, puisqu'il n'avait pas réussi à lui faire admettre cette vérité de base, aussi illusoire que les autres ! Elle était là, épine invisible au cœur de sa chair, à lui emplir la bouche d'amertume. D'où lui venait ce pouvoir de le déranger ainsi ?

Le train en croisa un autre. Gricha sursauta. Un pressentiment. « Quand elle voudra me revoir, il sera trop tard. » Qu'est-ce que cela voulait dire, trop tard ? Serait-il ailleurs ? Aux États-Unis ? En Inde ? Dans la paix du néant ? « Il est déjà trop tard maintenant et je ne veux plus rien savoir d'elle... »

Passaient le jaune éclatant des champs de colza, le tendre vert de la jeune avoine, les blanches houppettes des pommiers en fleur, les charmilles, les allées de saules et les ronciers : plus que jamais Gricha détestait la campagne, les paysages sereins sous le soleil d'avril. Entre ses doigts, les grains du comboloï défilaient de plus en plus vite. Lisses et douces, les petites boules d'ambre commencèrent à lui infuser leur lénifiante magie. Rien, non rien ne saurait l'affecter : l'épine se résorbait.

Gricha ferma les yeux. Il faisait tourner la roue de l'éternité.

Quand il sortit de la sacoche son gros cahier de nouvelles, il avait retrouvé le sourire. Il ne reverrait jamais Hélène, cette jolie phalène qui n'avait pas fini de se brûler les ailes, et lui renverrait son galet avec, en guise d'explication, la chute de Cordélia. Ainsi, il lui ferait présent de la morale de cette histoire, de leur histoire et de toutes les histoires qui n'existent que parce que nous y croyons.

Paris était tout proche. Sans même relire le début de son texte, Gricha se mit à écrire.

16.

... Quand je revins à moi, l'aube blanchissait, éclairant faiblement la pièce. J'étais étendu par terre au milieu d'un désordre indescriptible.

Je mis quelque temps à reprendre mes esprits puis, d'un seul coup, tout me revint en mémoire.

Dans la demi-pénombre, je courus vers le sofa. Hélas, mes doigts ne rencontrèrent que les chiffons qui l'encombraient. J'appelai de toutes mes forces :

— Cordélia ! CORDÉLIA !!!

Pas de réponse. J'ouvris toute grande la porte pour permettre à la lumière de pénétrer et n'en crus pas mes yeux : l'atelier de Kaatz était vide. Il n'y avait plus le moindre meuble, le moindre livre, le moindre candélabre, le moindre chevalet, le moindre cadavre. Quelques blocs de marbre traînaient çà et là recouverts de chiffons noirs. Je les soulevai ; ce n'étaient que d'honnêtes ébauches de bustes.

Au fond de la pièce, à la place du sofa sur lequel j'avais étendu Cordélia, un mauvais rideau noir pourrissait sur un tas de planches. Au milieu de l'atelier, une masse sombre attira cependant mon attention. Je la retournai du pied : c'était le cadavre d'une sorte de grand corbeau, d'un vautour peut-être. Une tache de sang frais séchait sur le dallage.

Je sortis accablé et, enfin, prêtai attention au jardin de Kaatz. Je reconnus le petit cimetière désaffecté d'un ancien couvent de carmes.

Encore une fois toutes mes démarches, tant auprès de la police que parmi les gens du quartier, n'aboutirent pas. Personne ne semblait avoir jamais entendu parler de Kaatz ni de Cordélia. Le cimetière était, paraît-il, fermé depuis plus de cinquante ans, quant à l'atelier du frère marbrier où Kaatz habitait, nul ne se souvenait y avoir vu âme qui vive y pénétrer depuis bien des années. Je ne savais plus à qui m'adresser : on se détournait de moi, on commençait à chuchoter sur mon passage.

De toute cette aventure, il ne me reste que le portrait de Cordélia.

Non, vous ne pourrez l'admirer, je l'ai recouvert d'un crêpe noir, car il ne faut jamais laisser les belles femmes à la lumière, il ne faut jamais leur laisser le goût de l'air ou de la liberté, sinon elles nous échappent...

Après avoir relu les pages écrites dans le train, Sirkanian les arracha et les glissa à l'intérieur d'une enveloppe. Dans une quinzaine de jours il les expédierait, avec le galet, à Hélène. Cette chute, la seule possible, le satisfaisait. Il aimait particulièrement les derniers points de suspension. « Seuls les imbéciles ou les naïfs utilisent le point final : la vie n'en propose pas ! » songeait-il.

Deux nuits passèrent. Il dormait mal. L'idée même d'un quelconque remords ne l'effleurait pas. Après cette fin de semaine, seul chez lui à espérer un improbable appel d'Hélène, son existence lui paraissait désespérément morne. La solitude ne lui réussissait pas.

La semaine précédente, il avait annoncé à ses élèves qu'il les ferait travailler différemment. Comment ? Il n'en savait rien. L'heure de son cours de yoga approchait et il ne se sentait pas d'humeur à innover. Il avait besoin de regarder couler la Seine : la contemplation de l'eau l'avait toujours inspiré.

Ce jour-là, les eaux boueuses du fleuve le laissèrent

indifférent : quand il arriva dans la petite salle du Marais où il officiait quatre soirs par semaine, il en était au même point d'ignorance.

Les yeux baissés, sans répondre aux saluts de ses élèves, il traversa la salle (un studio de danse ceinturé de barres et tapissé de miroirs) et sortit du placard qui lui était affecté son tapis de prière, son encens et son gong. Dolorès devait attendre de lui un sourire reconnaissant : il s'appliqua à ne pas croiser son regard. Il n'avait envie ni de sourire, ni de parler, ni d'être Gricha.

Faussement absorbé à allumer ses bâtonnets d'encens, il compta ses élèves. Dix-huit. Quatre de plus que la semaine dernière. Tout le monde, y compris les quatre nouvelles, était en violet car, il l'avait souvent répété, « le violet est la couleur de la spiritualité ». Lui-même ne portait que du violet ou du noir.

Il s'assit en lotus, les mains sur les genoux, paumes ouvertes vers le plafond.

— Nous allons essayer de méditer. Tout le monde en lotus, ou en semi-lotus pour ceux qui ne peuvent pas. Concentrez-vous bien sur votre respiration comme je vous l'ai enseigné, sur le rythme trois, deux, cinq, deux. Puis appliquez-vous à chasser de votre mental toute pensée, toute image. Comme des singes sautant de branche en branche, des images vont vous assaillir, chassez-les...

Il ne parla pas longtemps. Les yeux fermés, rigoureusement immobile comme il savait si bien le rester, il était la vivante incarnation de la méditation. En réalité, il s'endormit. Combien de temps ? Dix minutes ? Une demi-heure ? Il n'aurait su le dire. Lorsqu'il ouvrit les yeux, certains étaient allongés sur le dos, d'autres essayaient vaille que vaille de maintenir une position trop nouvelle pour être confortable. « Je pourrais aussi bien les obliger à méditer sur des planches à clous sans que personne ne proteste ! Une telle docilité mérite une petite récompense. »

Fermant à nouveau les yeux, Gricha monopolisa toute

son attention sur cette interrogation dont il ne s'était jamais embarrassé : « Que peuvent-ils bien attendre de moi ? » Pas question cette fois de susciter en eux d'autres demandes de plus en plus contraignantes pour lui. Ce soir, il ne voulait pas discuter, il devait viser juste.

Viser juste... L'expression agit comme un déclic. Gricha avait trouvé. Frappant sur son gong tibétain, il demanda à ses élèves de s'installer en demi-cercle autour de lui.

— Je vais vous parler d'un archer chinois. Après, vous voudrez bien vous disperser en silence pour laisser émerger en vous le sens de cette histoire, pour voir comment vous pouvez en appliquer la morale à votre propre existence. Nous confronterons nos réflexions à ce sujet jeudi prochain.

D'une voix monocorde, il raconta :

— Un bûcheron chinois désirait exceller dans cet art si respecté en son pays : le tir à l'arc. Il alla trouver le plus grand archer de son temps et lui demanda :

« — Que dois-je faire pour être le meilleur dans ton art ?

« Le maître lui répondit :

« — Puisque l'arc et la flèche sont le support de mon art, le problème est ce que l'on touche avec la flèche et qu'il faut savoir voir. Rentre chez toi et, puisque tu es bûcheron, exerce-toi à ne rien faire parce que si par exemple tu sciais, ne serait-ce qu'un instant, tu ne verrais plus l'objet à atteindre, et peut-être cet objet à atteindre était-il celui que tu n'as pas vu tandis que tu sciais.

« Le bûcheron rentra chez lui. Pendant des mois et des mois il s'entraîna à ne plus scier. Il s'installa sous un métier à tisser dont la pédale allait et venait au-dessus de son visage. Au bout de deux années, vint un moment où une araignée tissa sa toile entre ses paupières. Il l'arracha et alla revoir le maître.

« — Tu es sur la voie, lui dit ce dernier, mais maintenant il faut que tu apprennes à regarder. Lorsque tu verras un insecte aussi gros qu'un chien, un chien aussi gros qu'une vache, une vache aussi grosse qu'une maison et une maison aussi grosse qu'une montagne, reviens me trouver.

« L'homme s'en retourna chez lui et se mit en état de concentration. Sur le mur, un insecte courait. Il commença à l'observer à distance. Au début, il ne voyait qu'un insecte minuscule dont il distinguait mal les formes mais il s'appliqua. Il ne faisait que regarder l'insecte. Quand cette petite bête mourut, sa femme la remplaça par une autre, tout aussi minuscule. Elle fit cela à plusieurs reprises, docile aux commandements de son mari avec qui elle n'avait plus aucun autre rapport. Peu à peu, sous le regard soutenu sans défaillance du bûcheron, l'insecte devenait de plus en plus précis. L'homme le voyait de mieux en mieux, il en percevait les moindres détails. Après deux années d'efforts, l'insecte était devenu pour lui aussi présent, aussi gros et aussi net qu'un chien. Le bûcheron sortit dans la rue et croisa un chien aussi gros qu'une vache. Il se retourna vers sa maison : il la vit aussi énorme qu'une montagne. Cette précision qu'il avait donnée à son regard diminuait la distance existant entre lui et les objets.

« Le maître fut très satisfait et, lui tendant un arc et des flèches, lui dit :

« — Maintenant tu peux commencer tes exercices de tir à l'arc.

« Dès le premier essai, l'apprenti archer se révéla d'une surprenante habileté, clouant au sol une feuille à soixante pas. Tandis qu'il s'émerveillait de son adresse, une pensée lui poignardait le cœur : ce maître qui est là sur mon chemin est plus fort que moi, il faut que je l'élimine. Ce désir mauvais s'affermit tant dans sa tête qu'un jour il prit une flèche et banda son arc pour tuer son maître. Mais au même moment le maître, qui devinait tout, se mit lui aussi en posture de visée. Chaque fois que l'élève tirait sur le maître, le maître tirait sur la flèche de l'élève et les deux tirs s'annulaient. Au terme d'une longue lutte où ils vidèrent chacun deux carquois, les deux hommes en étaient toujours au même point. Désarmés, ils se jetèrent dans les bras l'un de l'autre et s'embrassèrent.

« Le maître dit alors :

« — Pourquoi veux-tu me faire disparaître ? Je ne suis rien. Il y a dans les montagnes, sur un sommet très difficile à atteindre, un vieillard tellement âgé que nul ne connaît plus son âge. C'est le maître suprême des archers. Si le désir de perfection qui t'habite n'est pas seulement le fruit de la vanité, va le voir. Peut-être sauras-tu le convaincre de t'enseigner ce que j'ignore.

« L'élève se mit en route. Après de longs et pénibles jours de marche et d'ascension, il trouva dans une grotte un vieillard voûté, cassé, ridé, avec des sourcils si broussailleux qu'ils lui mangeaient les yeux et des cheveux si longs qu'ils atteignaient le sol. Il l'interpella d'une voix claironnante, comme si un être aussi âgé ne pouvait qu'être à demi sourd.

« — Je suis un des meilleurs archers de Chine et je voudrais être plus fort que toi.

« — Toi-même, que sais-tu faire ? répondit le maître de la voix douce et égale des sages.

« — Je te l'ai dit, je suis archer : je tire avec un arc et des flèches.

« — Mais, tirer avec un arc, quelle valeur cela a-t-il ? N'importe qui peut le faire ! Sais-tu au moins tirer sans arc ?

« — Tirer sans arc ? Que veux-tu dire ?

« L'ombre d'un sourire anima un instant le visage du maître qui se leva. L'élève le suivit jusqu'à l'extrême bord d'un précipice que dominait une très étroite saillie. Le maître ordonna :

« — Viens et tire.

« L'élève essaya de bander son arc mais le vertige le saisit, il ne put demeurer en équilibre au bord du gouffre. Il trembla, pâlit et dut s'accrocher à la roche pour ne pas tomber. Le maître se mit à rire, à rire, et son rire se répercuta de montagne en montagne. Immobile au bord du vide, il fixa un oiseau volant si loin dans le ciel que même l'élève qui avait si bien aiguisé son regard pouvait à peine le discerner. Le maître ne bougeait pas... Puis on entendit un bruit d'arc immatériel et l'oiseau tomba, foudroyé.

« L'archer était tellement fasciné qu'il lui fallut un long moment avant de pouvoir chuchoter :

« — Tu es vraiment le plus grand. Permets-moi de rester auprès de toi, je voudrais être ton élève.

« Et pendant neuf ans, il demeura avec le vieillard. Lorsqu'il revint dans son village, il avait perdu son air arrogant. Son apparence était chétive et son visage inexpressif comme celui d'un crétin. Il ne possédait plus ni arc ni flèches, et lorsqu'on lui demandait ce qu'était le tir à l'arc, il répondait :

« — Le véritable tir de l'archer, c'est de ne pas tirer.

Après le dernier mot de son histoire, Gricha frappa un coup sec sur le gong pour libérer ses élèves. Les yeux clos, il attendit que tous fussent partis pour quitter la salle : ce soir il ne désirait parler à personne.

Lorsqu'il sortit, la rue était déserte. Les pavés luisaient sous une petite pluie fine et il fallait tendre l'oreille pour entendre les bruits de la circulation sur le boulevard voisin. Ce coin de Paris, protégé de l'agitation des villes, avait cette nuit-là un charme désolé. Gricha fit quelques pas, tête rejetée en arrière pour mieux profiter de la fraîcheur de la pluie, comme si les gouttes sur son visage pouvaient le laver du dégoût insidieux qui l'envahissait. Il ne profita pas longtemps de sa solitude. Quelqu'un le guettait, il le sentait.

On l'attrapa par le bras.

C'était Céline. Il la connaissait bien : c'était, entre toutes, celle qui posait toujours *trop* de questions. Elle plongea son regard dans le sien et, sans s'embarrasser de préambule, fonça.

— Ce soir, lui dit-elle, il me semble que vous avez cherché à nous désespérer...

Elle allait continuer mais Sirkanian coupa court d'un mordant :

— Ce soir seulement ?

Impressionnée, elle demeura interdite. Bien qu'il fût lui-même surpris par cette brutalité, Sirkanian enchaîna du même ton, mais, graduellement, ce fut comme s'il en venait à se parler à lui-même.

— Si tu n'as pas compris que le désespoir doit conduire au détachement, tu n'as même pas encore trouvé le début du chemin. Oui, au détachement. Penses-y ! Le détachement de quoi ? De tout, y compris du détachement lui-même. Cela ne paraît mystérieux qu'à travers les mots qu'on emploie pour en parler, car il faut le vivre ! Et encore, pourquoi le faut-il ? Pourquoi, toujours pourquoi ? Quand apprendrons-nous à vivre sans employer aussi ce mot ? Il n'y a jamais de pourquoi...

Dans l'obscurité, Gricha crut discerner une expression apeurée plus qu'étonnée sur le visage de Céline. Elle recula d'un pas et, secouant la tête comme pour nier ce qu'elle venait d'entendre, partit sans rien dire. Soudain mécontent de lui, il reprit sa marche. Oui, pourquoi, toujours pourquoi ? A quoi tout cela rimait-il ? Mais à quoi rime la chute de l'oiseau atteint par le tir sans arc et sans flèche de l'archer ?

Ainsi monologuait Gricha le long des rues désertes. « Il faut qu'il se passe quelque chose, dit la puce, et elle fit un saut... », récita-t-il à voix haute en fouillant ses poches. En pareil cas, il s'en remettait au hasard pour choisir sa médecine. Pile, il se saoulerait avec quelques vieux Russes dans une petite boîte du quatorzième arrondissement ; face, il oublierait cette exécrable journée sur le tapis vert d'un billard.

Quand il lança une pièce de monnaie, une lueur dans le ciel attira son regard. Avion, ovni, étoile, reflet ? Pour brève qu'elle fût, la distraction suffit à l'empêcher de rattraper le franc qui roula sur la chaussée. Tête baissée, Gricha courut pour connaître son sort.

Dans un hurlement de freins, une voiture le happa.

Au bout de onze jours, Sirkanian sortit du coma.

Ses différentes fractures (bassin, clavicule et fémur) ne posaient que des problèmes classiques, mais le traumatisme crânien engendrait une amnésie totale, peut-être irréversible. Il ne savait plus qui il était. Pour l'hôpital où l'avait conduit Police-Secours, il devenait « le lit 47 ».

La fouille de ses vêtements n'avait apporté aucun renseignement. Pas de papiers d'identité. Aucun nom, aucune adresse. Aucune clé, ni d'appartement ni de voiture. Seulement, en vrac dans une poche, de l'argent liquide : mille deux cent quatre-vingt-sept francs, un chapelet d'ambre, quatre dés d'ivoire et un paquet intact de mouchoirs en papier.

Aucun des vêtements ne portait de marque d'origine. En cherchant mieux, dans un pli de la doublure, on trouva cependant un morceau de papier chiffonné portant, inscrit au stylo feutre, un numéro de téléphone : 206-34-38. On appela.

— ... n'est plus attribué, répondit un disque.

Des recherches sur l'affectation précédente de ce numéro révélèrent que, quelques années auparavant, une animatrice de radio avait eu l'idée de le composer en direct à l'antenne car il correspondait, sur l'ancien cadran téléphonique, aux lettres BON DIEU. Il y avait alors un abonné. Le dialogue entre l'animatrice et le possesseur de cette ligne apprenant, en même temps que les auditeurs, que son numéro était celui du Bon Dieu insuffla à des milliers de plaisantins l'irrésistible envie d'appeler ce dernier. L'abonné du 206-34-38 dut faire changer son numéro. On coupa la ligne.

Débarrassé des différents tuyaux et sondes qui l'avaient un moment rattaché à l'existence, l'occupant du lit 47 promène, indifférent, son regard vide sur un monde qui ne le concerne plus. A l'hôpital, les infirmières l'aiment bien, cet inconnu aux immenses yeux noirs et veloutés, dont personne ne semble se soucier. Bientôt il pourra marcher. Cela ne l'intéresse guère. Tourné vers la fenêtre, il paraît seulement attendre la venue de l'été...

Ailly.
La Casina.

L'impression de ce livre
a été réalisée sur les presses
des Imprimeries Aubin
à Poitiers/Ligugé

pour les Éditions Robert Laffont

Achevé d'imprimer en décembre 1985
N° d'édition, L 641 — N° d'impression, L 20719
Dépôt légal, janvier 1986

Imprimé en France